《散文奖》

第二十届百花文学奖

获奖作品集

天津出版传媒集团

百花文艺出版社

《散文》
《散文海外版》
编辑部编

图书在版编目（CIP）数据

第二十届百花文学奖·散文奖获奖作品集 /《散文》《散文海外版》编辑部编. -- 天津：百花文艺出版社，2023.9
ISBN 978-7-5306-8603-4

Ⅰ.①第… Ⅱ.①散… Ⅲ.①散文集–中国–当代 Ⅳ.①I267

中国国家版本馆 CIP 数据核字(2023)第 148880 号

**第二十届百花文学奖·散文奖获奖作品集**
DI-ERSHI JIE BAIHUA WENXUE JIANG
SANWEN JIANG HUOJIANG ZUOPIN JI
《散文》《散文海外版》编辑部　编

出 版 人：薛印胜
选题策划：汪惠仁　　　编辑统筹：张森　王燕
责任编辑：徐姗　沙爽　田静　装帧设计：任彦
出版发行：百花文艺出版社
地址：天津市和平区西康路 35 号　邮编：300051
电话传真：+86-22-23332651（发行部）
　　　　　+86-22-23332656（总编室）
　　　　　+86-22-23332478（邮购部）
网址：http://www.baihuawenyi.com
印刷：天津新华印务有限公司
开本：787 毫米×1092 毫米　1/32
字数：160 千字
印张：8.25
版次：2023 年 9 月第 1 版
印次：2023 年 9 月第 1 次印刷
定价：38.00元

如有印装质量问题,请与天津新华印务有限公司联系调换
地址：天津东丽开发区五经路 23 号
电话：(022)58160306
邮编：300300

# 散文奖·获奖作品

# 散文奖·入围作品

百花文学奖
The 20th
Baihua Literature
Award

散文奖

获奖作品

散文
海外版
Essay Overseas Edition

李敬泽

# 自吕梁而下

20th
百花文学奖
the 20th
Baihua Literature
Award

散文奖

李敬泽

作家、评论家,生于天津。出版评论集《为文学申辩》《致理想读者》《会议室与山丘》,散文集《青鸟故事集》《上河记》《会饮记》等。现居北京。

此山自黄土高原站起,左手按下去一个晋中盆地,越晋中遥指太行;右手隔黄河指陕西,黄河浩荡犁开黄土,奔赴壶口而去。

这是吕梁山,一山断秦晋,分出西北华北。

关于吕梁山,我知道什么?

我知道吕梁,儿时看过连环画《吕梁英雄传》,后来读过马烽、西戎的《吕梁英雄传》。

吕梁,是山西一个地级市。

由《吕梁英雄传》,我知道,抗日战争中,这里是日军所抵的最西之地,在这里,吕梁英雄们拦住了他们,再不能向西。

马烽是山药蛋派的代表性作家,二十世纪九十年代初他自山西来京,任中国作协党组书记,我曾在不同场合远远见过他。

吕梁有好酒,汾酒。

有好酒处必有一条好水,汾水。

汾水之南有汾阳,现在是吕梁辖下一个县级市。

汾阳有郭子仪。郭子仪平安史之乱,立不世之功,功比天高赏无可赏,最后封了汾阳郡王。"好一条老汉他本是关中人,救唐王平天下他封在汾阳。"

汾阳姓郭的人必定不少,比如郭德纲,祖籍汾阳,不知从哪一代离了汾阳去天津,生了个小儿子就叫郭汾阳。

汾阳有贾樟柯。贾樟柯的电影里,汾阳是宇宙的中心,飞机、火车、长途客车、大卡车、小汽车、自行车,来来往往载着那些人在世上奔忙,自汾阳出走,向汾阳归来。

最后，我到了汾阳才知道，汾阳有个贾家庄。贾家庄本不是贾樟柯的庄，但贾樟柯现在以此为家，办一个活动叫"吕梁文学季"。此来正是为此。

这一晚，贾家庄里上演山西梆子《打金枝》。

广场上，黑地里站满了人，男男女女，指指点点，忽然风翻荷叶，笑成一片，有孩子骑在大人脖子上仰天看月。此情景仿佛贾樟柯的《站台》。《站台》里的野台子是在遥远的、无限遥远的二十世纪之末，台上台下鼓荡着野地般荒凉的欲望和苦闷，眼下这台戏却已到2019年，鲜花烈火、富丽堂皇。

锣鼓起，大幕开，汾阳郡王把寿筵摆。

郭子仪今日庆寿诞，金玉满堂好儿孙一双一双上前拜，偏剩下小儿子形单影只名叫郭暖，却原来，郭暖的妻唐王的女升平公主她摆起了架子不肯来。

小郭暖，气冲冲，回宫找公主说明白。说明白就说明白，天下事有黑就有白，公主道：君是君来臣是臣，哪里有为君的倒把臣来拜！

郭暖闻听气冲斗，没我老郭家卖命，哪有你老李家的江山来！

——这个破韵押不下去了，总之，郭暖急了怒了，一抬手，打了公主一巴掌。

打老婆啊，这是家暴！下午几位女作家女学者刚刚在村里的另一个台子上讨论了女性地位和女性权利，晚上这个台子上就一巴掌打出了父权、夫权和男权的威风。郭暖这厮他是不是觉得他是个男人就比皇帝还大就比天还大，他这是要用一巴掌来宣布世界是他们的归根结底还是他们的,他这是丧心病狂啊!他就是比封建皇帝还大的反动派!

但台子上下,戏照唱,戏照看。多大的事呢?神州不会陆沉,天下不会大乱,我们之所以在寒风中看戏,不是因为我们没看过,《打金枝》谁没看过呢?我们看的就是我们了然于心的戏,人生如戏、戏如人生,我们就是要在戏里把我们熟知的人生温习一遍。

《打金枝》,根本要义就是三个字,北方话叫"和稀泥",南方话叫"捣糨糊",南北同心,天下同理,说的就是一个过日子难得糊涂。戏台上,郭暧和公主青春明亮照人,年轻,所以不肯糊涂,公主论君臣,郭暧讲父子,忠和孝针尖麦芒;公主论名分,郭暧摆功劳,名与实如火如水,这日子过不下去了,这世界眼看就要翻车。谢天谢地,还有唐王有郭子仪,年纪一大把胡子一大把,早知道这个理讲不清,这个架打不得,我大唐靠的是老郭家拼命冲杀,老郭家反大唐又得拼命冲杀,这个架打起来,就要从家里的坛坛罐罐打到山河破碎一地,一场安史之乱,总人口减少三分之二,难不成再减三分之二?于是,唐王骂闺女、郭子仪捆儿子,哄得小两口重归于好,从此后和和美美过日子,红红火火,地久天长。

此时月朗星稀,台上台下的人,最终都是笑了。这戏唱了几百年,从封建主义的明清唱到半封建半殖民地的民国,唱到了新中国。山西梆子唱、京剧唱,几乎所有地方戏都唱,唱遍了天下州府,所唱的就是时间中的智慧、老生老旦长须白发的持重稳当。

——倒也不仅是中国,自有人类大抵如此。山洞里走出一个人，一抬头，前边还有一个人，两个人往前走，前边又有一个人，三人围兔总好过一人逐兔，于是合作打兔子。但三人行必要吵架，打到兔子烤熟了必有四条兔腿三张嘴的分配问题。那就谈，比一比谁的功劳大。谈好了，继续一块儿打兔子，蛋白质供应充足。谈崩了，分道扬镳，各追各的兔子，忙几天各自追不到眼看要饿死，人类文明危乎殆哉。荷马史诗《伊利亚特》里，阿喀琉斯就狂怒了，宣布兔子不打了，自己要回山洞了，因为他作为强者未能公平地得到强者的报偿。这个郭暖，也是一个阿喀琉斯啊，打老婆当然是绝对错误，但是，他真正充满怒气地提出的问题是：郭家为王朝立下了如此巨大的功劳，我们是否得到了公平？年轻人的血气和冲动把这出戏把世界推到了悬崖边上——你要的是什么公平呢？莫非你要当村长当皇帝不成？唐王和郭子仪必须把这个悬崖上的问题糊涂到平地上去。所有胡子长的人包括孔子、柏拉图、亚里士多德，他们都站在唐王和郭子仪一边，他们接受世界的不完美，他们深思熟虑、老奸巨猾，他们通过《打金枝》宣传推广老年的、安静的德行。

戏散了，贾家庄的路上清辉如霜，路两边是高树，早春疏朗的枝杈印在幽蓝的天上。回到住处，是几幢仿建的老式洋房：徽因水坊、焕章别墅、正清金屋等等。徽因是林徽因，焕章是冯玉祥，正清是费正清，他们都曾来过汾阳，他们来过贾家庄吗？应该来过的吧。现在，吕梁山下，中国的肘腋之地，他们毗邻而居，可以开会了。

我本一俗人，当然希望住到林徽因家，白日里被人领着一路走来，一抬头，却是站在冯先生门前。我真的不想住在他家，我是文人书生，冯看不起我，地久天长、一夜安眠，还是住在林家。1934年，梁思成、林徽因与费正清夫妇相偕来到汾阳考察古建筑，彼时伪满洲国已经成立，希特勒已经上台，五洲震荡，天下欲沸，他们却注视着那些老的、旧的事物，那些在岁月中经受磨损经历风雨、地震、兵燹而依然幸存依然屹立的事物，那些不变的、具有长须白发的恒久品行的事物。而冯先生，很难想象他对此有什么兴趣。1930年，风云突变，军阀重开战，蒋介石一方，阎锡山、冯玉祥和桂系一方大战中原，阎冯战败，冯借阎一角地暂且容身。这个人注定不能在吕梁山下安居，他身上有洪荒之力，他的天命就是破坏一个旧世界：1927年北京事变，冯先生大闹一场，到最后撕毁1911年的《清室优待条例》，驱赶溥仪出宫。他对历史作为戏剧具有直觉的理解，通过这出其不意的"震惊"，他宣告：《打金枝》的戏已经唱不下去，不再有悬而未决，不再有犹豫留恋，不再有揖让和糊涂，从此后白刃相见、水落石出。这个民族意识到自己正身处生死存亡的危机，并在危机中把一切视为例外，更何况不过是一纸《清室优待条例》。

这座房子小了，这张床也小。冯先生会撑爆这间卧室，我不知道他的确切身高，我看过照片，他比合影者高出一大截，他是巨人猛虎，他有一种身体的、血气的洪荒之力。这个人必对他周围所有的人形成威迫，他会在乱世中啸聚起庞杂的大军，他会在暴怒或故作暴怒中狠抽部将的耳光，他的将军立正接受他的惩罚，然后他会命令将军在他的卧室外彻夜站岗。现在，我的房门外就站着这样一个倒霉的将军，对他来说，《打金枝》的世界无限遥远，他的心中野马尘埃,安史之乱正在展开。

忽然想起,多年前读陈公博回忆录,二十世纪三十年代,中国被日本迫上悬崖,汪精卫、陈公博等结成"低调俱乐部",他们认为他们有"理性",对世界大势了然于胸,他们断定中国无法与日本抗衡,中国太弱了,必须寻求妥协。但是,冯玉祥这个"莽夫",他坚决认为只有打,必须打。陈公博在回忆录中带着蔑视,带着秀才遇见兵的无奈写道,每次谈到中国所面临的种种不可能时,冯大爷根本不听,只有一句话:打! 打到胜利!

——历史站在这高昂壮硕的血性汉子一边,把那群整洁消瘦、彬彬有礼、"体面理性"的绅士扫进了垃圾堆。在危机中,历史由血气翻腾的激情和决断所写定。1924年,冯玉祥把溥仪轰出紫禁城,绅士们莫名惊诧,他们被冯的决绝鲁莽吓住了,胡适甚至说这是民国史上最不名誉的一件事。后有鼠目寸光者看大事,以为没有当年的仓皇出宫,或许就不会有后来的伪满洲国,其实只要脑筋稍微转个弯就能想到,假如溥仪仍留在故宫北平,在日本掇弄下难保不会搞出更大的烂事。但在1924年,胡适见不及此,冯先生自己也没想那么多,胡适讲客气,冯先生则不管三七二十一掀了桌子。哪有什么地久天长,真要长久的话,皇帝现在还坐在宫里。时间猝然提速,开着汽车、开着飞机,决心绝尘而去,现在,需要一个鲁莽无畏的人来解决这个问题,他一抬手就解决了它,顺便以绝对的轻蔑,宣布了那个长须白发、请客吃饭、揖让雍容的温良恭俭让的世界的完蛋。胡适吓了一跳,王国维吓了一大跳,吓得都不想活了,他们未必多么爱大清爱溥仪,他们只是深刻意识到了这件事背后的逻辑。

在这个太行与黄河之间、吕梁之下的村庄里,林徽因、梁思成、费正清和冯玉祥成为邻居,他们被博物馆化,被从各自的世界中提取出来,如安放在玻璃柜中的藏品,各自被灯光照亮。现在,冯玉祥从这幢房子走出去,在花园里,碰见了深夜未眠的梁思成和林徽因,他们会谈些什么?在1930年或1934年,他们或许无话可说,道同不相为谋,话不投机半句多。但如果再过些年呢?比如1944年,林徽因千里流亡,僻居宜宾李庄,卧病在床,据说,她的儿子梁从诫曾经问她:如果日本人打进四川怎么办?林徽因说:"中国念书人总还有一条后路,我们家门口不就是扬子江吗?"

——此时这一腔血,林先生和冯先生是一样的。

再过五年,1949年,冯玉祥昔日的部将傅作义签署了北平和平解放的协议,固然是兵临城下、大势不可挡,但战场双方的商量何尝不是出于对这古都、这故宫,对民族生活的长久岁月和恒久价值的眷念和珍重?而此前一年,冯先生已殁于黑海的船上,彼时,他正满怀憧憬地奔赴新的中国。

贾家庄里,梁思成、林徽因、冯玉祥,见那边遥遥走来一个童子,走近了,却是马烽。1930年,马烽八岁,1934年,马烽十二岁,1958年,马烽三十六岁,在贾家庄完成了《我们村里的年轻人》剧本初稿,1959年,电影在国庆十周年前夕上映——夜里,我在冯玉祥的房间从电脑上搜出了这部电影,那是六十年前的中国故事。2019年,我来到了这个故事的根基所在:贾家庄。这吕梁山下的村庄,千百年来贫困、孤独，四千亩可耕地中二千八百亩是盐碱地，它在封闭、脆弱的生存循环中耗尽全部能量。一代一代人老去，时间周而复始。但是现在，时间挺直了，时间获得了方向，这里有一群年轻人，他们要打开这个村庄，劈开两座大山，跨越三条深沟，从远方引来清水，洗去盐碱，让这里成为流淌奶与蜜的地方。

在网上，我读到了两位山西学者合写的论文，他们敏锐地注意到了剧本中一个意味深长的现象，尽管片名是"年轻人"，但在马烽的行文中，却始终贯穿着一个无姓名的、抽象的指称——"青年"："一伙青年正在锄地，一个个汗流浃背""青年们纷纷报名""歌声继续着，青年们在未打通的那段崖上和塌下来的巨石上打着炮眼"……在山西人的口语中，其实是不使用"青年"这个词的，这不是吕梁山和贾家庄的词，它来自北京、来自普遍性的现代汉语，从梁思成的父亲梁启超的"少年"，到李大钊的"青春"，到陈独秀的"新青年"，青年是决绝地向未来、向现代而去，是血气、激情和梦想，是断裂然后创造，是旧邦的新命。必须是"青年"，不能是"一伙年轻人正在锄地，一个个汗流浃背""年轻人们纷纷报名""歌声继续着，年轻人们在未打通的那段崖上和塌下来的巨石上打着炮眼"，这将会使一切归入自然的生命周期、浸染周而复始过日子的气息，而"青年"，这个使山西人、使贾家庄人感到陌生的、不自然的词，以它超出日常经验的光芒和强硬，喻指着、召唤着宏大的历史力量，将这个村庄向着未来和现代打开。

——忽然想起，我其实是很近地见过马烽的。1990年年底，我从被停刊的《小说选刊》调到《人民文学》，去八里庄鲁迅文学院的招待所和《人民文学》的主编程树榛见面。老程和马烽都是从京外调来，暂住招待所。马烽苍老，就是一个饱经风霜的老农，他和夫人正围着一个电炉子下面，山西人啊，想必是自己擀的面。他当然不认识我，像招呼一个来串门的年轻人一样，他说：来一碗？

我很后悔没有吃一碗马烽的面。

归去来兮，调到北京的马烽大部分时间仍在山西，过了几年终于彻底回去。这不是他第一次回去，中华人民共和国成立初期，他就在中国作协工作，1956年终于在三十四岁时回山西，挂职汾阳县县委副书记，从此，他在贾家庄有了家。这里不是他的家乡，他的家乡在吕梁地区的孝义，但汾阳、贾家庄离吕梁山更近。在一张1980年的照片上，我看见马烽走在贾家庄的乡亲中间，整个人明朗舒展，是走在他的风光、他的山川里。

天亮了，一群人去看马烽当年所居的小院，进得门来，迎面是马烽的坐像，他端坐在椅子上，依然老年形象。我忽然想，这是不对的，马烽在根本上是青年是新青年，他属于那种在二十世纪塑造中国的青春洪流。二十二岁的马烽和比他小半岁的西戎写出了《吕梁英雄传》，来此之前我专门找了一本带上。这是一本多么粗糙的书啊，但正是这种粗糙令人震撼折服，事件与行动、抉择与战斗，密如疾风猛雨，作者和读者都不能停留、无暇沉吟，必须奔跑，在混乱的战场上拼死和求生，没时间，也不应该把这一切编织成严密周详熟练得包了浆的故事，战争和危机中的书写不是绣花，是立即开枪。

但在这一切的底部,有一个根本的逻辑:生命、时间、历史的循环必须打破,为了使世界获得前行的动力,必须张扬身体的澎湃"血气",老成持重、深思熟虑是怯懦的,糊涂和忍让是可耻的,悬崖之上,只有搏斗,再无苟活。吕梁英雄们秉青春之血气,雷石柱、康明理、孟二楞,这些康家寨的年轻人,说服、带动、反抗他们的长辈,义无反顾地把这个村庄推入了滚滚向前的历史。当青年们和强行入侵的日本鬼子干起来的时候,他们也就把康家寨打开了,从此这个村庄进入了现代历史,奔向一个现代世界。

"青年"和"青春"由此不再是仅仅年轻,它们具有根本的现代价值和历史意义。直到《我们村里的年轻人》,决心创造新生活的高占武依然不得不与长须白发的高忠爷争辩,在后者看来,年轻人畅想的未来不过是痴人说梦。而在影片上映的1959年,黄河那一边的柳青正在对《创业史》第一部做最后的修改。年轻的梁生宝力图打破祖祖辈辈的命运循环,在此地,走异路,变成别样的人们,他的身上却不仅是血气,而更多俄罗斯式的沉思甚至是马烽暮年的苍老……

现在,贾樟柯走进马烽的小院,马烽会对他说什么?以我的直觉,垂暮之年的马烽不是一个喜欢教导别人的人,很可能,他只是从大碗上抬起眼,说一句:来一碗?但是,如果是写《吕梁英雄传》的二十二岁的马烽、写《我们村里的年轻人》的三十四岁的马烽,贾樟柯碰见他、我碰见他,我们又会说什么?2019年,我五十五岁,贾樟柯四十九岁,我们已是比马烽更老的老人。

谁知道呢？贾樟柯的电影,终究也是关于"我们村里""我们县里"的年轻人们,马烽在片名中使用"年轻人"是对口语、对日常经验的妥协,而在贾樟柯这里,"年轻人"似乎正在从"青年"中离散出去,变成加速器中向着四面八方漫射的粒子。

但谁知道呢?也许有些事仍然在。马烽把康家寨、把贾家庄置入了广大的空间、广大的世界,历史不再是时间问题,不再是仅由时间标定的价值,他和柳青,他们把时间空间化,向着远方和远景、向可能和不可能敞开和扩展。当马烽遇见贾樟柯,他会发现,空间仍在,但那已经不是隐喻和转喻,那是必须使用交通工具去跨越和抵达的地理空间,这不再是《伊利亚特》,这是《奥德赛》,奥德修斯们是否记得回家的路?

在贾家庄,我待了两夜。第一夜是《打金枝》,第二夜是音乐会。

暮色降临,钢琴声在流淌弹跳飞翔。这不是音乐厅,这是幽蓝的天之下的一个广场。乐声透明、饱满,如山涧中激溅的水滴,似乎广场上空膨起一个巨大的玻璃的气泡,收拢着珍惜着所有的声音,让所有的声音闪闪发亮。

我忽然想到,此行竟不曾看见吕梁山。我想起上一次,也是第一次来到吕梁,那是二十多年以前,大概是1994年,由太原奔孝义,在孝义大醉,上车一路西行,醒来时,下车,见一片荒烟蔓草。余醉未消,我问:吕梁山何在?

我记得,同行者笑道:醉了醉了,脚下便是吕梁山。

原载《十月》2022年第2期 《散文海外版》2022年第2期选载

雷平阳

# 东岸的黄昏

散文奖

雷平阳

出版诗歌、散文集四十多部。曾获人民文学奖、诗刊年度大奖、十月文学奖、钟山文学奖、华语传媒大奖诗歌奖和鲁迅文学奖等奖项。现居昆明。

湖水拍岸的声音穿过水杉、芦苇和水烛传过来,水本身的潮湿与柔软已经被过滤殆尽, 很像是什么不安的神灵在这些植物的背后反反复复地倾倒着同一篓玻璃垃圾。那声音是如此的单调、枯燥,其中饱含的耐心与韧劲,远比夏日时光中折磨人心的燠热与空洞来得猛烈,而且更加恒定绵长。因腐殖土在湖荡边填充而成的一块块方形田地上,已然没有了记忆中清一色的水稻或者白菜,获得了种植自由的不同地块的主人们像比赛一样把这种到手的自由发挥到了极致——第一个他种植葵花,第二个他就种植芥蓝,第三个他则种植豆荚。没有一个他重复另一个他,所以在这片大格局上由白茅草和鬼针草围起来的几百亩土地上, 我们知识范围内的农作物基本上都能看见,类似于并无什么历史价值和美学价值的乡村博物馆,展出的藏品均是常用的俗物,核心是实用,无非是在实用之上添加了一丝"我的"和"我执"的元素。

各自独立的地块之间, 有着很多突然出现又突然消失的水泥路,上面停着拖拉机、电动自行车和自行车。路两边的地沟里常常堆着人们拉到集镇上没有卖出去又拉回来的已经变质的蔬菜,腐烂的气味令人作呕。有一块地一直荒着,尽头上的三棵柳树下却摆放着两张单人沙发,而且明显有人经常坐在上面喝酒聊天,大理牌啤酒瓶堆在树根之间,烟头扔得一地都是。我每次途经那儿,也会把自行车停靠在树身上,用手套掠走沙发上枯黑的柳叶,一屁股坐下去。哦,大地的客厅,水声从不中断,像背景音乐,眼前的地块上杂草静止或摇曳,是一座自然主义的舞台,有戴胜、黄臂鹎、麻雀在其间飞升或下降,叫声一点儿也不排外。蚊子出现在薄暮,成团成团地移动在草尖上面,有时看起来像一条条满是针眼的黑纱巾,有时则像残留下来的烧荒的黑烟。旁边的地块上,不是作为食物而是作为鲜花的葵花,茎秆笔挺,高举着的花盘欲开未开。它们的花盘只有拳头那么大甚至还要小些,所以,当它们作为鲜花而又卖不出去时,往往就会被弃置在地块上,直到枯死。往年的秋天,我看到过成片成片枯死在地里的葵花,因为不结籽,没有收获的价值,而它们又是耕作的地块上植物中的庞然大物,一个个花盘黑黝黝地伸入空中,仿佛一只只被绑扎成团的乌鸦,好像在挣扎,又好像早已经死了。它们的叶片不曾被修剪,倒是长成了普通葵花的叶片那么阔大,主要的茎脉还保持着不死的绿色,但从茎脉开始,绿色越来越少,渐次多起来的是枯黄,直至变成统一的死灰,一张张的悬垂着,让人想起成片的垂下、露出秃顶的一颗颗脑袋。在夕光燃烧时分,那占据了最大比例的死灰和深黑,会让我们诧异地发现:当有些颜色行进到它们的终点,再浓烈的红光也无法使其回暖,也无法将它们送到另外的鲜活空间——除了即将降临的夜色,任何色彩它们都拒绝配合,尤其是观念上的咬牙切齿的拯救。

坐在野外的沙发上与坐在一块石头上或一根倒下的树干上相比,人的感觉和想法是不一样的。十年前,我曾主持过一本艺术类杂志的编务工作,当时准备做几位艺术家和诗人的访谈,根据对访谈对象的研究,我设计了几个采访现场:第一,把两张沙发搬上昆明四周最高的梁王山山顶,两个人对谈;第二,找一艘民用的铁皮船,搬两张沙发进去,两个人在滇池上对谈;第三,子夜时分,在某个昆明的十字路口放两张沙发,两个人对谈;第四,中午,有着炽烈的阳光,在屋顶白茫茫的太阳能之间摆两张沙发,两个人对谈;第五,雨天,撑着黑伞,在城郊堆放共享自行车的垃圾场上放两张沙发,两个人对谈;第六,一堵断墙的两边分别放一张沙发,两个人隔着墙对谈……这些设计的现场,后来我都没有去执行,因为担心没有足够分量的内容去对应这些仪典式的形式。正如那一刻,当夜色进一步变黑,坐在沙发上,面对着我能预知其命运的那一片葵花,"对话"的可能性越来越大——而且它们以隐身、沉默、固执的方式已经为我挖好了陷阱,有一个万丈深渊正在慢慢形成——可我的孤立是显而易见的,水声以及杂乱的虫鸣,不时从头顶飞过的暮鸟,身后的三棵柳树,另外的地块上生长着的芫荽、豆苗、莲白,似乎都是它们的一部分。一阵风好像是从空中垂直吹下,将浓密的柳枝中间的黄叶找了出来,抛向我的头顶,枝条上下弹跳,想拉长自己,以便抽打到我的身上。我们所说的"大地",已然失去了它平坦或倾斜的原貌,它混杂了植物芳香、沟底臭味和形形色色的万千滋味的湿气正在升腾,泥土因此膨胀,一个个地块站立起来,以我从未见识过的群岛航行般的形象,在我的身边穿梭,互相依靠也互相撞击。想象令我疯狂,想象中的事物则因为其疯狂的本性得到了发泄的机会而越加疯狂。所以,这种状态下的对话,即使只是我的独白,任何语言都难以及物,难以在这样的现场上找到某个有意义的话题并使之成为绝响。我可以强调自己的孤单,也可以以发现者的身份站在葵花地的中间，陈述只有在疯狂的状态下才能触及的地块上植物及土地本身的人格化的命运，可这样的言说终归是苍白的，同时对我个人来说也是凶险的——它将是一种杀死语言的行为，会让语言之光照亮过的事物重新回到无端的误解之中。而沉默意味着我的逃亡和对话事件的不可能发生，世界得以安顿于它的现实之内。

从沙发上起身，我知道，个体的闹剧应该结束了。而且，当我把自己逼入幻境时，其实并没有任何动植物领我的情，我所调动的不是它们之于自身命运的惊醒而是对我的敌意。月亮现身于水杉林的上空，它的光一如既往地轻柔、安全，于我与身边之物都是一种安慰。骑行至湖边新筑的一条石径上，我回头看了一眼刚才所坐的地方，第一念头：如果以后再到这儿来，应该带上一瓶酒，约上一个朋友，一个人总是在类似于舞台的地方迷路，两个人则不会，尤其是当我的"我执"难以消除的那一刻。

大多数芦苇荡里的路都算不上是路，只是芦苇被人动过的痕迹暂时留了下来。也可以说是芦苇荡中隐藏的池塘提供给人们的一个个飘忽而又有迹可循的入口。当然，这些入口很少有人涉足，即使是猎奇心很重的人，也免不了会担心在风中摇摆不止的芦苇下面肯定有沼泽或者蛇类，而且，如果没有什么特别的诉求，谁愿意只身深入芦苇荡呢？日常生活中总有无数人们视而不见的渊薮，总有无数的渊薮貌似人们习以为常的生活场景，它们明明白白地存在于人们身边，可人们未必了解它们，而它们似乎也从来不会以渊薮的身份伤害人们。住在东岸上的人,谁不知道芦苇荡呢?风景,湖岸柔韧起伏的毛发,虫声的发源地,鸳鸯、黑鹳和鹭鸶的栖影之所,土地与水的分界线,陆地上的水或水中的陆地……但真的没有多少人违背日常生活原理进入其中。古滇人言及鸟禽流徙与灭踪,说到芦苇荡,称其为"漂泊地",是渡来之鸟的驿栈。《滇海虞衡志》中说到了芦燕:

> 栖滇池芦荻中,池人捕之以贸于市,炙而荐酒,味甚美。夫其畏人也,不袭诸人间而避诸海上,以为远于人患也,卒相与俱糜,非失其托也哉?

芦燕抑或芦雁,古人的命名很多都难以对应那些荻间出没的具体鸟类,而捕鸟之人更是消逝在了芦荻深处。段成式《酉阳杂俎》中记载的产于昆明的"吐金鸟",天启《滇志》中称为"嗽金鸟":

> 魏明帝即位二年,起灵禽之园,昆明国贡嗽金鸟。人云其地去燃洲九千里,出此鸟,形如雀而色黄,羽毛柔密,常翱翔海上。罗者得之,以为至祥,闻大魏之德被于退远,故越山航海来献大国。帝得此鸟,饴以珍珠,饮以龟脑,鸟吐金屑如粟,铸之可以为器。

如此奇异的神雀产于今地不知为何地的九千里外的燃洲,自然也不会把芦苇荡作为"漂泊地",所以,我所见的那些芦苇荡中的路,通常是行踪飘忽的钓鱼人留下来的。鲜为人知的是,这种路的每一个尽头毫无例外地都会是一个大小不一的池塘,路尽头,芦苇丛的边沿,常常有一个钓鱼人或蹲或坐或躺在那儿,一根两根三根鱼竿伸在池塘里。

每一条路的终结点上都只有一个人,这就证明是他们分别开辟了身后的那一条路。在宝象河北岸那片千余亩濒湖的芦苇荡里,这种通往池塘或直接通往滇池的路我曾经发现过几十条,有时候是因为那路现身于沼泽,脚印清晰可辨,泥水尚未变清洁;有时是因为空蒙寂静的芦苇丛里突然传出咳嗽的声音,而我与那声音之间的芦苇丛又的确被人动过;有时则纯粹因为我在芦苇间漫游时四下无人,几十米外偏偏就会有一个人头伸到芦苇之上,朝着我这边移动;但更多的路被发现,还是因为我无主的走动,至某刻,至某个隐秘的点上,一下子就看见了芦苇间的一个人,自己竟然走在了他们各自独立的路上。除了垂钓的身份之外,我对这些钓鱼人真实的身份一度非常入迷。他们几乎每一个人都是一无所获,金属桶中或放在水中的网兜里什么也没有,甚至水面上的鱼漂从早到晚从来也不曾动过,但他们一直守在那儿,四周的芦苇波涛汹涌,他们一动不动,像水神从池塘中抛到岸上的一块块顽石。2021年10月26日下午四时,永昌府著名青年诗人杨清敬在大浪坝村找了一个穿衣镜那么大的小水塘,头戴草笠,眼罩墨镜,手执无线的木棍,蹲在小水塘边钓鱼。小水塘里不会有鱼,但他的盆中装着一条条新鲜的鲫鱼。杨敬清的"行为艺术"可以被当成这些钓鱼人的反证,都是在从空无中捕捉,超验的虚与实,唯钓鱼人知其真相。旁观者的心中之鱼,游不到他们的鱼钩上,而我始终不敢相信,这东岸辽阔的芦苇荡里,真有如此多的以钓修行的隐逸者。

在海丰村西侧,有一片南北向呈长方形的湿地,按规划它应该会被修建成一座湖边公园。原来稻田灌溉的沟渠新砌了石挡墙,田埂拓宽了不少且铺上了煤渣,几个池塘上甚至建起了观光的铁桥,绿色的铁栅栏把湿地平分成了几块。但工程就此打住,许多没有运走的建筑垃圾、成堆的黑色塑料管、推土机推出来的土丘之间,疯长的芦苇中间夹杂着同样长疯了的斑茅、鬼针草、水烛和红蓼。因为是废墟,这片湿地比普通的湿地显得更荒凉,除了钓鱼的人以外,很少有人光顾。有一次,我比平时出门早了两个钟头,原计划是骑行前往江尾村一座消失了的寺庙原址。人们说,那座寺庙曾经无比宏大庄严,连五百罗汉也是铜铸的,是滇边梵刹中的海市蜃楼,我一直想去那变成了耕地的原址上坐坐。可上路不久,天上的黑云越聚越厚,也越降越低,一场倾盆大雨随时可能降下,我便就近行至了这片废墟上的湿地。为了防雨,到达湿地中央的一座抽水站我就停了下来,它的屋檐可以作为我的庇护所。站在抽水站的墙边,我能够看到原先还有着的从云间射出的一束束光线很快被收走,一阵大风甚至把一块黑得吓人的云朵吹到了抽水站的屋顶上,被风惊起的几只红鹭也只能顺着风向快速地朝着还残留着白光的远山疾飞。所有的植物就像跟着指挥棒在运动,齐刷刷地伏下,又猛然地伸直，又伏下，又伸直，身体里的弹簧呼呼直响。几块丢弃在草丛里的锌皮被卷了起来，砸在土丘或者沟渠的挡墙上，嘣嘣之声中又发出金属自身扭曲的唧唧唧的叫鸣。如果没有这锌皮带来的几块白色，那就无法分辨黑云与风暴了，而且我在那一刻已经认定黑云与风暴融为一体了，湿地尽头的几棵桉树所作的剧烈摇摆根本不足以让它们分开。奇怪的是，这一阵持续了十多分钟的暴风没有按照我的想法吹拂，它没有带来雨水，最终却把天空的黑云吹走了，湿地以刚才的混乱作为新秩序的出发点，归于午后由众多惊魂组成的平静世界中。

倾斜的阳光照耀着芦苇，有一片芦苇竟然向上投射出亮闪闪的反光。从泥土的肌理和芦苇的长势进行分析，我知道反光之处应该有一个小池塘，所以就沿着一条似是而非的田埂朝着反光走去。可就在快走完这条被风弄乱的路时，我马上退了回来：路尽头的池塘边，一位老太太斜靠在一个塑料软垫上，似睡非睡，一位老先生则以她侧卧的大腿为枕头，同样斜躺着，目光盯着伸向池塘的鱼竿，看不出刚才的暴风和黑云对他们产生了什么样的影响。我一度怀疑，他们也许是建造公园的人在那儿安放的由云南艺术学院的雕塑家创作的一个作品。也有一种可能，我看见的是幻觉中的景象，风暴后的无路之路的尽头什么也不曾有，世上就不可能有一对年老的夫妇可以在废弃的公园里，以斜躺的姿势度过一场黄昏前夕的风暴。

钓鱼人是单独的，日落之后在岸上碰到的人也鲜有结伴者。巨

石上、树影下、土丘顶、残垣边,我以为无人的地方,常常会有一个黑影对着湖水默默地抽烟。下面是我以诗的形式写下的一则日记:

虫声起伏,两片荒野间的/小径上,经常会驶来汽车/突然停下,不熄火/明晃晃的两束车灯照见草尖上面/黑芝麻粒一样群起群落的蚊虫/开车的人也不下车/若有若无地坐在驾驶位上抽烟/电话,闷坐。有时来的是一男一女/但从来没有见过他们在此温存/总是女人尖叫,男人咆哮,互相/喊着对方的名字污言秽语地咒骂/女人打开车门,跳下车/披头散发的在车灯的光柱上/朝着小径的尽头张牙舞爪地攀登/个别男人会追,继而扭打起来/多数男人下车靠在车身上/抬头看满天繁星或孤悬的月亮/也有男人不下车,把车载音乐调至/高音。女人则像追灯下的舞者/焦躁地撕扯包裹着她的黑布/上帝手中的黑布她无法撕裂/很快就停下,颓然坐在/小径中央,像一个迷路之后/等待人们前来寻找的人/更多的夜晚,这个区域无人光临/包括我也不在,它被什么事物/搅动,空无一人时它意味着什么/以人的思维呈现无人之境/我的想象力只能到达寂静与漆黑/对于其中的变数和奥妙我是外物

除此之外,另一则日记中,我详细地记录了自己与多个单独的陌生人擦肩而过之后,"怀揣着喊他一声的念头"时的不安与惆怅。"水声似从无限遥远的大型动物的骨骼间传来,闷响,腥味浓稠。"

我朝着月亮的方向或夜鸟乍鸣的草间继续低头慢行。要去哪儿？自己从不设定，因为不知道我会在什么样的奇观面前停下。要走多久？自己也无法预知，因为不知道自己什么时候突然就不想无主地行走了，尽管在这片荒野上我从没有因为胆怯而中止过行走，尽管在行走中唯一可令人心生胆怯的就是自己越来越响的心跳，以及让心跳声显得越来越响的死寂。如果我走到了某个湖边死角，自己强迫自己说出可能让我产生的恐惧将会是什么东西，我觉得应该是一个个比我在湖边坐得更久的人，在一场场与他们潜意识的较量中敢于坐在无底洞的底部的人。对这样的人，我不会产生喊他一声的念头，只会担心他不知何故突然喊我一声。

"来喝酒！"有一天晚上，喊我的声音来自一个拆毁了的村庄的残垣断壁之间。我停住脚步，扭转着脑袋东张西望，以为无人的地方高耸着倾斜的屋顶、扭曲的横梁和状如死鲸一样的墙体。"别乱看了，我喊的就是你！"声音笔直，散发着浓烈的酒香。我循声而往，小心翼翼地避开恣意斜插而出的钢筋和混乱的砖头，才看见废墟中尚有一栋小楼还没有完全拆毁，一个人正坐在屋外的沙发上独酌，灯光较暗，可还是能看清他的一张红脸。仔细再看，红脸背后的门框上贴着孝联，门上则贴着一个大大的"奠"字，满地的鞭炮纸屑还没有清扫，显然这屋子刚刚做过灵堂。搬迁外徙的老人死了又返回原址祭奠、做法场、举行葬礼的事之前我曾远远地见过几次，倒也不太避讳，可这夜里被一个声音唤至现场，我还是倍感惊悚，正想着要不要转身走掉，那人已经站起身来，几步移至我的面前，抓住我的手,将我硬生生地推搡着按进了沙发。他古怪的热忱、不合时宜的粗鲁,与当时所处的环境相匹配,我想到的是小泉八云《无耳芳一》中对盲琴师的"武士之邀",怀疑我将在奇异的蛊惑之下,站到某个集镇热闹非凡的广场上,对着密集攒动的人群进行高声、动情的朗诵——我诗歌中那些关于故乡的篇什,将会因为受到一种着了魔的情绪的渲染和忘我的升华而呈现出"泣鬼神"的艺术效果。黑压压的听众跺着脚,击着掌,与我一起歌颂故乡,以哀号的方式悼念故乡的丢失。气氛一再推至白热,这个集镇陷入了癫狂的旋涡。同样,当演出结束,再受到某种超验之力的接引,从蛊惑与魔力中脱身,我才发现自己竟然在一座废墟上手舞足蹈地嘶吼,根本没有什么广场和听众,也没有灵堂前独酌的红脸人。但事实一反小泉八云的故事框架,我还没在沙发中坐好,红脸人已经把一碗酒递到了我的眼前,他不是来自隐形世界的使徒,而是房子的主人,因为不满意拆迁赔偿标准仍然滞留于此。家里所设的灵堂,也不是因为他的哪一位亲人刚刚亡故,而是整个村庄拆毁后,外迁的人们死了又要回来举办葬礼,在人们的鼓动下,他把房子改造成了灵堂,出租给死者和未亡人。在一场接一场的葬礼中生活,他觉得唯有酒可以让他心安。在我们喝到双方都有很多话要说的时候,天已经快亮了,我醉眼惺忪地望着几根断梁上的那轮苍白的月亮,听他大声地模仿鼓声、锣声、法号声、幡动声和和尚诵经的声音,以及人的哭声,仿佛月亮上正在举办一场葬礼。

原载《钟山》2022年第1期　《散文海外版》2022年第4期选载

散文
海外版
Essay Overseas
Edition

杨献平

# 张骞的道路：从西安到敦煌

百花文学奖
20th
The 20th Baihua Literature Award

散文奖

杨献平

代表作"巴丹吉林沙漠文学地理"和"南太行文学地理"散文系列，出版长、中、短篇小说集多部。现居成都。

## 凉州怀古

所有的怀古都是怀念自己,如此而已。到凉州,现在的武威,我有一种似曾相识的感觉,但之前确确地没有去过。在雷台汉墓的地宫中穿行,一个人观看时的感觉,好像在替墓主人巡视一样。在马踏飞燕和兵俑车辇仪仗的雕塑前,骨头里也响着忽远忽近的马蹄声。而出城到天梯山石窟的路上,我又想到马贼,以及在此驻牧过的诸多游牧民族,如乌孙、大月氏、回鹘、吐蕃、党项、羌等。最好玩的是,我总觉得自己就是当年河西节度使王忠嗣帐下的一个兵士。

关于王忠嗣这个人,现在知道的很少了。他父亲名叫王海宾,也是一员猛将,却在松州,即今天的四川省松潘县与吐蕃作战的时候壮烈牺牲。他战死的原因,是薛讷、杜宾客、郭知运、王晙、安思顺等人嫉妒王海宾的战功。起初以王海宾为先锋,尔后故意不加增援,致使王海宾遭敌围困,力战而死。时王忠嗣年方九岁,被李隆基收为义子,在宫中,与太子李亨同吃同住。后王忠嗣为河西节度使,韬略丰富,勇谋过人,多次击溃进犯的吐蕃军队,使其不敢再越边界。李隆基时期,国力强盛至极,边疆将帅获得军功,进而获得个人升迁,蔚然成风;边境将领常故意骚扰和激怒吐蕃,从而引发战争。王忠嗣为河西地区最高军政统帅,在任上固边强民,屯田置物,常说:"今(与吐蕃)争一城,得之未制于敌,不得之未害于国,忠嗣岂以数万人之命易一官哉?"且"尝谓人云:'国家升平之时,为将者在抚其众而已。吾不欲疲中国之力,以徼功名耳。'"此外,王忠嗣也曾上书李隆基,云安禄山必反,宜早做防范,被李隆基贬为汉阳(今武汉市汉阳区)太守的第二年,王忠嗣暴卒,年四十五岁。

王忠嗣从被免去职务到最后莫名其妙地暴死,皆是上下谗言与构陷所造成。时李林甫为宰辅,唐军又在石堡城(今青海省乐都区)作战失败,主将董延光将过错推在了时任河西节度使的王忠嗣身上;李林甫担心王忠嗣会抢了他的位置,遂在李隆基面前极尽谗言。李隆基怒,下诏押解王忠嗣入京,拟处斩,后其属下哥舒翰以自己的"官爵赎忠嗣罪",使得王忠嗣得以幸免,但不久仍暴病而死。就此,《旧唐书·王忠嗣传》云:"忠嗣因青蝇之点,几危其身,谗人之言,诚可畏也!"

悲夫!用人之人,必是人中之人,上上之人,大智之人。一般人等,即便谋略空前,也还只是一个所谓的权谋者、一个所谓的帝王的棋子而已。王忠嗣之可惜,不仅是李隆基一个人的,也是整个帝国的。然而,就是这样一个人,其身后遭受的冷遇也令人觉得悲凉。类薛仁贵、秦琼之人,与之才略相比,何其等而下之,而民间传说极多,附会之说不胜枚举。英雄果真寂寞,人心最难测量。至天梯山上,拜谒临水的大佛,心中庄严,虔诚油然而生。与当地朋友说起高僧鸠摩罗什,我就急着想去拜谒鸠摩罗什寺了。寺中据说有他的舌舍利。天梯山中的佛像和佛龛,大抵是鸠摩罗什在后世的化身。我俯身拜谒,心里念着愿天下苍生健康平安,独没有求财。直到现在,我还是一个不怎么热衷于钱的人,即便是在经济最困难的时候,也没有想着如何发财。我只对自己的基本保障担忧。一个人,一生所有所耗,大抵是有定数和定量的。这一点,也是佛家的思想。

令我没想到的是,我居然邂逅了一位民歌王子。他叫赵旭峰,也是一位小说家,同时也是天梯山石窟管理局的干部。他的民歌唱得端的是令人心醉。"送哥送到红柳滩,红柳滩上红柳多。红柳叶子往下落,红绸裤裤往下脱。"又如:"三更里来灭了灯,亲哥哥用脚蹬,尕妹子也是个明白人,心里边知道你想的啥坏尿。"如此等等的歌词,令人感觉不到一点的色情味道,反而心神空冥,肉身洁净。我也忽然明白,真正的俗,其实是不令人心生邪念反而会感恩并且消除内心的罪孽的。听到动情处,我对赵旭峰说:你唱一首,我喝十杯酒!最终,只能是大醉,夜里回武威,是诗人谢荣胜把我背上楼的。早上醒来,方才知道睡在谢荣胜家里。这份情谊,我至今不敢忘怀。仔细想,这是我迄今为止酒喝得最多的一次,另外的,大抵是一种无意识的醉或者"投机"。次日早上,吃酸汤面,觉得解酒。再去拜谒鸠摩罗什。

这个天竺人,果真是天降之奇才。其年幼时,三果罗汉曾预言说,鸠摩罗什三十五岁之前能够恪守戒律的话,将是一位不世之人,佛法由他传遍苍生,并会亲自超度多数人。事有凑巧,鸠摩罗什三十五岁那年,吕光大军入西域,俘获鸠摩罗什。吕光逼鸠摩罗什与龟兹国公主婚配,鸠摩罗什不从。吕光令人以烈酒灌醉鸠摩罗什,鸠摩罗什被迫破戒。随军至凉州路上,鸠摩罗什曾告诫吕光说,部队宿营之地不太好,将有洪水至,伤数千人。吕光不信。果真,夜间洪水滔滔,数千人丧生。这时候的武威,名曰姑臧。吕光返回,遇苻坚为姚苌逼迫自缢身亡,吕光趁机自立。

当年"正月,姑臧大风。(鸠摩罗)什曰:不祥之风,当有奸叛,然不劳自定也。俄而,梁谦、彭晃,相系而叛,寻皆殄灭。至光龙飞二年,张掖临松卢水胡沮渠男成,及从弟蒙逊反,推建康太守段业为主"(释慧皎《高僧传》)。如此等等,鸠摩罗什凭殊异才能,每每言准,不可思议。至吕纂灭,后秦姚兴迎鸠摩罗什入长安。姚兴要求鸠摩罗什留下"圣种",以锦衣玉食供之,并女色围绕不辍,逼迫其再次破戒。鸠摩罗什意志坚定,虽身惹繁花,仍旧坚持翻译佛经,并自喻说:"譬喻如臭泥中生莲花,但采莲花,勿取臭泥也。"

鸠摩罗什大抵是自释迦牟尼之外,在中国影响最大的天竺高僧。其二次破戒,信佛者效仿,也娶妻生子。就此事及现象,鸠摩罗什吞下钢针之后对众人说,谁可以如我这般吞钢针而不身死的,可效仿。如此等等,颇具魔幻色彩。十二年间,鸠摩罗什"凡所出经论三百余卷。唯十诵一部未及删烦。存其本旨必无差失。愿凡所宣译传流后世咸共弘通。今于众前发诚实誓。若所传无谬者。当使焚身之后舌不燋烂"(《高僧传》)。他的舌舍利,便存放于武威罗什塔中。

面对高塔,我心中静气盎然。念想鸠摩罗什一生传奇,此等人物,此等造化和功德,千年不遇不说,也具有强烈的天赋神授的意味。以此推论,人之为人,自然有其活着的方法策略,也有其难以言说的命运轨迹。《高僧传》中记载:"什尝作颂,赠沙门法和云:心山育明德,流薰万由延。哀鸾孤桐上,清音彻九天。"这心山明德、清音九天,实在是令人神往的至高境界。

对于鸠摩罗什之破戒,如我在当时,大抵也会效仿。这就是智者和愚者、神者与凡人的区别,也是领袖与常人的区别。离开武威的时候,忽然又想起霍去病,武威为其所开河西四郡之首,然霍去病却未能如鸠摩罗什之功德广大,也是泽被众生与沙场杀戮之霄壤差别。我很无聊地想,倘若能够遇到当下武威市的决策者,必定建议他们为王忠嗣立一尊雕像,并广传其事迹。国之良将,因其正直而无流言飞语,世人便少牵强附会,以至于如此才略之人,身后竟然也如此的寂寞,实在令人心有不甘。

当然,今天的武威城中,还有众所周知的西夏碑,也颇令人伤感。战争使很多兵士丧生,而民众也常常成为殉葬者。可怜盛极一时的西夏,长期与辽金宋分庭抗礼,其疆土也曾为西北最大,最终依旧沦丧于蒙古大军铁蹄,自此一蹶不振不说,连后裔也难觅了。

列车向西,古老的凉州——今天的武威渐去渐远,在古老的走廊上,大漠戈壁,夕阳残照,万般恢宏,也万般地苍凉、浩瀚。闭目假寐之际,不由想起并小声吟诵岑参不怎么出名的《凉州馆中与诸判官夜集》一诗:

弯弯月出挂城头,城头月出照凉州。

凉州七里十万家,胡人半解弹琵琶。

琵琶一曲肠堪断,风萧萧兮夜漫漫。

河西幕中多故人,故人别来三五春。

花门楼前见秋草,岂能贫贱相看老。

一生大笑能几回,斗酒相逢须醉倒。

车过山丹，想起众多如美丽乳房的山丘，青草披拂，风一吹过，便是一道道的绿浪，匈奴人曾在此驻牧，妇女用"红蓝花"来涂红嘴唇。匈奴冒顿单于最宠爱的那个阏氏，大概也是用过的吧。也就是这一位阏氏，在冒顿的匈奴大军于大同白登山围困刘邦十万大军的时候，被陈平用计使人贿赂，而终使冒顿大军网开一面，刘邦及其部众得脱。不然，历史大抵是会改写的。

但历史永远都不会改写，即便是冒顿在白登山擒获并杀死了刘邦。焉支山，我在多年前来过一次，并写了几句诗歌：

> 焉支焉支，小小的匈奴/佩戴羽箭的人群，在草地上尾随野鹿和狼群/焉支焉支，杀戮的军团/在高原的核心，用战刀和铜器侵略外围/焉支焉支，逃跑的孩子和老人/有一些羊肉落进流水，血液洗白了祁连山的月光和凝眉/焉支焉支，我坐在一块云上，看到大地的庭院里/一大片向日葵，青稞青青，闪亮的鸣镝/这可能也是一种原罪，于今，人类还没有好好忏悔

## 丝路上的金昌

这当然是一条著名的、伟大的、贯通古今中外的、光华灿烂的道路，德国人李希霍芬把它称为"丝绸之路"。相对于这条道路，李希霍芬的命名是短暂的，但学界却异口同声、毫不犹豫地接受了它。丝绸之路，这个伟大而浪漫的名字，从古老的中国一直延伸到

埃及、地中海沿岸，甚至出现在了法老墓葬之中。在历史上，丝绸曾与黄金等价，是另一种货币，通行和风靡于整个欧亚大陆。十字军有过东征，丝绸之路上其他民族也掌握了这项技术。在高仙芝，甚至整个唐帝国在"西域"遭到彻底失败的"怛罗斯之战"中被俘虏的中国唐朝军士杜环，带着中国的技术，沿着欧亚大陆向西直达波罗的海，然后由海路返回。在他的《经行记》当中，记载了一个中世纪的中国唐朝人，在世界上的孤独行迹。

正如法国的于格叔侄在其《海市蜃楼中的帝国》一书中所说："每一个前往丝绸之路的人，归来时总是与众不同。"这句话的间接意思是，凡是动身去到伟大的丝绸之路上的人们，无论成功还是失败，归来之后，都携带了无尽的传说，也经历或者创造了某种奇迹。因此，古老的丝绸之路向来就是创造奇迹的地方，更是文明和物质流转世界的早期通道，尤其是在海洋横亘于人类的脚步之前的那些年代。雪山、大漠、驼铃、绿洲、湖泊、草原，以及暴风雪、尘暴、雪崩，马蹄上的骑士与冷兵器，商旅眉毛上的尘土，干裂嘴唇上的血渍，和亲者的车轮，卷起狼烟的战斗军团，游牧队伍，犹如蛇群奔行一般的白尘……啃食苜蓿的汗血马、跳胡旋舞的异族歌姬、出塞作战的诗人、凶悍的盗马贼、杀戮的弯刀、诵经的僧侣，如此等等，"北风卷地白草折，胡天八月即飞雪……峰回路转不见君，雪上空留马行处""大漠孤烟直，长河落日圆"。多少诗篇汇集的博大与悠远，构成了丝绸之路上璀璨的光辉，并且与日俱增，一直普照到今天。

从古长安出发，越过秦岭，进入伏羲之地，再到兰州，渡黄河，乌鞘岭宛如剑鞘，山顶的白雪如同人类内心绵延千年的哀愁。河西之地，做过国都的凉州，是李世民家族的发祥地之一，再向西行走，迎面而来的大戈壁像是一块巨大的生硬铁板，赫然横在眼前，给人以迎头一击。荒芜之地，向来与死亡紧紧关联，瀚海泽卤，象征着某种人生甚至人类的绝望和沮丧。可是，早些年间，这里完全不是现在的样子，至少有水源、草地、树林，虽然一直在风沙中被侵蚀，但仍旧有人在这里生活居住。

周朝的时候，这里的民族被称为西戎。这个名字现在听起来陌生而又带有诗意，可在周人眼里，却是经常骚扰边境、劫掠财物的定居或者游牧在西边的蛮夷之族，即《祭公谏征犬戎》中所谓的"薰育戎狄攻之，欲得财物"是也。《诗经·采薇》也说："靡室靡家，猃狁之故"，"岂不见戒，猃狁孔棘"。《孟子·梁惠王》亦有"太王事熏鬻，文王事昆夷"等句。

在金昌站下车，回身一看，就可以看到一座大山，上半部分洁白而苍茫，下半部分则显得黝黑，且沟壑纵横。这就是祁连山。祁连，出自匈奴语，意思是"天"。"天"就是匈奴信奉的最高的神。法国历史学家勒内·格鲁塞在《草原帝国》中说：

　　像斯基泰人一样，匈奴人基本上是游牧民，他们生活的节奏是由他们的羊群、马群、牛群和骆驼群而调节。为寻找水源和牧场，他们随牧群而迁徙。他们吃的只是畜肉(这一习惯给更多是以蔬菜为食的中国人很深的印象)，衣皮革，被旃裘，住毡帐。他们信奉一种以崇拜天(腾格里)和崇拜某些神山为基础的、含糊不清的萨满教。

西方学者的傲慢，在他们对于中国的叙述和观察当中时常会出现。勒内·格鲁塞也是世界著名的学者，但其在叙述萨满教的时候，口吻是轻慢和自以为是的。实际上，萨满教和基督教、道教、佛教等完全不同，萨满教没有创始人，完全是在某种社会和自然环境下，人群自我发生的一种以神灵的崇拜和信仰为基础的信仰。

昆仑山乃万山之宗，是中国之"祖龙""祖脉"所在。《山海经·大荒西经》有云：

> 西海之南，流沙之滨，赤水之后，黑水之前，有大山，名曰昆仑之丘。有神，人面虎身，有文有尾，皆白，处之。其下有弱水之渊环之，其外有炎火之山，投物辄然。有人戴胜，虎齿，有豹尾，穴处，名曰西王母。此山万物尽有。

道教的元始天尊和混元派以昆仑山为其道场所在。

这也说明，原始的万物有灵的信仰和崇拜，不只限于匈奴人，更不只限于中国人。为祁连山命名的匈奴人，他们以为天地自然万物都是有灵性和具备某种力量的，如庞大的山系、寥廓的牧场，以及身边的水流、巨大的石头、难以攀登的巨大山崖、超出经验之外的树木，以及任何难以用常理和生存经验解释的人事物。我不觉得这种信仰和神灵崇拜有什么不妥，特别是当人们处在蛮荒和蒙昧时期，产生一种基于身边万物的信仰和崇拜心理，对人心何尝不是一种安慰？而我们所在的这个世界，乃至这个人类社会，已经发展到了无所不能、无所不可的程度，科学的越来越神通广大，技术能力的无孔不入，以至于人类的生活空间越来越趋于透明化。

这也许是好事，同时或许也是悲剧。

因此，用现在的眼光来观察山川河流，乃至整个世界的存在方式、人类的未来，以及诸多事物的内在性与发展性，已经是一件非常容易的事情了。如对祁连山的考察和概括，已经不再像匈奴和古民族那样笼统指认，而是以科学的方式，测算出它的具体长度和宽度。简要说，祁连山东西长八百公里，南北宽二百公里到四百公里，海拔在四千米至六千米之间，其西端为当金山口，与新疆的阿尔金山脉相接；东端则衔接黄河谷地，秦岭、六盘山与其相邻。自北而南，分别有大雪山、托来山、托来南山、野马南山、疏勒南山、党河南山、土尔根达坂山、柴达木山和宗务隆山等多座高峰，其最高峰为疏勒南山的团结峰，海拔达到五千八百零八米。

这一座婉若游龙的山系，至张掖肃南，便与今之金昌相接。也就是说，金昌乃至河西走廊的每一座城市，甚至村镇和沙漠戈壁，都是同气连枝、血脉相通的。有赖于祁连山雪水的潜行，干旱的河西走廊才具备了人居的基本条件。换句话说，正是因为有了祁连山，河西才有人的存在，才会在丝绸之路兴盛时期，积攒和输送更多的文化和文明，即使在现在，祁连山仍旧是河西诸多城市村庄的母亲一样的存在。

而转身过来,在金昌市的西北,是另一个高耸之地。它的统称叫作阿拉善台地。这一片处在巴丹吉林沙漠和腾格里沙漠之间的绿洲,即便只是被漫漫黄沙分割成许多个小块水草地的荒芜之地,其历史也是深厚的。"阿拉善"这个名字,也出自匈奴语,即贺兰山的音转。匈奴强盛之时,它的贺兰部驻牧于此。可以想象,贺兰山、龙首山、曼德拉山上至今留存的岩画,或许也有匈奴人的痕迹。而靠近现在金昌的部分,则是匈奴休屠王的驻牧地。在秦始皇时期,这里名为北地郡。

随着汉武帝的胜利,这一带也尽入汉帝国版图。每一块大地,都浸漫着无数的鲜血,也都埋下了无数的骨殖。民族和民族,政治集团和政治集团,胜败得失,都是以牺牲将士和边民诸多的人命为基本代价的。在很多人眼里,阿拉善高地只不过是一片荒凉的大漠瀚海, 只不过是一纸仓央嘉措的传说, 以及关于弱水河的动人故事,还有额济纳每年十月的金色胡杨。而它的悲壮悲情的历史乃至深厚的文化底蕴,一点都不亚于世界的任何一个地方。再论及居延汉简,阿拉善高原,也真的是人类精神的富饶之地。尽管在很长的时间内,它总是沉浸在无尽的黄沙之中,在形如深井的天空下,与狂浪无际的风尘沙暴、发菜、锁阳、苁蓉、甘草、双峰驼及肥硕的牛羊一起,存在于浩浩荡荡的博大之中。

原载《中国作家》2021 年第 5 期 《散文海外版》2021 年第 10 期选载

散文
海外版
Essay Overseas
Edition

周荣池

# 上河之畔

周荣池

出版散文集《村庄
的真相》《一个人的平
原》《村庄对我守口如
瓶》等。曾获紫金山文
学奖散文奖、丰子恺散
文奖、三毛散文奖等。
现居高邮。

一

　　运河高邮段被人们称为"上河"。

　　很长一段时间内，我常一个人骑车过老淮江公路沿上河北去界首古镇。公路在京杭大运河的东堤上延绵，是一条可以上溯到秦朝的古老道路。公路沿线东去数百里内，便是以小城高邮引首的里下河平原。骑行这段往返百公里的路程，是地理上的穿越，也是城市心理中的探幽。

　　高邮城北上骑行三十五公里就似乎回到秦朝。界首古镇与宝兴县相邻，以子婴河为界限。东去据说入海的子婴河，是小城高邮地理上北部的界限，也是历史上城市源头的某个界限。高邮，因秦王嬴政在此"筑高台、置邮亭"而名，子婴河乃因子婴在此兴水利而名。所以到了这里，便抵达了当年滨海驰道上的秦朝。但事实上，到了界首古镇的南北大街，明清风情已经是现实遗存的极限。如果那些"修旧如旧"的街道显得不够真诚，至少在街边两块钱吃三块闻名遐迩的界首茶干，还是能解除一些口舌和心理上的疑虑的。

　　茶干并不是什么稀奇的食物，甚至都不要太多的解释。长江下游十二圩、当涂采石和界首的茶干被称为"三大香干"。豆腐干成为香干乃因为酱，酱是江南的科学也是深情。湿润的江南需要酱汁的浸入才能久贮食物，成就了传说一样顽固地道的味水。界首茶干制作的工艺有二十道，其中有十三道事关酱水。茶干的形状犹如银币，如同国漆一样黑里带红，红中发亮，就像下河老人深沉的肤色。外表满是蒲包纵横交错、细密有致的纹路，也让其留下了草木的纹理和清辉。茶干味道扎实老道,加之中药"莳萝"的特别参与,成就了特别的食物意境。

传说乾隆皇帝因为茶干从界首大码头登岸流连,人们的善意看来还是富有创造性的。皇帝的威风从京城吹到江南,远望的人们愿意自己脚下的土地沾染点贵气也并不过分。界首大码头并不大——是岸边人觉得很大,就像里下河的人们坚定地认为所有的河流都通向东海。过去码头边好些人拎着篮子卖东西,除了茶干还有茶鸡蛋或瓜子,都是消遣的吃食。初夏时还有卖栀子花的,它的香味和其蓬勃的枝头一样热闹。人们买了花在鼻子边猛嗅,有些人过后就扔进上河水里,有些忘记在衣兜里成为花干,记忆就像花香一样久久不散——就像今天记忆里不散去的码头上热闹的场景。

码头上的机帆船,就像是那傲慢的船工一样悠然,一切按照他们自己的节奏来往两岸之间。待渡是一种无奈的对抗,也是一种诗意的盼望。从城里骑车而来如我,常被匆匆行色的人们眼里的不解所包围。我知道他们心里一定在想:这些城里人到底是无聊些什么,要骑车几十公里来等一条渡船?其实,我只能算是在城里生活的人。我也并非总是无所事事。而正是因为繁忙过度得来的无助,我们更渴望无聊等待中的停顿。大码头向南三十五公里外的生活,比起这里人们的简朴与无奈,其实充满着更多的疑惑和无助。正如上河之畔不断生长的城市,对于千百年来按部就班流淌的河水,在快与慢、多与少、新与旧的对峙与纠结中,人们还是没有找到最标准或妥当的答案。

船家脸上的绛红,有些与夕阳一色的意思,也让人怀疑那是不是中午残留的粗暴酒意。反正他和船都是这个样子,一辈子在东西两岸来回,任何人奈何不了他们。船帮挂着粗厚的旧车轮胎,撞击着坚硬的岸边。除了登上西去的渡船,我已经等不到卖花的老人。有些人现在赶去城里卖花,还带着湖上新长的莲蓬。这些他们眼里的平素之物,在三十五公里之外的城市,价格不菲且颇受欢迎。

三千里运河流到界首大码头停顿一下,成全了等待的人们来来往往。上岸后便忘记了轻易就可以被忘记的经过,包括那晴天不曾或缺的夕阳无限。我便登上了荒烟蔓草的西岸往南,朝着出发的地方逶迤而去。此岸西去是浩瀚的高邮湖承接着喜人的暮色。大运河流到高邮,成就了河湖相连的壮阔景致。大河之畔的东西对峙很有意味,一面是炊烟袅袅的人间,一面是人迹罕至的天然。它们其实都是古老的,只不过一面是古韵新姿,一面是故道旧意。


二

轻便的骑行将渔村抛在身后,再往前是彻底的野地,草木都显得无比陌生。骑行在这样的静谧之路上,孤独但并不会恐惧。遮天蔽日的树木间偶然掉下来的细碎光线,就像是历史深处的小故事一样别有滋味。

离界首大码头往前十数公里,河流在马棚小镇打了个弯,就像一篇文章点了个顿号。马棚湾边岸上卧着一头铁水牛,目光炯炯地望着南来北往的一切。我曾见这尊镇水铁牛被安放在纪念馆里,可是经年累月锈迹斑斑毫无精神。后来人们将它送回老家,它又立刻精神焕发起来——盼望回家看来是万物生灵共同拥有的情绪。民间说马棚湾铁牛为刘伯温所铸,这当然也是善意的演绎。

马棚湾及其所临清水潭一地水患频仍,水是破坏也是一种建设,这里也是传说、诗文以及风物茂盛生长之地。此地还有一点"著名",乃是吴三桂祖籍地——其祖上因养马之事在高邮生活过。吴三桂卫籍辽东广宁前屯卫中后所,后又转战西南称王云南,后世还有贵州黔东南藏着"高邮村"虚实难辨的传说。

我妄自揣摩他无论走到哪里,有一种密码定是生命里长持的,那就是风物所养育的口味。有一年,我在云南某县的路边,见过大堆的慈姑待售。那一刻我立刻想到了自己家乡的马棚湾大慈姑。为水患所苦的运河以及东去的平原在此处弯急水深,梅雨和秋汛常让稻米难有收成,当地人便靠水吃水种养慈姑荸荠。"马棚大慈姑"是远近闻名的土产风物。吴三桂在云南平西王府里不知道有没有吃过慈姑?又有没有因此想到家乡马棚湾的味水?一个人的口味隐秘而顽固,是不会轻易改变的。同样从高邮到云南的汪曾祺,最后定居北京却还一直记得这种寓意着苦痛和不安的味道。他在北京的菜场看到这种家乡常见的风物,这样说道:北京的慈姑卖得很贵,价钱和"洞子货"(温室所产)的西红柿、野鸡脖韭菜差不多。我很想喝一碗咸菜慈姑汤。我想念家乡的雪。

上河之畔的儿女们都是带着家乡的风物与滋味从码头出发的。他们不管所去何方都顽固地暗记故乡的风土。马棚湾也有一处码头，不过是一叶扁舟的小渡口。这里的摆渡并不需要等待，岸边的人们只要扯着嗓子喊一声方言土语，老渡工就像隐士一样出没在横亘于时光的波涛里。从西岸到东堤的西墩渡口，就像是从虚无游走到了现实。舍船靠岸便见草木丰美的清水潭，水乡的风物大抵"窝藏"在此地的水土之中，这些都是颇有些口碑的万物生长。听说早年生活困苦的时候，祖辈们曾经从这里贩了慈姑，去里下河平原东沿线的盐城兜售——很多年后我去那里读书时，有老人问到我的老家后，淡淡地说一句："哦，你们那边马棚是产大慈姑的。"

今天我们坐的船，除了过河的需要，已然空无一物。人站的船在水里一漾，波浪就像有了穿梭时光的力量，把古往今来都模糊得让人觉得失真——多少年来有多少上河的子孙，是靠水上的漂泊把乡愁与风味带到他乡的呢？

1078年秋日，才子秦观从运河北上。看着家乡风光渐远，他不舍日夜地逆流而去，寻找自己想见的世界。他把古邗沟边的一切都装在行囊里："霜落邗沟积水清，寒星无数傍船明。菰蒲深处疑无地，忽有人家笑语声。"此时家乡的儿女情长和他想见的人比起来，似乎已不再那么重要。他学着李白的豪情，一声"我独不愿万户侯，但愿一识苏徐州"，就像是船老大的吆喝，决绝地直往徐州奔去。在这位高邮人看来，这次"追星"之旅甚至比科考还重要。

秦观还带着运河畔"菰蒲深处"的风物到了徐州，并用诗写了一份礼单《以莼姜法鱼糟蟹寄子瞻》。诗人就是有这样的本事，能够在平俗的事物上看到深情。并不需要太多的修辞，正如古道、西风、

瘦马这几个名词放在一起,万物竟然有了惊人的意趣:

> 鲜鲫经年渍醡酥,团脐紫蟹脂填腹。
>
> 后春莼茁滑于酥,先社姜芽肥胜肉。
>
> 凫卵累累何足道,饤饾盘飧亦时欲。
>
> 淮南风俗事瓶罂,方法相传为旨蓄。
>
> 鱼鰦虾醢荐笾豆,山蔌溪毛例蒙录。
>
> 辄送行庖当击鲜,泽居备礼无麋鹿。

这份礼单在内容和形式上都是"土特产",秦观是以方言写高邮风物。莼、姜、鱼、蟹点在题目中就说明了,"法鱼"是风干的鱼,"糟蟹"即是醉蟹。又有"先社姜芽"乃秋社前采的子姜。"凫卵",当然是天下闻名的高邮鸭蛋。"凫"指野鸭,而趋之若鹜的"鹜"才是驯养的鸭子——这两种鸭子今天仍然游走在上河之畔的日常里。秦观的诗用方言写土产,押仄声韵,和这些土产一样新鲜而充满了欢快的情绪。方言是一种很有魔力的东西,用土语写自己家乡的土产,可见这位高邮人的自信。带着上河之畔所产风物的秦观,一定也是带着"江淮官话"的家乡口音。不知他见到坡仙的时候,是不是规避这种土产的口音,而努力让眉山的苏东坡能听懂呢?

三

沿着大河之畔的野地继续南行, 城市渐渐进入了视野——现代化早就是运河城市的新主题。但就像车载代替了步行,生活的前行和流水的变化一直是善变的主题。城市已然高楼林立,仍是历史事实的承载和缔造者,一直在产生着生动的内容和情绪。如今,大河之畔的高邮小城,如果说算是"小有名气"的话,除了"鸭生双黄"之外,似乎总有与汪曾祺绕不开的话题——他与故乡的风物是互相成就的。

我停伫在一段民国二十三年修筑而成的石工面前。九十年前的那场水灾,似乎还在翻滚着暴躁而伤感的波浪。从马棚湾而来的路上,想着汪曾祺游走他乡对慈姑之类种种风物的怀念,也会时时想到那场依旧听得到悲情风浪声的水灾。汪曾祺之所以对慈姑有特别的记忆,是因为这种平凡的风物寓意着一个夏天的苦楚与艰难。慈姑某种程度上成为一种意象和寄托,而不仅只是风物本身。1931年水患暴发的时候,汪曾祺才十一岁。他日后回忆道:

> 我小时候对慈姑实在没有好感。这东西有一种苦味。民国二十年,我们家乡闹大水,各种作物减产,只有慈姑却丰收。那一年我吃了很多慈姑,而且是不去慈姑的嘴子的,真难吃。我十九岁离乡,辗转漂流,三四十年没有吃到慈姑,并不想……

汪曾祺说不想,只是不想因此再提起那场灾难。或者不想再让苦水久矣的运河小城,再因为水患而附带某种作物的丰收。这场灾难留下太多的记忆,顽强得像运河的石工一样,附着在地理表层和人心深处。今天,当明清运河成为干涸的故道,新开运河的涛声之畔,仍能看到那民国二十三年修成的石工。1931年夏天江淮特大水灾暴发后,运河的伤口引起了国人甚至世界的关注。林德伯格夫妇的飞机在灾难的上空,留下满目疮痍的记录。而后,一场自救与互救的故事在运河边发生。匿名的林隐士毁家纾难以求修复运河大堤,美国人何伯奎举家在运河边参与修复工程,退隐的王叔相将军指挥十数万民工以工代赈,运河的伤口才被人们的善意和坚毅修复。

运河流到这个被称为上河的地方,像石工一样坚强的物事多矣。它们被隐藏或者重见天日,不过是以某种具体的方式,在历史深处守护和生长着无数的事实。历史深处上河一直在流淌与奔波,在人心和文字中表达着自己的腾挪跌宕。否则,一代一代人远离了这里,为什么还会记得这河边已经消失的物与事,以及消失的波涛与歌声呢?这些也许并不像我想得那么重要,只是我一个人的自说自话。重要的还是大河之畔的生活,那些被河水浇灌和养育的日常——最后让人想起这场大水的,也许就是几颗马棚大慈姑与大咸菜同烧的苦涩汤水。

今天我们眼下的日常,对于历史留下的记忆好像都显得不够有"段位",就像我们今天笔下没有力量,总是用"温暖"这样俗套的词语糊弄自己和别人。但温暖无有罪过,比如船坞对于河湖而言便是温暖之地。高邮湖与大运河平行南下,被岸边人称为"西湖"与"上河"。引接河湖的船坞装着民生多艰的生活。盼望在水里寻找营生的人们,加上沿湖几省县市漂泊而来的流浪者,齐聚在这个叫作万家塘的船坞——这里,藏着因生活所迫而成的独特滋味。

漂泊的炊烟中虽然夹杂着南蛮北侉的口音,但是船坞就像是河湖之神的膀弯,收容了被叫作"渔花子"的倔强面孔。靠水吃水的渔民,因为"十网倒有九网空"的现实,历来是暴躁和倔强的。这也并非什么祖传的恶劣,所有的贫困都会挤压出独特个性。他们不像上河东岸的人们耕种土地或者经营心思,他们只是靠天收地"取鱼"。他们的倔强也并非一无是处,就像他们自有秘诀的烹饪方式,将这大水之中若隐若现的慷慨调理得有滋有味。

湖鲜是大河之畔的炊烟中生长出来的滋味。渔家善治小鱼,并非追求"治大国如烹小鲜"的境界,是因为大的渔获都交给了城市里体面的生活。他们船尾的锅箱中有独家的味道——河水煮河鱼,自有原汤化原食的妙境。吃河湖之鲜,最要在摇晃的船上。陶醉的人是水里摇晃的鱼,也好像鱼仍在味觉里游动。渔民们也学耕地的农民按照节刻取鱼烹调,就像是按照时令获取菜蔬。正月的虎头鲨、二月的季花鱼、三月的菜花鳖、四月的清明螺、五月的翘嘴鲌、六月的鳊鱼、七月的昂刺、八月的杂鱼、九月的鲫鱼、十月的螃蟹、冬月的鲢鱼头、十二月的青鱼尾——这些都是渔民们在船尾漂泊的厨房中研究出来的"鱼味指南"。

后来船坞萎缩了,像人年长后苍老的胃,容不下太多的食物或营生。骑车经过的时候,偶然见到路边有打鱼归来的人们,那些鱼像谷子一样被堆在地上待价而沽。拾上十来条回去煮上,仍有湖水骄傲的鲜味——当某种生活方式在河畔貌似失效或者消亡的时候，它们又一定会在记忆的深处清晰而又蓬勃地生长。

## 四

上河与城市相望的地方，再往南十数里便是他乡。

除了买鱼，我还时常在连接东西两岸的桥上伫立张望，而后离开西岸回到现实——如今上河有很多桥在不断地生长。一路来往的身形疲惫，让人不禁停留在即将黑透的暮色中休憩，就像那些依旧南来北往的船一样，面无表情却思绪万千。运河里的船就像移动的村庄，格外的清晰和热闹——它们在我的眼睛里甚至比必须要归去的城市还动人。

船是上河行走的鞋子。来来往往的船，让运河在水土之外的时间里也一直游动。上河之水推动着船舶的南来北往，而船让水的流动显得具体而生机盎然。就这样，水流中产生了无比强烈而丰赡的情绪。就像是水里的鱼，隐秘而又活跃。每一条船都是有故乡的，就像每一个人都有故乡。船还和人一样把故乡背在行囊里，最后船和人本身也成了故乡。很多人要感谢这些漂泊的船舶，它们把很多孩子变成了游子。他们从码头上出发，去各处兜售自己的乡愁。兜售乡愁并不是什么可耻的事情。一个人总是惦记着自己的家，一定不会可恨到哪里去。

船是有神性的，它们能通天。它们游走在人间与天界的接口处，当然也包容了不少平俗的传说。远近的人们大概知道：高邮

人黑屁股。这种说法由来已久,似乎已经成为定论。《镜花缘》中林洋之这么讲:

> 高邮人绰号叫作"黑屁",妹夫细细模拟黑屁形状,就知俺猜得不错了。多九公诧异道:"怎么高邮人的'黑屁',他们外国也都晓得?却也奇怪!"

"黑屁"即是黑屁股之意。高邮人对此多不以为意——我们当然都不是黑屁股。黑屁股,指的是一种救生船。这种船专在大风大浪的湖水中救人、救船,因为船尾被涂成黑色,所以叫作黑屁股。这话说的是船,不是人——也许人们也想把上河里的船当成人。

天边残余最后一抹亮色,我赶紧用力挣脱上河之畔的意境,从此岸奔回灯火通明的现实。好在一切还都存在,在聚散、来往、虚实之间存在,如流水、光影、念想一样存在——如此,上河就永远不会断流,上河之畔永远生机勃勃,古往今来的事实如村落、遗存和草木,及至传说、风味和诗情,都在流水的默默无言中不朽——也正是上河之畔虚实相生的风物在生长和失去中,孕育和滋润了一方水土的血脉,它是历史的命脉,是地方的命运,也是我们可以十分骄傲的命数。

原载《长江文艺》2022年第1期  《散文海外版》2022年第3期选载

野棉花山

杜阳林

杜阳林

作品见于《十月》
《收获》等刊。出版《惊
蛰》《步步为营》《长风
破浪渡沧海》等长篇小
说和散文集。现居成
都。

故乡的野棉花山高大巍峨，像是一道厚重的屏障，傲然守望。山下四周，住着几千户人家，世世代代在这里春耕秋收，繁衍生息。野棉花山并没有棉花，一年四季却有各色野花，沿坡烂漫盛开。

山下有户姓郑的细妹子，生得细胳膊细腿细眉毛细眼，瘦怯怯苗条条的。细妹子排行老幺，一些猴抓马跳的男孩，到了细妹子跟前，神奇般的放低了声量，放软了言语，手脚规矩许多，仿佛细妹子是一朵开在春天枝头娇嫩嫩颤巍巍的花，如果说话声音响亮一点，比画动作夸张一点，哈一口粗鲁的大气，都会伤了她似的。

乡间孩子，即使长到九岁十岁，整日混在一堆打打闹闹，都还懵懂得很，并没有严格的男女防线。可细妹子长得乖巧玲珑，个性矜持清傲，又是郑老师的幺女，反而弄得她像是落了单，瘦小身子显出几分孤零零来。不过，细妹子黑黑的眼珠子转一转，长长的睫毛闪一闪，她才不在乎，自有办法和男生打成一片。

细妹子并不是和每个人都打成一片，她只喜欢和我打堆儿。一开始，我也没入细妹子的法眼，她看班上男生的目光，像是蒙了一层薄冰，隔着冷冽和寒凉看过去，这些同龄的男孩子，要不衣服扣子常常"请错客"，要不早上不洗脸就上学，腮上还留着昨晚梦中的口水印子，要不脖子手爪黑得赛煤炭。细妹子瞅一眼，两道细细的眉毛轻轻皱起来，摇晃两下脑袋，仿佛哀叹"竖子不足与谋"。在这群泥猴之中，她发现还藏着一个不一样的我。

我一年到头穿不上一件好衣服，但即使是补丁摞补丁的旧衣，也浆洗得干干净净，穿在身上挺挺括括，而且我的头脸洁净，既无黑印子，又无稻草根，像我这种家里农活不断，吃不饱肚子的小学生，能保持这种状态，算是一个异类。母亲给我做了一双布鞋，我怕穿得多了费鞋，平时上学放学都打赤脚板，布鞋插在稻草或桑树皮编成的腰带里。到了学校，先找水坑搓洗掉脚底的泥，或者拍拍脚上的灰，再套上干净布鞋，昂首挺胸走进教室。儿时的我，固执地日复一日进行这个穿鞋"仪式"。在我看来，打赤脚进教室，是对老师不敬，穿鞋走长路，是对母亲做鞋艰辛的不珍惜，我情愿只坐在教室时，才暂时摆脱"赤足小子"的名号，反正坐着听课又不费鞋。

细妹子的家离我的家只隔一个生产队，她知道我的家境，属于贫下中农还不如的那种。她暗中观察我是否能将这一份体面光鲜进行到底。过了一个学期，她发现我真是与众不同，没有哪一天是脏兮兮乱糟糟地来上课，就算顶着日头走得满脸油汗气喘吁吁，到了教室门口，也要先将气喘匀静，抹一把额头的汗珠子，拍脚套鞋，从容进屋。同学都说细妹子眼睛长在额头上，真没想到她会主动和我交朋友。

我并未有受宠若惊的感觉，家里太多农活牵扯着我的精力。好几次，细妹子邀我放学后一同去她家做作业。她脑袋凑过来，头发有一股好闻的炒芝麻味道，我忍不住打了个喷嚏。大概郑师母心疼幺女儿生得单薄，头发细黄，总是变着花样给细妹子"食补"，她便带着这种香喷喷的味儿来请我去家里做客。我是第一个受细妹子邀请的同学，却接二连三拂她好意，丢下一句干巴巴的"我要回家干活"的话，脱下布鞋依旧斜插在腰眼，一溜风地离开学校，也不管细妹子在身后绞着两只手,将晶莹的泪花花咽进肚子去。

我小学刚念到四年级下学期,家里实在需要劳力,父亲去世得早,单凭母亲一双手,就算不分黑夜白天地劳作,也无法转动生活这扇沉重的"磨盘"。加之学校每次留下欠费的同学,都有我一个,母亲要干农活,经常顾不上领我回家,我便决定不再去学校听课读书,留在家里给母亲搭把手。细妹子听闻这事,穿着一双灯草绒的红棉鞋,噔噔噔地跑来找我,跟在屁股后面,问我:"是一周不回学校呢,还是一个月不回?到底好久回去上学嘛?"

我割猪草,细妹子跟着;我收苞谷,细妹子跟着;我去捡柴火,她照样跟着。我有点不耐烦,嫌弃这个小姑娘碍手碍脚的,皱着眉头哎呀道:"我也不晓得好久回学校,可能以后都不回去了,你看到我有这么多活路要干,跟到干啥子嘛?小心镰刀把你碰到。"细妹子一张小脸,先是白白的,又变得红红的,几粒晶莹透亮的汗珠凝聚在她鼻尖上。小姑娘一发急,鼻尖就爱出汗。她也看出自己一直跟着我打转,反而影响了我正常劳动,便怅然地点点头,扁着嘴巴轻轻说:"好嘛,我这就回去。你就算不在学校念书了,也莫丢开课本嘛,你先自己学到,有不懂的,放学后我来讲给你听。"

现在她说这些,我暂时还听不进去。我手脚不停地干活,就是不想让头脑有哪怕一分一秒的空闲,耽误了我干活的进度。其实,细妹子追问我的问题,我在决定辍学之前,不止问了自己五百次:我到底什么时候才能重回学校上课呢?

一天的农活不停歇地干到黑,终于到了洗完脸脚,可以上床睡觉的时候，我才忽然感到一阵失落，还有茫茫的空虚。一个十岁孩子懂什么叫空虚呢？可一百岁有一百岁的虚无，十岁也有十岁的苦恼。我就是觉得空虚了，左想右想，将自己一天干过的活翻来覆去捋了一遍，觉得并没有错过哪一桩，母亲交代的事，我全都办好了，到底还有啥好空虚的？我脱了外衣，将自己裹进被子里，胸口闷着一口气，手往冰凉凉的枕头底下一伸，触碰到了小学四年级的语文课本。

我一翻身坐起来，忽然明白这种空虚原来是源于我今天还没看课文，该学的生字没学，该划分段落大意归纳中心思想的，统统没完成。今天一整天，我在田间地头坡上山林忙个不停，就是刻意想遗忘那种痛楚。如同钝钝的刀背一下一下拉过肌肤的痛，虽不显山不露水，却固执地让我晓得，就算我把全天下的农活都干完了，还是会留下这种失落。它在你身上划拉一个月、一年、十年、五十年，直到将你健康的身体，划拉出一个大窟窿，再也无法完整。这想法令我不寒而栗，我划根火柴，悄悄点燃了煤油灯，向火苗凑过去，贪婪地看着书页上的汉字。不安的灵魂一下子平息下来，安静得像是潮水离开，沙滩干干净净，不留任何杂物。

不知是细妹子拨动了我自学的心思，还是我本身从未放下过对知识的渴念，在我辍学第一天，就正儿八经开始了自己啃书本的漫漫征途。

细妹子很快发现了我这个秘密，因为那天在野棉花山上，我请教了她一个关于数学的问题。她激动极了，仿佛我半天解不出这道方程式,是给她馈赠了一个大礼包,正好让她横刀立马,出手相救。别看细妹子说话细声细气,人也长得温柔娴静,眉飞色舞教我怎么解方程式时,还真有她教师爸爸的风范——字正腔圆,有理有据。她辅导我老半天,得了我一声谢,好比走在路上捡到一块金子,开心得耳根都发了红,连连摇着小手说"不谢不谢"。

我们那儿最高的一座山,就是野棉花山,从我辍学那天起,它便成为十岁的我一个暂时逃遁俗务的空间,一个寄存理想的处所,一个外人不知的乐园。细妹子是唯一的知情者。之前她好多次邀请我去她家一起做功课,我忙着回家干活,未能成行。现在我们选择在山顶学习,她从不抱怨山高坡陡,瘦伶伶的腿脚,麻雀般一跳一跃地攀上来,脸蛋红红的,直喘粗气,看我在山顶,脸上的笑容如迎春花,黄灿灿地绽开。

野棉花山既然容纳了一个辍学少年的"逃遁和躲避",便不再是那么自由而随意,想来就来,想待多久就待多久。我去偷偷摸摸地看书学习,是从干活的时间里挤出一截光阴来,这不属于"正经事",每次都非得动点心思才可成行。比如对母亲说,我是去坡上看看我们的地,或者去扯草捡柴,母亲有时应允,有时又指派我去干另一件事,我便脱不开身。

细妹子有时一个人站在山顶,山风吹拂着她,野花寂寞盛开,她小跑了一路,胸口喘得像拉风箱。她从未在我面前说过一句譬如"应怜屐齿印苍苔,小扣柴扉久不开"的话,从未抱怨过我留给她的空等一场。她脸上永远挂着那么欢欢喜喜的表情,好像每次都和我约好一般。我在山顶看书做题，她心有灵犀地过来了，教我功课，陪我学习。我们配合默契，没有一分钟虚度。

没过多久，细妹子发现，她辅导不了我了。因为是自学，我不用跟着学校老师的教学进度，可能她坐在课堂上三天学来的东西，我一晚上就都学到手了。她有点惊讶，试着抽查了我几道题，发现我对答如流，眼中便闪烁出一星一亮的光来，露出喜悦的微笑。

细妹子并不因为自己当不成"小老师"而失落，她还是喜欢放学后来找我说一会儿话。女孩子心思总是忸怩的，她有次期期艾艾地开口问我："我没办法和你同步学习，你还愿意和我聊天吗？"我感觉她提了一个蠢问题，反问她："为什么不愿意聊天？难道我们不是朋友吗？"这句简简单单的话，竟然让她兴奋得鼻头都发红冒汗了，可见女孩子的大脑回路，天生就和我们男生不一样，真是莫名其妙，琢磨不透。

我将野棉花山当作学习的自由家园，细妹子呢，却是为见我而来，她的欢喜和失落、忸怩和纠结，从来不是因为这座山上的草长莺飞、花开花落。

细妹子爬到野棉花山上，从来不肯一屁股坐下，总要从衣服兜里先掏出一张花手绢来，整整齐齐铺好，然后才肯坐下。有次她发现我眼睛盯着她手里的花手绢看，脸红起来，不好意思地跟我解释是怕裤子坐脏了。我很理解地点点头。细妹子爸爸是学校老师，上面的哥哥姐姐又疼她，家里经济条件比我好得多，穿的裤子也很少见到补丁。这样好的裤子，是不能直接坐在地上糟践的，用我母亲的话说,不爱惜东西,那叫败家子。

到了次日,细妹子再来山上,她稍微犹豫了一下,直接走到我旁边坐下——没有垫花手绢。她像办成一件大事,吁出一口气,我却有点难以精神集中,那天的题也解得疙疙瘩瘩,心想不得了,现在连细妹子都这么不讲究,穿着新崭崭的裤子就往地上坐,要当败家子了!

人家女孩子裤子底下有没有垫块手绢,哪里值得我来操心呢?但我就是为此操心了,一分心,连着两次做错题。我老是想着她别磨脏了裤子,才解不好题。暮色西沉,光线暗淡,我们收拾着各自的课本时,我寻思着应该给她指出这个重大问题,免得明天她来一起看书学习,我还是会分心,既费精力又费时间。

于是我开口说道:"你今天忘记带手绢了吗?"细妹子顿时整张脸都成了西红柿,她在那儿脸红了半天,从兜里掏出碎花花的手绢,声音低得像蚊子:"我以为……你不喜欢……我垫手绢的……臭美做派。"

她这种样子,搞得我也心慌起来,模模糊糊地认为自己刚刚问了一句非常多余的蠢话,于是赶紧找补:"没有没有,这算啥臭美嘛?"为了宽她的心,我还告诉她,我用攒了很久的零花钱买了一把牙刷,自己每天坚持刷两次牙,没钱买牙膏,就蘸盐水刷,母亲看不惯,骂我好多次"臭假",我偏不理她,该刷还是刷。细妹子"哦"了一声,过一会儿,她没头没脑地轻轻说一句:"以后我也天天刷牙。"

郑老师听了细妹子讲我自学的情况,当即表扬细妹子做得对。

细妹子借机请示她爸,能否将她二哥之前的全套课本借给我,郑老师想都没想,立马点头同意。细妹子二哥不愧是学霸,用细小工整的字体,在课本上写写画画,标注重点。常常,我看书时瞥见他的"眉批",都有一种醍醐灌顶之感。

这套宝贵的课本令我欣喜莫名,自从拥有了它,我干活不由自主地加快了速度,总想从每天密密匝匝的农活中,抽出一点时间来看书。岂知人的心思越是急躁,手脚越是慌忙,就越容易出乱子,那天我背了一大捆麦子,一心想着早点干完活好回去学习,不料一脚踩滑,背架子底部垫着坡坎,重心失衡,一个倒栽葱跌了下去,背架子连着我,在坡上打了几个滚,被树枝绊住才停下,麦子也散了一坡。我坐起来一睁眼,看到的咋是"山河一片红"呢?再努力睁大眼,鲜血滚入眼眶,带来火辣辣的刺激感觉。

我这一跤跌破了眉心,还有左眉骨下方的皮肉。只差一粒米大小的距离,坡上的石头或者枯枝,就会刺中眼球。我抱着万幸的心,抓一把泥土捂在伤口上,汩汩的血,滚烫滚烫地滑下来。我就这么血流血淌地走回去,母亲赶紧找布条给我包扎。

因为受伤,这天我没有去野棉花山。吃过夜饭,细妹子到家里来找我,一看我的伤兵打扮,惊讶万分。我学着母亲的话开导她:"没得事,我又不是女娃娃,不怕破相。"哪里晓得,这句话竟然得罪了细妹子,她扭身就往外走,喊都喊不住。

又过了几天,细妹子才肯来见我。她左右看看没人,从书包里飞快掏出两个尚有余温的煮鸡蛋,塞到我手心。对于我来说,一年到头都吃不上一个煮鸡蛋，我家养着一只漫不经心的老母鸡，一般两三天才下一个蛋，它老人家还常常会下错地方。这些蛋，我和家人吞着口水瞪着眼睛也舍不得吃，小心翼翼攒着。母亲常常说："鸡屁股管着我们吃盐用油。"这话虽然听起来有点怪，但道理就是这道理，因为我们要卖掉鸡蛋买煤油称盐巴。细妹子一气就拿出两个煮鸡蛋来，还逼着我一定要马上吃下。

透着青白的蛋壳，我能闻见里面的蛋黄香，我悄悄咽了口口水，不愿意在小姑娘面前露出自己穷痨饿虾的一面。于是故意闲闲地问她："你过生啊?家里煮鸡蛋吃。"她"啊"了一声，又过了一会儿，才细声细气地回答："今天不是我过生，我妈说的，吃鸡蛋最有营养了，你流了那么多血，是要补一补的。"

细妹子还给我带过泥巴花生、葵花子和水果糖。那时，我们对"外面"上班的人十分羡慕，我甚至憧憬，如果以后有机会当一个代销店的营业员，或者粮站的验收员，已经是知足幸福的人生。细妹子却告诉我，在卖这种糖果的省城，还有很多种我们听都没听过的工作，也有很多新鲜有趣的玩意儿。我心里翻起了一朵朵细白的浪花。

对我而言，历史、政治等文科自学难度不大，靠死记硬背的功夫，就能记住书里的内容，但面对物理、化学、数学这些学科就吃力得多。不过再吃力，我也哼哧哼哧、老老实实地一页一页去看，一题一题去做，细抠每个知识点，遇到一道难题即如同遇到一个"拦路鬼"，和它搏斗的过程漫长、艰难同时又乐此不疲。

郑老师到我家里来，闲聊时鼓励我："你想今年参加高考吗？你就当这次去检验一下学习效果嘛。"我连个正经的辅导老师都没有，可能吗？

郑老师的话，如同抛出了一个小小的火种，让我全身上下都暖融融的。在他的举荐和协调下，校方愿意给我一个考试的机会，高考成绩放榜，细妹子是一路跑着回来告诉我的。我考上大学，细妹子比自己考上了还高兴。

家里翻了个底朝天，也凑不够大学第一学期的学费、生活费。录取通知书上写的六十元，放在今天不过一杯茶钱，但在那年头，对我家来说却是一笔了不得的巨款。母亲身上有一两元钱都感觉"很富裕"，到哪里去找这么多的学费呢？

9月1日是大学报到的时间，我踩着泥巴脚干活，从初中报到归来看我的细妹子，惊讶地说："你不是该去上学了吗？"我不知道细妹子跑回家，是怎么和她爸爸说的。很快，郑老师带着一百元钱，让我赶紧去西安报名，我惊讶地望向郑老师，他眼神中盛满了慈爱和温暖。郑老师辛苦养大四个儿女，教育培养了这么多学生，当年的他，年岁还不到五十，两鬓已经霜白，仿佛染着洗不掉的粉笔灰。那日他脸上疼惜和鼓励的表情，我一辈子都忘不了。人的一生，说长也长，说短也短，也许谁都会遇到一些坡坡坎坎，但也可能遇到一些真心帮你助你的贵人，他们会在你最绝望无助时无私地施以援手，他们是漆黑夜空最闪亮的星，照亮了我孤单的少年征程。

我终于有钱去上大学了。走的前一天，细妹子又约我去高高的野棉花山上,她送了一个塑料封皮的笔记本给我,里面夹着好些花儿叶儿草儿的,有种干爽甜净的植物芬芳。她送我,我就傻乎乎收下了。她眉眼弯弯地对着我笑,笑意中满满都是温暖鼓励。我也笑了,明日即将"去远方"的激情满溢,我预支了远行的快乐,没有太多关于离别的感伤和不舍。九月的风吹拂着野棉花山顶的我们,我们不知道,从这一天开始,我们的人生就将朝着不同的轨道行进,命运就正式有了分野。

那年大学放寒假,我从西安回家,埋头赶路,就在野棉花山下的进村路上,我被细妹子的大哥拦住。他鼓着眼睛,挽着袖子,气哼哼地问我,为啥要和他妹子通那么多信。我觉得这是个人私事,这问题像一种无理取闹,我为什么要向他交代自己的通信情况呢?于是不想也不愿回应,低头想从旁边绕过去,他索性两臂一伸,拦在我前面,不准我轻易通过,咬着牙齿凶巴巴地警告我:"你家里那种情况,还想打我妹子的主意,别不要脸了,还是趁早死了这条心!"

我的脸骤然变成了猪肝色。郑家大哥给予我的无情"指控",让我与细妹子从前的种种纯洁交往变了味道,仿佛我真成了那只不知天高地厚、妄想吃到天鹅肉的癞蛤蟆;仿佛我和细妹子的纯真友情背后,藏着不安好心的阴暗奢望。这种尖锐而粗蛮的命令,倒逼我去面对自己从未思想过的事实:我这种家境,哪里配得上和细妹子这样的女孩来往?我与细妹子之间,如同竹根和竹叶,不知差了多少个"节子"。

少年的自尊心,是如此的强烈而固执,我被一根尖刺般的东西,深深伤害了尊严。我冷静下来想到,也许细妹子的大哥说的话并非没有道理,我对她既然没有非分之念,何必去干扰她的正常生活呢?

我不再回复细妹子的来信,甚至狠心不去拆开她洁白如鸽的信封。有段时间,细妹子给我写了很多信,我将它们整整齐齐锁进抽屉里,像是将自己年少的温暖友情一刀割断,趁着伤口还未流血溃败,赶紧锁到黑暗之中,哪怕疼痛,也选择硬下心肠视而不见,哪怕耳畔仿佛回荡着细妹子细细的呜咽,也选择充耳不闻。细妹子的信渐渐悄止了,犹如一只柔弱的蝴蝶,在风雪中飞了太久,太久,她的翅膀终于无力承担负累。

再后来,我们都长大了,在不同的城市工作与打拼,有了不同的生活,须调度自己全部精力,应对成人纷繁的世界,我们终究走入了迥异的人生。

我在成都有了自己的事业,专门开车将郑老师接来叙旧,和他谈天说地,聊起儿时种种,不免心酸,也不免欣慰。郑老师提到了自己最疼爱的女儿,细妹子和父亲坦呈过心迹,她说,最终没有和我的人生重叠一处,是自己没有福气。

这话让我眼眶潮湿。我从未对她说过"再见",我们的人生如此离散,仿佛被命运荒谬拨弄,又如同成长的残酷和必然。过往时光已不能回头,唯有期望如今身在异乡的细妹子,能过得平安喜乐。

多年后午夜梦回,或者结束了疲累的加班应酬,燃起一支烟,慢慢踱回家时,偶尔我会想起故乡的野棉花山,想到那个细声细气爱脸红的细妹子。如今的她,早已走入人海远在天涯,但她曾给过我最纯真的友谊、最无私的帮助、最诚挚的理解,像那个被遗失在岁月深处的笔记本一样,满满都是花儿叶儿草儿的气味,即便只是枯萎的植物,也依旧散发幽香。

那时的我们太年少,不懂内心的悸动,不懂对未来的期许。岁月终会老去,时光那么无情,野棉花山如今已无花可寻,无路可登,荒草湮没了少年的足迹。但我记忆中的细妹子,还是那个穿大红灯草绒棉鞋、笑如月牙弯弯的小女孩,从来无须去刻意想起,永远也不会真的忘记。

原刊《湖南文学》2021年第1期 《散文海外版》2021年第2期选载

散文
ESSAY

王晓莉

# 十字街，与钉婆婆

王晓莉

编辑。出版散文集
《双鱼》《红尘笔记》
《笨拙的土豆》《不语
似无愁》等。曾获江西
省谷雨文学奖、井冈
山文学奖等。现居南
昌。

十字街这个地方，怎么说呢，其实就是硕果仅存的老城区缩影。挨挤得密密匝匝、低矮的棚户，每一家的门都朝着街道敞着。木质结构的房屋有着"随手扔根火柴都可能引燃"的隐患。线路凌乱，细细观察可以发现是不同时期接上去的。电表盒子也不像现在的新型小区，整整齐齐一大排挂在墙上，而是上一个，下一个，哪儿有空当就在哪儿挂一个。弄得墙上像挂了很多炸药盒。乱归乱，生活却是便利得很，因为卖什么的都有。不用出街，一日三餐吃穿用度全可以在这街上搞定。卖米粉和面的小门脸，毫不起眼，门口却总是围一圈年轻的孩子，一边拿着手机低头刷刷刷，一边等空位，原来那是一家网红店。不长的一条街，光"房屋中介"就有五六家，你就知道这儿的房屋无论租还是售卖都是很俏的。就算你是某种"少数派人士"，比如信佛的，也不用跑到苏圃路上的老佑民寺去。十字街正中央位置就是"观音阁"，它是南昌唯一的女尼道场。每到佛教的几个重要日子，十字街就陡然多了许多人。他们来上香，祭拜，脸上满是兴冲冲和虔诚。有一年元旦，我特意起早去了一回，不大的天井里摆满了信众供奉的平安灯，整整齐齐的像阅兵方阵。那些灯都是红色的底座，黄黄的灯光，像一小片布满星星的天空，很是梦幻。当然，另外有些日子我也来过这里，一次是为生病的弟弟，一次是为父亲，还有一次是为自己。在蒲团上面朝观音大像拜下去，再起来转一圈，或是往功德箱里做个小小的布施。两边有笑口常开的布袋和尚，没有人不爱他；还有韦驮护法。护法一向怒目圆睁着，可是我知道他也是慈悲的神。

正对"观音阁"的马路对面，还有一家市立精神病院。有时我觉得生活真是无处不偶然，却又无处不充满隐喻。寺庙安抚人的灵魂，精神病院则修治人的精神——尽管能否治好存疑。而这两处竟然恰好面对面！所不同的是，观音阁任意人的进出，精神病院则总是门庭紧锁，这使它成了十字街上的一个例外。我每次经过，总是深吸一口气，仿佛它跟我有某种难以言喻的关系。

差不多到了2014年，有一天我买菜路过十字街，突然发现街口安上了竹篾子做成的那种围挡。围挡上张贴着"观念一变天地宽征迁片区开新篇""拆迁政策是根本　真诚服务是保障"诸如此类的标语。我绕到围挡后面，突然发现这条街已经面目全非。因为大部分房屋已搬空，整条街初现出一种废墟的规模，远看有点像好莱坞战争电影里搭出来的那种又大气又荒凉的布景。我有点惊住了，赶紧往里走。只见有的房屋墙体上用蓝色笔写了数字编号，代表即将拆除；有些则是大红色笔写的"征"字，里面的人家还在生活。晾晒了形形色色的衣服，小车、电动车还停在门口，还有老人家在门口休闲……但是一切就是都不一样了。哎呀，要拆迁了吗？我还没来得及把十字街熟悉个遍呢。我这样慌乱地想着，在十字街连走了两个来回。电动车经过身边时带起很多土，我也不想躲避。我看见还有"房屋中介"开着门，还在营业，可是都要拆了，它"中介"啥呢？我想不明白。我又看见那家网红面汤店，居然还有客人在吃。女店主在炉前烹饪，男老主人（可能是她父亲或公爹）在那里就着一堆煤灰慢慢做蜂窝煤。烧煤虽然脏，可是比烧煤气省钱得多。我并不饿,还是急急地进去,点了一大碗米粉吃。我想,再不吃,就吃不上了。


到了那年深秋,天已经很凉,是要戴围巾的季节了。十字街只剩下几户人执意不走。那么大一片土地上,那几家就很显眼。而且怎么看都有点凄惶。被什么看不见的东西在身后催着似的活,其实是很累的吧?我去那里逛时这样想。那几户居民眼神警惕,有的远远看见,会从他那边绕过一些土堆或是废品堆,赶过来打量一下我。见我戴眼镜,会议论说:"是不是记者?"但看我的样子又不像。我什么设备也没有。

这样我就认识了钉婆婆。她是那不肯搬走的几家中,屋子最为"豪华"的。那是一所木质的两层老宅,本就发出年深日久的气息,现在在这片正在经历拆迁的土地上,它还是那样完整、一点不松懈地存在着,就显得相当孤僻,以及不合时宜。那是下午,钉婆婆门是敞着的,我刚从一家搬空的人家转悠完,顺势就半只脚踏进她一尺来高的木门槛。脚还没放稳,就见一个矮小的老太太从廊道里急急出来,冲着我一声喝:"做吗呢做吗呢!"她个子只有一米四多,但因为全身都是骨骼,丝毫没有肉,就显得很"硬",颇有太湖石的种种特征:瘦、漏、皱、透。我被震慑了,这才反应过来是自己逛了太多"无主"屋,现在误进了一家"有主"的。我忙忙地说,我小时候住过这样的房子,很多年没住过了,所以想看看。老太太才略微放松了警惕。但是明显也很不欢迎我这样的人。我赶紧退出来。一枚传说中的"钉子"，我在心里说。所以我在心里把她叫作"钉婆婆"。

后来我去了几次，发现随着拆迁的日益完成，钉婆婆的门扉再也不打开了。但是我还是看得到有人在里面生活的气息。有电视和自来水的声音。这时候已经有建筑工人入内施工了。这些工人在了解我只是一个闲逛者之后，总是乐意向我介绍各种事情。有一天有位建筑工告诉我，钉婆婆的丈夫从前是开米店的，赚了钱建了这栋屋。钉婆婆是妾，目前大房老婆的儿子和她一起守在这幢屋里。大房儿子还没有娶妻。我想到从前，二十世纪七十年代，那时我还小，在南昌的干家前巷、三眼井一带住着，准确地说我住的地方是叫"南海行宫"——我现在想起这个名字就要发笑，有种置身《西游记》或是可能遇上观音娘娘的感觉。但是那个地方就是叫这个名字。现在也还在。那里一栋一栋全是钉婆婆这样的老屋，每栋老屋里，都有一个这样的钉婆婆。


从拆迁到真正开始重新建设，这中间有一段空当。几乎没有人从十字街穿过了，城中心居然有这么大块空地，除了捡破烂的，几乎看不到人。

捡破烂是非常好看的。破铜烂铁不说了，木头、大大小小的纸箱、塑料薄膜、旧家具，还有电脑主机……在拾破烂的人眼里，就没有没有用的、换不来钱的东西。它们形状、大小、用途各异，可是经过拾破烂的拾掇摆弄，就服服帖帖地聚拢在了三轮车或加长改装了的电动车上。就像性格完全不同的人组成一个旅行团，经过导游的引导,彼此相处也很好。在十字街这样拆迁的地方捡破烂,如果你有两把力气收获就更大了。很多旧钢筋都要用力去拉扯,打架一样,最后总是捡破烂的打赢,钢筋就乖乖地躺进三轮车里。所以在十字街巡来巡去的拾废品的,必定是男人。而且很奇怪,多是上了点年纪的。有一次我看见一个大哥在那里拉废弃的钢筋,"搏斗"了很久,总有一刻钟,才有一根钢筋到手。那时是黄昏,他瘦削而紧致的身影仿佛陷落在建材垃圾里,后面是灰扑扑的夕阳,没有耀眼、喜悦的光泽,只有一丝悲凉往外渗,悲凉中又生出一些力量来。

我看多了,也产生了捡的念头。我觉得这活儿真是不错,让世界多一点有用的物品,少一些可以避免的垃圾。当然那位大哥以可以卖钱为准则,我则是专意于捡"好看"的。我捡到了一个广口青花花缸,一看就有年头了,只有中腰位置有一道很长的,但不细看并不会发现的裂痕,这大概也是它的主人丢弃它的原因。但其实它一时半会儿也并不会裂开。而且它那么大那么美。我弄回家,发现和我家放米的白瓷缸可以配成一对情侣缸。那只青花米缸是我外婆留下的。捡来的这只我用它放字画卷轴,非常文雅。我又捡了一只大约是用于腌盐菜的小口广肚泥坛,我设想插一大把干芦苇在里面会很摇曳多姿;另外我又和丈夫抬了一截樟树树干回去,它看上去是一棵樟树最中间的一段,是樟树最好的一段年华。最后我在看上是一户人家厨房的位置还发现了一只巨大的深褐色水缸,应该是有年头了,把头伸到缸上面,感到凉飕飕的阴寒,好像时间躲在里面很久,没有出来。我想象它种满睡莲,或者单纯做摆设放着的样子,十分想要搬回家里。但是太沉重了,没有一辆小车愿意运它。家中似乎也没有放这么大只缸的空间。

这中间我突然生了场不小的病,住院、手术、复查,以及修复心情,耗费了大量时间。十字街我很久都忘记去了,净顾着与疾病周旋,终究没被打垮,但也改变很多。改变之一是看见有人写生病的文字,总是跳过不看。人们深重经历过的黑暗事物,例如恶疾,例如丧失之痛,当"克服"过它之后,就有"一览众山小"的某种隐秘体验。就这样,快有两年我没有想起十字街。

到了今年,不知怎的我又惦念起钉婆婆了。仿佛"她还在不在那里"这个问题对于我重又变得重要了。经过十字街口的时候,最初拆迁时用的看上去很廉价的围挡,已经更换成好看的绿色围挡。周围高楼迅速地林立起来,从前那条低矮的十字街快要被完全覆盖掉了。

夏天的时候,十字街与我家相反的北边那头,"王府井购物中心"落成。很快它就成了南昌新景。听说开张那几天车都停不下了。人们动辄说"王府井"而省略掉"购物中心"几字,仿佛置身北京似的。"王府井"落成,我唯一高兴的就是里面六楼有个影院。这是离我家最近的一家。此前我看电影得跑到象湖附近的一家影院去,因为人少僻静,那个小影厅常年弥漫着淡淡的霉味。电影还没散场,清洁工就手持扫帚站在一边等。我每回去都得思虑半天。现在十字街"王府井"开张,我与丈夫立即去里面看了一场姚晨主演的电影

《送我上青云》。姚晨在电影里的生活非常戏剧，一下子得了恶性肿瘤，一下子又去一个云雾缭绕有如秘境的地方给企业家父亲写传记——为了赚三十万治病的钱。电影最后是姚晨站在墙垛口，当风的位置，对着青天"哈哈哈"了三声，意谓把生活的晦气一"哈"了之。我说不上来这个电影好还是不好，但是以后能够只用二十来分钟的时间去"王府井"，看上大银幕，对于我而言就是高兴的。

　　看完这个电影我更想念钉婆婆了。因为她家实际上就在"王府井"的后面。看姚晨的那个影厅如果有窗口，说不定就是对着钉婆婆家，没准我还能看见她在天井里走动，像块移动的太湖石。我因此在家里念叨了几次，我丈夫则说通往钉婆婆家的那条路已经完全封锁了，进不去了。我不相信。我也说不上来我想从十字街从钉婆婆那里得到些什么。但是有时候一些看似与自己完全不相干的人和事，其实对我们意义重大。有一天下午天突然变得很凉快，一点也不燠热了，我就决定趁此好天去十字街会会钉婆婆。果不其然，街口围挡后面一个守卫模样的人喊住了我，说那边路不通的，他大概以为我是要去"王府井"——看来我丈夫说的也没错。我说我就随便逛逛。他也没拦我。等我走了一段，我发现我已经快要不认识十字街这条路了。几乎所有的老房子都消失了，拆迁的建筑垃圾比以前更多，但是同时又拉进来了许多新的建材，待用的混凝土预制板弯翘翘地堆得到处都是。路两旁已经新起了许多崭崭新的小区房。推土机和钢吊车有好几台在不同地点施工。有小哥开着"京东快递"的送货车从身边穿过，往施工人员的临时住宅那里去。

真是有人的地方，就有快递。路边三三两两的大废墟小废墟上，还是有流浪狗翘着它的尾巴路过，还有老鼠、鸟这些活物。废墟上还多了一种两年前这里还不曾存在的新事物——共享单车，准确地说是共享单车的某部分。这些黄车有的坐垫被拧掉，无头骑士一般倒在那里；有的两个轮胎被不知什么力量拧成了两股麻花；还有的只剩一个黄色的车杠子。单车的"尸体"全都裹满了尘土，像长途跋涉之后牺牲在了这里，且无人掩埋。有一只车胎插了一部分在地里，牵牛花遍布它全身，绿色的藤蔓，紫色的花朵。在一片荒芜之中，那坚硬的轮胎遍布柔软的绿植，像出自美院学生之手的作品一样有几分动人。我对着它拿手机拍了又拍。

我略带惊讶地一眼就看见了钉婆婆的家。在那么大一片工地当中，所有人生活其中的、旧的、能拆的部分，都已经被彻底拆除了——是在为起来一个新的、更加坚固与豪华的，也是供人生活其中的世界而准备。就在这么一个背景下，钉婆婆那幢她经营米业的丈夫留下的、古旧的两层老宅，还完整地留在那里，还是那么孤僻、不合时宜地门扉紧锁——当然会被我一眼看见。周围几十层的新楼，衬托得它更为低矮，不堪一击似的。但又似乎更为倔强。我发现它唯一变化的是比两年前多加了一道铁栅门。透过铁栅往里看，漆黑的廊道尽头有只干净的木凳子摆放着。除此什么也没有。我不死心，又绕到屋后去，也没有看见什么。又退后几步往二楼阁楼看，还是不能判断钉婆婆是否在里面。但是我有了新的发现，我看见从她二楼阁楼的背后长起了一棵笔直的构树，非常高，有一层楼那么高。这是两年前没有的。这使钉婆婆家显得像是三层楼了。构树生命力很强，水泥缝、石崖边随处可以存活下去我是知道的。我家旁边就有一排，它的每枚叶子都有一个各不相同的缺口，成为辨识它们的最好特征。

一个头戴安全帽，长得像二人转演员宋小宝的建筑工过来，问我干吗。我说我两年前来过，当时还有个老婆婆住在里面。他立即以一种掌握了第一手情报的得意神情告诉我，老婆婆还在里面，生活得好好的，有个儿子陪着她。我"啊"了一声，却什么其他话也说不出，这是十分复杂的一声"啊"。

于是和他东拉西扯关于十字街的种种。他用手画了围着钉婆婆家的一圈，说，你没看出来，这里建材这么多，这里到时候就是地铁口嘛，明年大概地铁就通了。

原来钉婆婆家这个位置是在地铁口。那……那她家怎么办？我没问出口。但是"宋小宝"猜到了我的意思，他说，还没到时候嘛，到时候就有办法了。

我与这位"宋小宝"的聊天最后陷入了这样一个境地：对这个看似与己无关的钉婆婆以及她像一枚钉子守住木板一样的行为，我们随意地谈论着，却又使用着一种因为省略一些主语、宾语，省略一些动词而意思有些隐晦的语言，彼此却又都明白。

我拿出手机拍钉婆婆屋顶那棵笔直得像把尺子、直刺青天的构树。"宋小宝"觉得无趣，说，这有什么拍的呢？他连问了两遍，见我只是有点尴尬地笑，也没回答，他就回他的临时工棚去了。我是没法回答他我为什么要拍。我不能跟他说我觉得这看上去有点特别——本来是很凡庸的一棵树，因为长在这样一个荒凉与热闹兼有的拆迁地，因为它的某种唯一性——几乎所有的绿树都被销毁或是挪走了，它显得非常不一般起来。

树长到了钉婆婆家的房顶正中央，住在里面的钉婆婆和她非嫡亲的儿子也不嫌碍事去剪截掉它，而是选择与树共生共存。这里的用意大可回味。我想我是理解钉婆婆的。时代在往前冲，像"王府井购物中心"那样的新的东西不断生出来，叫人心蠢动，叫人目不暇接。但是那些在骨子里并不是我们的。我们路过，看一会儿，终究还是要离开。我们只能抱着残存的、与自己一起长起来又一起老下去的东西活。像屎壳郎抱着粪蛋子。像平凡的树盘踞了未拆的屋顶。像钉婆婆，世界已经收缩成了她先夫遗给她的屋子那么大的地方。

我们每个人都是钉婆婆，或者都在成为钉婆婆的路上。

我还是时常去十字街这片废墟走动。这么一大片无人的土地供我随意溜达，不会人挤人，也不用花一分一毫。这让我充满欣悦。如果说城市也有荒野，这就是。谁不喜欢荒野呢？哪怕只是一刻。可是我知道好日子也不多了。就像那个矮个子"宋小宝"说的，最迟明年地铁就要从这里通过了。会有站台，写着"三号线""四号线"，会有各种箭头，使人不致迷路。漂亮，豪华，人来人往，可是那是跟我没关系的。

我从废墟回到家,坐在我的一堆书当中。这等于是从一个废墟到了另一个废墟中,因为书也是废墟,一个时间的废墟,一个由纸张、各样思想以及各样文字建材建成组成的废墟。我虽然也生病,但是不会也不可能像姚晨那样,站在城墙垛口对风大"哈"三声,生存的晦暗与阴霾就一散而尽。我感到我和捡破烂的大哥,和钉婆婆更为相似。甚至可以说,我们其实是一样的,我们守着各自的续命之物,在废墟中,或是被废墟包围。可是我们也还活得津津有味,甘之如饴,还有各自所看重的和所不屑的。我们抹掉脸上一把灰,四顾茫茫。可是低下头来,也有心静如水的片刻。在那片刻中,我们小憩自己奔波不已的灵魂。

刊《散文》2021 年第 3 期

辛茜

我的夏德尔，我的泽库

散文奖

辛茜

　　编辑。出版散文集
《眼睛里的蓝》《茜草为
红》《一望成雪》《海心
山》，长篇报告文学《尕
布龙的高地》《我的青
海我的雪原》等。曾获
青海省政府文学创作
奖、"人民文学"近作短
评金奖等。现居西宁。

## 到泽库

2019年7月4日,张青松紧紧握住泽库县司法局让忠局长有力的大手,接受了藏族小伙洛桑扎西献给他的白色哈达。从此,张青松这位"全国律师界十大新闻人物",成了青海省黄南藏族自治州泽库县的一名"1+1法律援助者"。

从西宁到泽库驾车四小时,让忠局长带着他们到达泽库县时,已是晚上九点多。灯光下,闪烁的泽库县城迷离宁静,张青松有点诧异,有些遗憾。这么美丽的地方,怎么能说是到了边远贫困地区?回去了怎么向组织、向父老乡亲们交代?

一夜过后,缺氧的痛楚向他袭来,他浑身无力,头晕头疼恶心。吃红景天、止疼药,不洗澡,各种办法都用过了,还是难受。他才知,泽库实在是一个不容小觑的地方。

"泽库"藏语称"夏德尔",意为"鸟冻得发抖的地方",是青海省黄南藏族自治州贫困程度最高、最艰苦的地方,境内大部分地区海拔在三千五百米以上。早年,为泽库县政府选址的一班人马来到泽库,放眼远眺,极目细看,只见满天飞雪,白茫茫一片,只有一块地方平坦且不见积雪,便毫不犹豫地选定此处为泽曲镇,建设中才反应过来,之所以无雪,是因为这里是风口,雪被大风吹走了。

张青松发现,泽库这个地方,既神秘又简单。这里一年有四季,每天也有四季;这里看不到庄稼地,处处是草原;这里的人大多是藏族,不会说汉语。站在广阔深远的天地中,看着那些善良纯朴的脸,很难想象这里的人和法律有什么关系。但实际上,这里也是世俗人间:包工头们欠着民工工钱;离婚的藏族夫妇为争夺项链上的红珊瑚打着马拉松官司;一个牧民酒后捅了别人一刀;几个小伙子结伙偷了别人的牦牛和摩托车……

总算有了听审案子的机会。法官是藏族,被告是藏族,辩护律师是藏族,张青松根本听不懂,像傻子一样,像看了一场没有字幕的外国片。要想办案子必须学藏语,他暗下决心,刻苦努力。可惜一段时间后,还是只会说你好"逮猫"、再见"逮猫"、谢谢"尕真切"。随后,他有了进一步的认识,办案并不重要,重点是得留下办案的人:培养离不开故土的律师,而自己是来不及学藏语的,也不一定能留下。于是,张青松请求搬到草原上住。

## 家人

洛桑扎西一家对张青松的热情,远远超过了对洛桑扎西的。几天后,张青松在家里比洛桑扎西还舒服自在,每天早晨七点半起床、洗漱之后骑马到大帐篷里吃早餐。早餐一般是酥油茶、糌粑、馍馍。他吃的时候,孩子们都瞪着眼看他,一直到他吃完为止。然后他再骑马回到自己的小帐篷,驾车大约四十分钟到司法局上班。下午五点半下班后开车回到大帐篷,帮助家里照看牦牛。真实的情况是:牦牛不需要照料,既不上访也不闹事,每天都情绪稳定地吃草。但是他每天都要去关心下,摸摸牦牛的头,摸摸牦牛的尾,主要是担心家里人说他只吃饭不干活,主要是呆呆地看着夕阳下的草原,在绚丽的色彩下,如何变成一幅油画,再变成一幅版画、铅画。

来之前,张青松就听说过黑帐篷与白帐篷的故事。但是,他住的就是一顶白帐篷,这完全限制了他的想象力。实际上,他更愿意住传统的黑帐篷。黑帐篷用黑牦牛毛搓绳编织而成,纯手工,工艺复杂,冬暖夏凉。以前,藏地牧民大多住在这种帐篷里。后来,有些厂家抓住商机,用结实耐用的白帆布生产帐篷,实惠方便,大多牧民就不再用手工制作黑帐篷了。但是,黑帐篷对藏地牧民有着非同凡响的意义,所以很多牧民还是以家中拥有一顶黑帐篷而骄傲。

黑帐篷里有一个土质的炉子,燃料为牦牛粪。除了取暖,炉子还起着分界线的作用,晚上睡觉时女的睡左侧,男的睡右侧。

家里最疼张青松的是阿妈。她六十九岁,一生磕了一百万个头,现在还能直腿弯腰触摸地面。阿妈有八个孩子,加上孙辈、重孙辈约三十八人,她老人家好像也算不清楚。家中最年长的是阿姐,是阿妈的姐姐,全家人都跟着阿妈称呼。藏历六月十七是阿姐的八十大寿,全家人正全力以赴准备这个盛大聚会,张青松更是期待万分。阿妈说,张青松来他们家就是她的第九个孩子,所以她的子孙们就都叫他大哥。张青松还有一个藏语老师名叫夏吾昂措,至今没搞清是哪一个弟兄的孩子,虽然只有九岁,但藏语特别棒,只是讲课不太认真。张青松买了好多零食给她,她还是漫不经心地多数让他自习。张青松的体育老师叫夏吾措吉,是三妹妹的孩子,专门教他跳锅庄,学费是一大包糖。夏吾措吉比夏吾昂措认真,不厌其烦地给他示范动作,而且从来不嫌他笨。家里力大无穷的是二哥彭措,没上过学,却能帮助活佛整理讲义,还出版过个人诗集。二哥不会汉语,却对张青松讲了很多话,应该是些很深奥的佛学理论。自从张青松不请自来加入这个大家庭,大哥的地位明显受损,只能屈居第二。大哥是宁玛派僧侣,从小出家,终身不娶,现在正潜心研究藏医。

## 阿姐的八十大寿

藏历六月十七日(公历7月19日)是阿姐的八十大寿。阿姐过寿的藏服,同样靠手工缝制。承担这项工作的是四哥和夏吾才让,为此,张青松完全被藏族男人的细腻勤劳感动。而即使这样,藏族女人的任劳任怨、辛劳勤快更让他惊叹,简直无法形容。但针线活是男人的事,她们绝对不做。

阿姐爱美,对她的新衣服非常期待。如果给她拍照片,她总是朝张青松挥挥手:"等等吧!等穿上新藏服。"

此后,宾客们陆续到达。谁来得早谁最诚心,福气也最大。每个宾客除了赠送礼物,还要伴以歌舞。同时,阿姐要回赠礼物,家人们也要伴以歌舞。阿姐的回礼是一碗花生。一碗又一碗。从晚上十二点到第二天凌晨,阿姐回了三百多碗花生,说明来过三百多位客人。客人有熟悉的,也有不太熟悉的。

黑帐篷是庆典的中心。盛装的阿姐像女王,雍容华贵、仪态万方地望着暗色中的吉博日神山。礼后，客人们陆续进大帐入座，喝茶、饮酒、吃肉、聊天、唱歌、跳舞……笑声不断，歌声不断，一直持续到次日凌晨。

夏吾多杰是唐德村最受欢迎的年轻人之一，他一本正经地对张青松说："如果你认为我们天天大碗喝酒、大口吃肉，你就错了。其实藏族人本来不喝酒，当年文成公主把酒和酿酒技术带到藏区，只告诉我们酒好喝，却忘了告诉我们喝多少，所以我们不按斤喝，而是按天喝，高手可以连续喝七八天。后来，我们才知那种感觉叫'醉'。'醉'不好，所以现在多数藏族人不喝酒。当然，重大喜事另当别论。吃肉也不是你想象的那样。按传统，每月有八天绝对不吃肉，藏历四月整月不吃肉，平时尽量少吃肉，不是不爱吃，其实是舍不得吃。吃肉只能吃牛羊肉，不能吃小动物的肉……众生平等，不能杀生；人要生存就要吃东西，高原上除了肉没有什么吃的，怎么办？尽量少杀生。一头牦牛可以让很多人吃饱，因为它大；很多条鱼才能让一个人果腹，因为它们小。"

夏吾多杰的话让张青松长了见识，连连点头。难怪，平时藏族的主食主要是糌粑。如果你是一个好人，女主人会在你的碗里放很大一块酥油，加上奶茶。黄澄澄的一层酥油漂在奶茶上，喝上一会儿后，把青稞面放进碗里，用无名指搅拌，揉捏成团做成糌粑。对于长期吃糌粑的藏族人来说，吃完糌粑后，盛糌粑的碗要干净得如同新碗，如果碗里还有糌粑残渣，要用舌头舔干净，否则会被视为对食物的不敬。开始，张青松很不习惯。但有一天，他突然想起,小时候在老家山东农村,吃过面糊糊后不是也一样舔碗的吗？有什么大惊小怪的。也就表现得从容、坦然了。阿姐、阿妈看到后很是满意。

当然,八十大寿这样的庆典,肉是充足的,酒是管够的。

## 法会和赛马

有一天回家,发现少了两顶帐篷,其中包括自己住的那顶白帐篷。张青松心里一震,以为家里嫌弃他,嫌他领来了太多陌生男女,所以把帐篷藏起来了。因为前段时间,有很多朋友假借看望他,实则为了旅游常来泽库,而他在激动之余,又常常忍不住带朋友们来帐篷小住,吃家里的肉、糌粑、酸奶,欣赏家里的牦牛和美景。

经过小心翼翼地求证,才知帐篷被移到法会和赛马会去了。

法会,就是大家聚到一起听活佛讲经、念经。有的活佛学问很深,一讲讲好几天,所以就要把自家帐篷迁到讲经的地方住下来听。活佛用藏语讲经时,不明觉厉的声音不绝如缕,使人震颤。张青松曾苦苦央求一位听了三天法会的人给他说说活佛都讲了些什么,那人沉思片刻:"活佛说,要孝敬父母,不要老看手机。"

泽库的马叫河曲马,中国三大名马之一。藏地牧人家中都养马,张青松家就有四匹,主要用于比赛,现在已经很少有人骑马放牛放羊,取而代之的是摩托。赛马分为部落赛、村赛、乡镇赛等等,就像内地的足球比赛,一言不合就来一场。乡镇举办的赛马活动比较隆重,配有歌舞、拔河、摔跤,一搞就是三天。

参赛的马以年满三岁最好,骑手的体重必须超过五十公斤。阿姐送给他的赤兔马正好三岁,张青松的体重也符合条件,但遗憾的是,比赛过程中,如果骑手从马上掉下来不算成绩。所以,思前想后的张青松只能忍痛让别的骑手骑着他的赤兔马参赛。

赛马几乎吸引了全乡镇牧民,司法局不失时机地带着他们进行普法教育。完全不用担心,牧民们绝不会把普法书籍垫在屁股底下坐着看表演。藏族人对文字极其尊重,凡是有字的纸一律不会坐在屁股底下,不管认识不认识。

## 拉雅死了

中秋节,泽库下了一场大雪。还不到三岁的拉雅被狼咬死了。按说,这场雪不算大。第二天一早,草原就变得黄绿相间。山脉白雪连绵,与蓝天相映,清洁、美丽。

张青松想,地毛角乎家的拉雅很可能是被美景吸引,独自走了出去,走得太远,远离了自家的草场,再也没有回来。被发现的时候,拉雅已经死了,身体左侧的肉被吃掉,露出了肋骨。

一般来讲,牦牛群里如果有一头壮硕的头牛,狼袭击牦牛的事件就不会发生,而且狼根本斗不过它。头牛,是牛群里最牛的公牛,对外震慑狼群,对内团结伙伴。高原上的野牦牛自由奔放、身体健壮、精力充沛,很受母牦牛的崇拜,有些母牦牛会忍不住跟着其他野公牛私奔。头牛发现了就会和野牦牛打一架,以维护家庭的完整和自己的权威。牦牛性情温顺,一般没有攻击性,但是如果把它惹急了,追到天边都要把你顶死,求饶都没用。这就是传说中的牛脾气,所以狼轻易不敢惹牦牛,但是像拉雅这种脱离集体的落单者,很容易被狼钻空子。

牧民当然希望头牛把野生母牦牛带回家,但成功率不高,因为野牦牛不大喜欢安逸平稳的生活。所以,公牛长大后一般就放到草场上不管了,而母牛则需要每天下午按时赶回家拴好,不是为了防止它私奔,而是为了挤奶。牦牛奶是高热量食物,营养丰富,藏族人的大多数食物里都有奶制品,所以他们身体强壮。张青松一直想学挤牦牛奶,却遭到扎西吉大姐的拒绝。理由很简单,牦牛奶只能女的挤,男的挤不出来。他对此将信将疑,想问原因,又怕别人说他没学问,只好闷在心里。

拴住了母牛,公牛就不会走远,因为第二天拴牛的地方,会多出很多牦牛粪。用晒干的牛粪烧火,飘出的是草香味。一位"大神"说,牦牛粪冒出的烟对眼睛非常好,可以治近视。于是,张青松趴在牛粪炉子上熏了三天,双泪长流,结果仍然近视。除了做燃料,牦牛粪还有很多用途。它不仅是草地的养料,防止高原沙漠化,还有着杀虫护草的功效。高原土层中有专门以草根为食的害虫,对草地破坏极大,但牦牛粪恰巧能够毒杀这种害虫。高原上的蚊子很大,被咬后久久难忘,但只要有牦牛粪的地方就绝对没有蚊子。没放过牧的人不知道,羊吃草是将草连根拔起,牦牛吃草是用牙齿将草的茎叶切断,不影响草的再生。有时候,张青松很坏,对来看望他的朋友说:"牦牛吃的是冬虫夏草,拉的是延年益寿的六味地黄丸。"就有朋友把捡到的牛粪往嘴里塞。

地毛角乎是家中老四的媳妇,和许多藏族人一样,说不准自家有多少头牦牛,但只需要看一眼牦牛群,就知道谁没回来,而每一头牦牛都有自己的名字。地毛角乎非常勤劳,但也不能防止悲剧的发生。拉雅的死给家里造成的损失不是太大,但牦牛被咬死总不是一件好事。

泽库的藏族人不仅不杀生,还要放生。放生是佛教传统,生老病死、婚丧嫁娶、忌日庆典,都要放生。被放生的牦牛只是在脖子上系一个标志,就表示被赦免了,既不能杀,也不能卖,还要继续在自家草场上养着,直到终老。牦牛的自然寿命大约二十岁,放生牛越来越多,但是草场有限,以致能卖的牛越来越少。以张青松家为例,全家有大约二百头牦牛,其中放生牛六十头左右,也就是说只有一百多头有经济价值。最狠的算老二彭措,他有十五六头牦牛,全部放生,家里还供着两个上大学和中学的孩子,只能做点小生意筹集学费和凑凑合合地过。

拉雅之死,不悲不喜,乃修行境界。放弃物欲,安贫乐道,是一种生活态度。哪怕只剩下一顶帐篷,藏族人也不会觉得穷。"现在我们的生活好多了,政策好,政府好……"这样的话,从藏族人的嘴里说出来是非常真诚的。

### 在泽库做律师

9月15日,泽库开始供暖。室外活动大大减少,终于谈到律师事务。在泽库,第一次有人叫张青松"臭嘴巴",他羞愧地刷了三次牙,戒烟一天。但是依旧挡不住被天天叫"臭嘴巴",这让张青松倍感苦恼,几乎要怀疑藏族同胞是否对律师职业有偏见了。之后才知,藏语"律师",发音近似"臭嘴巴"。

在县司法局大厅上班后,张青松受到了欢迎,来咨询和寻求法律援助的人络绎不绝,有时候会出现排队等候的情况。七八两个月,张青松共接待咨询一百四十四人次,代写文书三十六份,受理案件三十一件……当然,这些工作主要由张青松的另一个"1"——洛桑扎西同学具体操作,张青松在一旁指导观察。除了咨询、办案,党委、政府、学校、公检法纷纷请张青松给他们讲课。一段时间后,走在路上的张青松被很多人认出来,老远就喊他"臭嘴巴",张青松这才意识到,自己还是蛮重要的。

有一天,一位藏族阿哥的孩子要到天津一所学校上高中,找到了张青松:"听说天津只吃海鲜,没有馍馍和糌粑,吃不惯海鲜会不会挨饿?"张青松轻松地告诉他:"问题不大,天津有麻花。"但是藏族大哥还是在犹豫能否让孩子去天津。还有一天,一位当地藏族青年搭他的车去西宁。路上藏族青年心事重重,叹息如何保留藏族文化:"藏族人搬到山下住,藏族人连锅庄都不会跳了,糌粑都不吃了。"他另有一件极其痛苦的事情,女友是汉族。家人根本不同意,不让他们结婚,说要保证血统的纯正。此次去西宁,就是要做分手的事。张青松一边开车,一边对他讲:"和一个女孩分手有多种可能,如果不爱她了,就是借口;如果真爱,民族不同就不是什么事。古老的传统文化都在博物馆里。汉族的、藏族的都一样。过去吃糌粑用泥碗,现在你还用吗?过去去西宁骑马、走路,现在你不是在坐我的汽车吗?"青年连忙制止:"张律师,你,你不要说了,我心里有点乱。"

有一天,一位虔诚的宁玛派教徒、藏族兄弟,要到他这里坐坐。聊着聊着,这位藏族兄弟说,女儿考上了大学,没钱缴费,希望张青松能给他女儿资助。没有经过任何考虑,他爽快地答应了,但是他要把这件事谈清楚:"你为什么穷?为什么没钱给孩子上学?你养的牛呢?"

藏族兄弟说:"我本来有很多头牦牛,后来都让我给放生了,剩下的几十头全部送给了寺院。"

张青松就和他谈宗教、佛法。最后发现,其实藏族兄弟懂得并不多。说到不解处,他便说:"喝吧,喝酒,这个问题先不谈。"于是就喝,喝到醉了,倒下了,什么也不知道了。

其实,有很多学成回来的藏族"九〇后"很有想法,想做点事,但碍于老人的反对,什么也做不了。想多养几头牦牛。老人说:"养那么多干什么,你想杀生吗?""卖给别人,别人吃了,不是一样在杀生?"县上也有机灵的年轻人,稍微动点脑子就能赚钱。其中一位卖酸奶的,坐在张青松的屋子里,一边喝酒,一边低下声音说:"政府对我们藏族人太好了,只要做生意就给钱。我一年卖酸奶赚一百万,政府给我补贴三百万,我一年能赚四百万!"张青松心头一惊,盘算着自己是否也该改行卖酸奶。

刚来的时候,很多朋友问张青松,你那里到底需要花什么钱?我们来赞助。到了后才发现,没有花钱的地方,大家关注的医疗、教育、道路、水电,政府全包了,连学费都免了。如果管得太多,他们就会有依赖,所以藏地扶贫,需要自己真正觉悟,否则,钱花完了就完了。但是,任何一件事都不是孤立的,是相互联系的。这中间的每一件小事也许不大,可终究会起到作用。有记者曾经不断地追问:您给泽库带来了什么变化?张青松只能回答:"一个地方的法治建设不可能因为来了一个律师就健全了。但是,我做就是了。"

2020年9月19日,张青松就要离开草原,离开洛桑扎西一家,离开他以前从不知道,现在却刻骨铭心的大泽库了。临走,阿妈为他选了一头膘情不错的牛放了生。家里大大小小几十人,为他举行了隆重的欢送宴会。张青松身穿藏服,脚蹬皮靴,头戴镶有金边的"松沙"帽,与家人不停地合影、拍视频、吃肉、喝酒、唱歌、说笑,一直闹到深夜。迷迷糊糊中,他想起有一天,阿妈专门为他留的厚厚的奶皮,那是从刚下过牛崽的牛乳里挤出的第一口奶;想起了他四处玩乐几天不着家时,阿姐打发孙子、孙女给他打电话,到县上找他,让他回家和阿妈一起转玛尼筒、包饺子、念经。张青松的眼泪就不由自主地流了下来。

再见,大泽库!

请收下我的律师袍,让泽库的第一个律师穿在身上;再见卓玛,草原上盛开的蓝白花,是我硬硬的胡楂儿;再见家人,阿姐您念过的每一遍经文,都在我内心吟唱;再见牦牛,听见阿妈呼喊我的名字,你要回家偎依在她的身旁。再见,我的夏德尔。再见,我的泽库。我,还在高原上。

刊《散文》2021 年第 3 期

散文
ESSAY

南泽仁

# 火塘书简

20th
百花文学奖
The 20th
Baihua Literary
Award

散文奖

南泽仁

藏族，记者。散文、诗歌、小说、报告文学作品散见于《人民日报》《文艺报》《散文》《民族文学》等。出版散文集《遥远的麦子》《火塘书简》等。曾获全国孙犁散文奖、第四届全国青年散文大奖金奖等。现居甘孜。

## 兰枝

临近傍晚,贵方从花踏坪走来,他腰间的黑围裙里兜着一方薄砧板和一把锋利的熟铁菜刀,背上竹篓里的分量使他的脸一直露着笑。

经过村口的时候,遇见秋华和春林扛着锯子收工回来,他们从贵方身上闻到了酒席的味道,忍不住放下锯子去探看他的背篓,里面盘着一刀油亮亮的鲜猪肉,还有两瓶散酒。

他们赞叹贵方收获殷实,贵方客气地点头招呼他们,但没有像从前那样停下脚步与他们攀谈,说说办的是喜宴还是寿宴、办了几桌等等,只顾踩着轻巧的步子匆匆朝坡上的家赶。

秋华和春林看着他走进核桃林的背影,发出了两声轻笑。

男人们都羡慕贵方娶了一个大丽花一样丰美好看的女人,即使他们结婚许久也没有生养出一个孩子, 那也不影响她作为妻子的温柔和美丽。女人们则仰慕贵方有一手烧菜的好本领,跟着他过日子,哪怕只剩一只土豆,他也会做出一道美味佳肴来。

还在家门外呢,贵方就喊起了妻子的名字:朗吉吉。

喊声极轻柔,听到的人会感到被珍爱了。

暮光照耀朗吉走出那道陈旧的木门来迎贵方,贵方对着她笑,表达背篓里的分量。朗吉接下那背篓,用袖口揩拭贵方额上的汗,贵方感到有了力量,没有歇息,回屋就从围裙里取出砧板、菜刀,开始喳喳地切起朗吉备好的蔬菜。闻到煎菜籽油的香气时,朗吉往围裙里兜入一样样东西便出门去了。

贵方颠勺的响声在隔着一排篱笆的哲西家响着，哲西夫妇还有孩子们静静地围在火塘边，他们都看着最小的女儿兰枝，她穿着没有补丁的老蓝布对襟褂子，暗黄的头发在自由可爱地卷曲着。她在吃一颗棒棒糖，甜美在她的唇上闪着光，她大而安静的眼睛看着眼前的家人，他们看她的神情与往常不大一样。兰枝感到是他们没有糖吃的缘故，举起棒棒糖递到爸爸妈妈嘴边，他们的眼睛里瞬间噙满泪水，她又递给哥哥姐姐，他们默默地摇头。兰枝又自己吃起糖来，咕咚地吞咽，像那糖有许多汁水一样。

朗吉无声地走进了他们的家门，他们担忧的心都一起紧缩了起来。朗吉从围裙里取出两瓶散酒，十二丈绸布放在了哲西夫妇面前，又从怀中抓取出几把奶糖分发给孩子们。他们捧起糖看着她伸手去牵兰枝，兰枝把小手放进她掌心里，头也不回地走出了家门口。孩子们想要追出去，他们知道这次与之前无数次朗吉牵着兰枝出门的意义是不一样的，他们的心揪着疼。

哲西叫住孩子们说："坐下吃糖吧。"他低沉的声音微颤。

孩子们便围坐在火塘边吃起糖来，火光使他们的眼睛星星样晶莹。孩子们的妈妈泽曼提起裙边反复抹眼角的泪，像总也流不完似的。

哲西说："哭啥呢！兰枝是去过好日子了。"泽曼的头在她的颈项上轻轻地晃悠了两下，像是撑不起裹在头上的黑布巾一样。

贵方炒好了菜，摆放在木桌上，桌边围了三个凳子，一个是几天前请木匠新做的。贵方坐在桌前等，不时望一眼门外，听到门口响起窸窣的脚步声时,他很快从桌边站起身,整理了袖口又去整理衣边。朗吉眼光含笑,像有一道霞光观照,她牵着兰枝的手,一起跨进门槛。贵方快步迎上去,一把抱起兰枝朝头顶上方抛起,接住,又抛起,像往日里他隔着篱笆无数次看见哲西做的那样,直到兰枝笑出了咯咯的声音,他才把她放在那个新添的凳子上。

看着桌上的丰盛菜肴,兰枝并不拿起筷子,她看着贵方和朗吉。朗吉揶起一块肉放进她的碗中,轻声说:"吃吧,枝枝。"她才开始吃起来,大口地吃,像是她的哥哥姐姐要与她争抢似的。贵方看着孩子,缓慢地吞下一口散酒,他感到了回口有一丝甘甜。朗吉看着眼前的一切,眼中的光就要溢出来了,她背过身擦去了温热的泪,这长久清冷的老房子终是有了一线生机。

晚饭后,朗吉在一只新碗里盛入半碗大米,米上边又放了一只鸡蛋,她褪下兰枝身上的褂子搭在手腕上,端着那只碗出门去了。

走到村口,她站在平石板上方朝着四方大山呼唤:"兰枝回来哦,跟阿妈回家去。"

暮色中的小草坪、公社和上火地耀着微光回应她的呼唤。

走回村庄,她站在场坝上呼喊:"兰枝回来哦,跟阿妈回家去了。"

场坝上歇息的大人和玩耍的孩子们全然安静下来,他们从她腕上的那件小褂子确认了朗吉传递的消息。他们为朗吉感动,就像一场太阳雨让豆子顶着苗子欣喜地冒出了土地那样。

朗吉离开场坝的时候又自然而然地呼唤起来,声音绵柔悠长,令场坝上的孩子都感到了幽静迷人。几个孩子被深深吸引着,随在她身后跑了好长一段路,又被各自的母亲一把抱了回来。

回到家门外的时候,朗吉踏脚三下后又喊了两声:"兰枝回来哦,跟阿妈回家了。"

她唤得那样轻,轻得好像舍不得唤出"兰枝"这个名字。哲西一家人隔着篱笆听到这唤声,心底的不舍和难过也在这时轻轻地放了下来。哲西抬头去望窗外,一弯月亮刚刚升起,他感到那是天对兰枝的祝福。

朗吉回到家,把小褂子穿回兰枝身上,这个孩子就被她真正唤了回来,她感到有一股暖流充盈着自己长久空虚的身体。朗吉把兰枝抱进怀里,手轻拍着她。兰枝凝望着朗吉温情的目光、薄薄的嘴唇,她曾在睡梦里见过这样的情景,她没有感到生疏,她把头靠向朗吉饱满的胸前,闻到了糖块一样美好的气息。兰枝在这样的温柔里慢慢地进入了梦乡,一弯月亮挂在窗檐上。

朗吉俯身对着兰枝的额顶轻轻地吻了吻,在心里唤着:我的孩子,兰枝。


## 家桃

天擦黑,半弯月亮就从白岩子山顶上升起来了。一只饥饿的老鹰扑扇巨大的黑影,盘旋着去袭击场坝上的一只母鸡,母鸡极力张开翅膀保护着身后那群小鸡,众小鸡在母鸡身后左躲右闪,叽叽呀呀地激烈叫嚷着。有一只两只被自己的慌张轻轻抛出,老鹰见机飞扑上去，捉住其中一只，场坝上顿时就响起了一阵孩童尖锐的哭声，仿佛能割伤月亮。

歇坐在一根圆木上的几个妇人止住热乎摆谈，去辨别孩子的哭声。纽珍从她们中间猛然站起来，朝那“老鹰”投去斥责：“三娃的魂又被你吓丢了，赶快回家招魂去吧。”石达收拢正要扑扇而起的手臂，拨开“母鸡”占六，找出自己的几个孩子，领着他们回家去了。

几个妇人与纽珍互道晚安后，也牵着各自还没有玩尽兴的“小鸡”散去，场坝霎时安静了下来。

“嚎喊——”

村道尽头响起了赶羊的短促哨音，接着，月光把一头绵羊和一个身披擦尔瓦的女人照到了场坝上，女人用一根绳索牵住羊，一黑一白站在纽珍面前。女人用比赶羊还要明亮的声音喊了一声“大嫂”，纽珍惊喜地答应，并扭头朝着身后那扇亮着昏暗灯光的木窗高喊：“石达，石木回来了。”

石达盘腿坐在火塘边的篾席上，一声不响地抽叶子烟。石木坐在几个孩子对面，火光耀得他们黑亮亮的眼睛像沉静的星星，他们一齐看着这个远嫁他乡的小姑，单薄的身形，清秀的眉眼，神色中有淡淡的喜悦。

阿依看着小姑，她的身体朝火塘边微倾着取暖，黑地蓝边的百褶裙散开在她脚边，令她像一朵晚风中摇摇欲坠的喇叭花朵。石木逐个去端详孩子们，他们因为对她陌生而显得乖巧安静，使得她要屏着呼吸去打量他们。

她定了定神，接着从身后提出一个布袋打开，伸长了手递到孩子们面前。他们凑近袋口去看，接着用一只只黑乎乎的小手，从袋子里拣出来一个个粉扑扑的桃，他们的脸颊也升起了粉扑扑的喜悦。他们掰开桃大口地吃起来，甜蜜的汁水在唇齿间闪烁。

　　纽珍在火塘上煎煮，最后盛出一大碗酸菜面递到石木手里，石木吃着面，暖和从内里蔓延，热突突的眼泪在她眼眶里打转。石达咳嗽一声后，在火沿边轻叩烟斗，抖出熄灭的烟灰。石木忙用袖口擦拭眼泪，她就一直埋头吃着那碗面，直到喝尽碗底的汤汁。再抬头，她的目光又落在了几个孩子身上，他们多么像一窝生长旺盛的土豆啊！石木不由得轻轻地看了一眼身旁的纽珍，她身量高大，筋肉结实，一双眼睛也充满生命力。

　　孩子们吃完桃儿，用桃核玩抓石子的游戏。阿依是孩子们当中唯一的女孩，她折卷起那只空布袋，起身走到石木身边，用双手把口袋送还石木。她眨动着黑亮的眼眸望着石木，扎在耳际两边的小发辫像正在发芽的叶苗般伸张着。石木对她轻拍一下自己的裙袍，阿依就顺从地坐进了她的怀里。

　　石木低头微微笑了，火塘里跳跃的光也为此温透了许多，并映出她眼角展露出的细密纹路。她把脸埋向阿依的背心，她闻到了从阿依发肤里透出的野桃花般的青涩气息，令她感到了安宁和满足。纽珍看着石木的举动，心里一阵温热，眼泪就充满了她的眼眶。

　　她对着眼前的景象由衷地说："阿依坐在石木的怀里，就像石木亲生的闺女。"

石木突然拾起裙边掩面抽泣起来，她的胸口不断地涌出她抑忍着的情绪，那哽咽的声音令火塘边的孩子们感到了惊怕。纽珍不知所措，她忙去看石达，石达又在烟斗里摁进了一撮烟叶，用一块火炭点燃，意味深长地吸起来，他看着对面的窗户，目光像窗外的夜色一样空无，烟纹氤氲了他的整张脸，纽珍只好怜惜地看着石木。阿依没有被小姑的哭泣惊吓到，她侧身去抱住小姑的头轻拍着，又让她伏在自己小小的怀抱中安抚。石木在阿依的怀中慢慢平静下来，等她完全停止悲伤的时候，阿依松开了手。

男孩们又开始用桃核玩抓石子的游戏，阿依离开石木的怀抱，跑去跟他们一起玩起来。他们欢喜嬉笑的声音吸引着拴在门外的绵羊也跟着"咩"一声叫唤，那声音像它的名字一样柔软悠长。

孩子们不知道跟着小姑来的还有一只羊，他们一哄跑去门外看羊。月光像白昼一样明亮，绵羊看到孩子们，它在原地轻轻地走动，踏出优雅细碎的节奏，仿佛是要告诉他们，它的蹄子带着遥远山寨的风尘。其中一个小孩一把握住羊角，一跃翻上了羊背，"嗪"一声对绵羊发出行走的命令。绳索牵制着它的颈脖，它只能在原地走动几步，脚下的石板传出了沉实的回音。

阿依把手指伸进羊背里抚摸，那绒毛就淹没了阿依的手，她感叹道："真是个温暖的家伙，多半是梦生出来的孩子。"

他们围着羊，羊很温顺，不时眨动一下棕褐色的通透眼睛，任由他们抚摸，对它说一些与它无关的事情。

火塘里的火光在窗口上闪动，围着火塘的石达、纽珍和石木，他们先是沉默,后来开始轻轻地说话,说一些与门外的孩子们有关的话。

一缕银色的晨光从窗户投进来,照着阿依睡梦中的眼睛,她卷翘的长睫毛偶尔轻动一下,像一双黑蝴蝶在避让一颗草梢上的露珠子。

长睫毛再动一下的时候,她就睁开了眼,她看见小姑正笑盈盈地看着她,那笑像羊绒包裹着她那样温柔。阿依把手伸进石木的怀中摸索着,后来那温软的小手就停在了她的怀中。石木的身体颤动了一下,她的心为此喜悦着,这样的情景,她曾在哪里经历过,她感到阿依多像是自己这薄凉的身子生养的孩子啊。

石木用近乎香甜的声音问阿依:"小阿依喜欢吃桃吗?"

阿依回她:"喜欢吃昨晚的那种家桃,不喜欢吃村子里的野桃儿,个儿小还苦涩。"

石木在阿依眼前翻动着戴银镯的双手,几下又几下,她向阿依表达:"我家园子里长着一大片家桃树,结的桃用手指头数也数不过来。"她凑近阿依的耳朵悄声问她:"你可愿意跟我去吃家桃?"

阿依看着石木的眼睛,她在思索,她的小发辫也有思想似的灵动着。一会儿过后,阿依从石木的怀中慢慢抽回手说:"把昨晚吃的桃核种在我家后园里,雨水浇灌,几年就能长出家桃,我就在家跟哥哥们一起吃。"

石木用神妙的声音对阿依说:"这里的土地跟我家的土地并不一样,种在这里的家桃依然会长成野桃。不信,你带一颗野桃核种到我家园子里,它定然能结出甜蜜的家桃来。"阿依的眼睛里露出了诧异的神色,她在思索,后来她又把手伸进了石木的怀中,继续让她温暖。

她们的对话被窗外的晨光一点一点照亮了。

纽珍往两只布袋里塞进阿依的衣物交给石木,石木接过它搭在绵羊背上,绵羊在原地走了几步,它在揣测路上经过的那片青草地。石达伸手去摸摸阿依的头顶,又抬手去摸石木的头顶,表达对她们深厚的爱惜,接着他解开拴羊的绳索递给石木。石木握着绳索,一手牵羊一手牵着已披上一件小擦尔瓦的阿依走出了院子。

纽珍追出门去,在阿依的手心里放进一颗桃核。金色的太阳洒满村庄的时候,耀眼得很,阿依眯缝着眼仰望母亲说:"阿妈,等这颗野桃核结出家桃,阿依就回来。"

她说话的样子,像是在对着太阳起誓。

几个孩子紧跟着跑去村道上目送渐渐远去的阿依,他们吹响了悠长的哨音,他们的心像丢了魂一样失落。


## 后园子

蝉鸣一声高过一声的时候,村子的夏天变得安静下来了。

柏子躺在木床上昏睡,额头灼烫,恍惚中有人摘了一捧熟透的杏子递给她,她刚想要去接住的时候却什么也没有了。她感到咽喉也灼烫,干渴极了,眼泪流到了嘴角,舌头就去舔尝它,那咸淡的味道瞬间就被蒸发了。柏子微微地睁开眼,看着从窗外照进来的具有生命的光线在屋子里停顿、穿行。后来，她看见了一双脚步经过了光里，又折了回来，接着一个玲珑的声音问柏子："你怎么了？"柏子仰头朝着窗户说："请给我一碗清茶喝吧，我就快要死了。"那人风一样消失了，不一会儿，他从窗口递进来一大碗清茶，那瘦小的拇指紧扣在碗口的清茶里。柏子起身跪在床上，双手垂在身上，没有一点力气举起，他就把碗递到柏子嘴边喂她，一口气她就把清茶喝到了碗底。她抬头看他，他笑了，长睫毛在黑亮的眼睛上眨动。

他对柏子说："小孩是不会死的，老人才会死。"

柏子是发烧了，喝下这碗清茶就好了。窗外是他家的园子，没有遮挡，从园子能看到屋里的一切，阳光明亮的时候，还能看清编织在屋角的蛛网。他家的园子，种满了兰花烟叶，叶片长到丰厚宽大的时候，他们就把烟叶割了晾晒在房檐、走廊和屋顶上，等到水分干了，就像经卷一样一张张齐整地叠放起来。他的爷爷奶奶会你一张我一张地抽取来裹成卷，插进白石烟斗里点燃，然后双双坐在一条长凳上深深地呼吸烟杆，使体内充满了烟，直到从他们的嘴和鼻孔里冒出。青色的烟纹缭绕着他们，仿佛这样才可以使他们保持温暖和健康一样。

一天，他领着柏子上楼去，他们站在那些高高垒起的烟叶面前，他从中间用力抽取出一张递给柏子，烟叶就垮塌了一地，他们飞快地跑出门去，他的爷爷像一座山一样立在门外，满脸通红，脸上结满的肉疙瘩也通红。他一声不响地瞪着他们，仿佛一开口，那些肉疙瘩也会愤怒坠落，一颗颗打中他们的脸还有手背。柏子手脚不自觉地战栗着,他伸过手来牵住她的手,那手并没有力量,他们一起战栗着,就在柏子险些要失声大哭的时候,隔壁房间传来了几声猛烈的咳嗽,他的爷爷迅速离开了门口朝隔壁房间走去。咳嗽声持续不断,过了许久,他的爷爷也没有走出来。他们用最轻的脚步跟到隔壁房间外,从门缝里窥看着里面的动静,一张罩着白色蚊帐的木床上躺着他的奶奶,她闭着眼,脸色苍白,身体薄薄一片。他的爷爷坐在床边,她咳嗽的时候他就去握住她的手,不咳嗽的时候,他就把手松开,从包里取出一片烟叶慢慢地裹成卷又打开,又裹成卷。看了一会儿,柏子就离开了,回到家才看见手里还握着那张被她揉皱了的烟叶。柏子将它放在窗前,它动了动。

他总爱在后园里玩耍,沿着那些新生的烟叶边缘踱走,他的爷爷看见了,朝他的脚掷小石子,他就躲到地边安静地蹲着。有时,他会折一把淡绿的兰花,用草叶捆扎起来,藏在身后对着后窗喊柏子的名字,柏子听到他的声音就跑去窗前让他看见,接着就跑到后园站在他面前。他把花送给柏子,那淡绿的颜色耀着他们的眼睛,使他们嘻嘻的笑声也闪着光。

他们没有再去拿烟叶,他们从后园走到房前的土院坝玩耍。院坝很宽敞,里面什么也没有,他们就追着彼此的影子,像院中有许多玩伴那样快乐。那间房子不时传出咳嗽声,接着楼顶上也会传出咳嗽声,他们就停下来仰看楼顶,他的爷爷背对着院坝吸兰花烟,烟纹被风吹散乱了。门外过路的人闻到这烟味,也会忍不住咳嗽两声。

他对柏子招招手，他们悄悄地溜进那间屋子，走到他奶奶床前，她闭着眼，安静熟睡的样子像初生的孩子。她凹陷的嘴唇动了一下，便又开始持续地咳嗽起来，像要咳出体内心肺一样，咳到最后，她张着嘴，胸中起伏着微弱的喘息声。他飞快地跑出屋子端来了一碗清茶，他喝下一口，俯身对着她的嘴把清茶喂了进去。听到她的喉咙发出咕咚一声时，她的眼睛微微睁开了，看见他们俩端端地站在她面前，她从被子里伸出一只枯瘦的手，在枕头底下摸索着，许久才取出两颗水果糖分别放在他们的手心里。他们在她面前剥了红双喜的糖纸，把糖含在嘴巴里，看着她脸上的纹路像叶脉样舒展开来，那带着烟叶的香甜味令他们内心充满了巨大的欢喜。后来，只要听到她咳嗽，他就去给她喂清茶，用小小的嘴唇一次次吻合在那凹陷的嘴巴上……

后园子的风使那些干枯的兰花发出口弦子的合奏声时，冬天就来了。太阳照满村庄的时候，柏子会去平石板上玩耍。村里的小孩都会去平石板上晒太阳，女孩们像兰花一样安静，男孩们像山羊一样角斗，太阳就会更加热烈地晒出他们的汗渍来。他不爱到平石板玩耍，他的家就像他的城堡。

一夜里，柏子睡在喜帧的臂弯里做着一些从万寡悬崖上跌落的梦，额上、掌心全是汗水。醒来一次，她就把身体靠得与她更紧一些。半夜，后窗传来阵阵嘈杂人声。喜帧起床，借着窗外的月光辨认着后园里的人影轮廓，又转身看柏子，见她睁着大眼睛看她，便只好领她一道去后园。院子里群聚着全寨子的人，他们有的说，这家老奶奶在半夜里咳死了,有的说,好像是被茶水呛死了。喜帧把柏子放在人众里,匆忙地走出院子,再回来时她手里捧着一盏酥油灯,柏子尾随着她走进了那间屋子,她把灯盏点燃在老奶奶的床头,灯光照亮了老奶奶安详的面容,嘴角的皱纹里还溢着丝丝湿润。

柏子站在门边,看见小小的他端着半碗清茶蹲在屋子的角落里,眼神惶惑。


## 弹口弦的毕摩

傍晚的太阳从白岩子山头照亮了七日村庄,没有一片云彩遮挡。

顶针一口气背起一背篓八月草从玉米地里冒出来,她脚下的轻快掠起了系在她腰间的黑围裙,忽前忽后地飘动。她经过了干涸的金家沟,影子像水一样淌过一块又一块石头,接着淌过了一个正在敲打石头聆听回音的石匠。他一动也不动地看着顶针的影子从自己身体里淌游而过,他感觉到了从未有过的喜悦。顶针见他痴傻的样子,便拾起一块石子丢进他的影子里,激起了一串金色的笑声⋯⋯

此刻,顶针背起一背篓八月草的影子又一次淌过了金家沟,她却加紧脚步,一眼也不愿去看那些石头。回到村口,顶针见一群孩子举着一根根竹竿从村道上呼啸而过,竹竿顶端夹着一束束火麻草像猎猎战旗。领头的是她的孩子占六,他一边跑一边提起裤腰,裤子太大了,拴了一条水麻树皮,虽不住地往下落,但并不妨碍他与伙伴们玩耍。他们脸上的喜悦,村口的老核桃树,还有地里的苞谷林,都透着金色的光辉。

"嗡嗡嗡",一阵明亮清脆的弦音从平牛板方向传来,村庄的金色霎时被唤走了似的,占六和伙伴们停止奔跑,抬头面向白岩子山头寻找,一只鹰盘旋在清冷寂静的天空。

顶针把背篓里的八月草撒进羊圈里,两只待产的母羊闻到青涩甘甜的味道唰唰地吃起来。那明亮纤细的音乐如召唤,不断地递进村庄里。顶针放下背篓,与孩子们一起,心怀那曲调带给他们的不同情绪奔向平牛板。

一位藏身于黑披风里的人,背对着村庄半蹲在平牛板上,他凝视远方,头顶的"英雄髻"直指白岩子。孩子们几乎以为是那只盘旋在天空的鹰飞落在此处了,而他们噼噼噗噗赶到的脚步,更接近一群鹰飞落的声音。孩子们手握竹竿如栅栏般环绕在平牛板前,他们安静地看着弹口弦的人,他苍老、瘦削、凹陷的嘴唇张合着,使呼吸的气流鼓动唇边的簧片,手指配合轻轻拨动发出余音袅袅的音声,顶针和孩子们的心灵以及长在平牛板边缘的蕨草都在轻轻地颤动。

平牛板边上来了几个又几个人,天蒙上了一层灰暗。老人停止弹奏,收回凝视远方的眼神,神秘地审视面前的每一个人,他们庄严又敬肃。老人的眼光最后落在了占六的脸上,对着占六露出了几颗稀疏的牙齿微笑,占六迅速提起裤腰整装,孩子们都嘻嘻地笑了起来,身后的人们也松懈着发出了说话声。

顶针最是善良通达的人,看到这般情景,她拨开面前的孩子们,一步跨到老人跟前对着他耳朵问:"阿普,你的家乡是哪里?"他朝顶针翻转枯瘦的手心手背。占六便对他的母亲释义:"他没有家乡。"顶针又问他:"来这方做啥子?"他又拿起口弦,放在唇边开始弹动。顶针说:"口干了吧,去我家吃碗茶。"他一弓身就从那件黑披风里直起身来,清凉的风吹过他天蓝色的百褶大裤脚,令他像立在水波中那样轻飘。

人们簇拥着老人走进了占六家的转角屋子,烟火熏黑的屋顶挂着一盏橘黄的白炽灯。人们席地围坐在火塘边,很自然地就把火塘上方的位置留给了弹口弦的老人,他发自内心地微微笑着,脸上舒展开的皱褶像在融化。顶针用铁钩刨开一火塘的炭火,放入一把干竹棍,又在上面搭了几根干柴根,屈膝对着火塘猛吹起来,竹竿噼噼啪啪几声爆响后,轰一声点亮了屋子,人们相互打量着,又一起去看那老人,他们的眼睛像夜空升起的星子样发着亮。三脚架上的清茶很快就开始唱响,接着沸腾了,满屋溢着清香。

顶针家没有酥油茶招待客人,她从火炕上割下一块猪板油丢进瓢里,煎香后倒入茶桶里混合着清茶抽动茶柄,茶水的声音在桶里慢慢变得柔软了。她盛满第一碗端到那老人面前,老人双手接过嗅闻后,轻轻地喝下了浮在茶面上的油荤。顶针见他是饿了,又从橱柜里取出一张麦饼煨烤在他面前的火塘边。他看着那张麦饼,对顶针歌唱般的说了一句"卡莎莎"表达感谢。七日牧场的彝族牧人达铁和吉红夫妇每次下山来，顶针都要采摘一些海椒、青菜，让他们带回雪线上的牧场，他们曾无数次地对顶针说过同样感谢的话，顶针觉得从这位老人嘴里说出的却尤其真诚动人，险些令她落下泪水。火塘边上，需要喝茶的人都起身去橱柜里取来洋碗倒茶，呼啦啦地喝下，像在自己家里一样。

正喝着茶，门口嘻嘻哈哈闯进来几个穿喇叭裤的姑娘，她们见屋内如此安静，就轻悄悄去了火塘的边角落座，并从暗处打量这位老人。老人掰开麦饼，浸泡在茶碗里，软了就用舌头舔起吃下，没有发出一点声息。吃完，他用衣角擦拭碗口后，双手捧起碗轻轻地放在了火塘边，他显得那样慎重而恭敬。他的身体温暖饱足了，面庞也泛起了一点红光。他不动声色地看着火塘边上的人，与他眼神相撞的，都感受到了微风拂面般的温暖安宁。他环顾石屋，房顶的角落吊着一缕缕久积的烟尘，一块块黑亮的青石墙壁跳跃着火焰的光芒。他移动目光，见夜色落进屋门口，蓝幽幽的，他的目光就停滞在那夜色里，像鹰锁定了猎物一样。过了好一阵，他还看着屋门口，屋子里的人也都不自主地随他的眼神去看门口，并无来人，他们的后背就都感到了凉意。

一个叫五月的小孩悄声对占六说，这阿普莫不是灵魂出窍了？孩子们就跟着笑起了生脆的声音。老人这才回过神来，他急切切地对顶针说："主家姐姐，请取一张瓦板、一把弯刀来。"占六迅速从灶门口找来一把弯刀和一张瓦板递到老人手中。老人用手势划开阻挡通往门口的视线，人们就退到了火塘两边。老人将瓦板的棱面对着门口念诵了一段后,用弯刀从上至下一刀一个木花地砍去,每砍一下,他就会念出一句,那棱面像盛开了一般,他用最后一句猛一刀砍去了所有的木花瓣。有人见机往火塘里添进一把干竹棍,瓦板棱面的刀口就更加清晰了,他对着火光从上至下细看起来。

人们几乎屏住了呼吸,火塘的角落里又有几声嘻嘻的笑从几根掩不住的手指缝里迸发出来。她们的长辈就转脸去严肃地看她们一眼,那笑声立刻就止住了。老人并没有受到干扰,他沉浸在以微见著的世界里。看完,他用手掌顺着噘起来的嘴唇擦拭一圈后,开始用商量的语气对着顶针说:"刚才,门口来了一个穿着蓝布衣衫的人,犹豫得很,一只脚刚准备跨进门槛,小孩的笑声就惊走了他……"

老人的话还没说完,火塘边上的人几乎都呜哇一声紧凑在一起,孩子们则飞扑进了各自父母怀中去。顶针迅速起身,奔向门口一声声地喊:占佑!占佑!院子空荡荡的,夜空蓝幽幽的,只有羊圈里的母羊咩咩地回应了两声。她双手扶在门上,展开的影子几乎遮蔽了全部夜色,晚风掠起了她腰间的黑围裙,使它忽前忽后地飘动。她低着头回到火塘边上,记忆却已回溯到占佑临走的那天早上:占六在她怀中吃奶,占佑蹲在边上咂舌把占六逗乐了,奶汁喷洒了占六一脸,顶针用手轻擦,占六粉扑扑的脸蛋就吸收了奶汁。占佑对顶针说,他要去深山里寻上好的青石凿一副磨子,等到占六再大些就能吃上精细的麦面了。占佑早在磨房沟修了一间空磨坊,那是他作为一个石匠心中期望实现的理想。顶针习惯了他奔走远乡打石磨,只当是一场平常的外出。她没有说话,他们俩已把日子过成了一副石磨,无声地损耗着彼此相反的螺纹。她看占佑的最后一眼是他穿着蓝布衣衫走出屋门的背影,或许那也不是她所看到的。他最爱穿蓝布衣衫了,顶针觉得那颜色像天空一样干净。数十天后,几个牧羊人从深山里抬回了一具面目全非的尸首,穿着蓝布衣衫,顶针并不相信那是占佑,她一直在等他回来,像每一次他外出时那样。村子里的人帮着顶针把那具尸首埋葬了。

顶针的眼眶湿润了,她拾起黑围裙擦拭眼睛,又起身为老人续满一碗茶,指望他看在那层油荤的情分上把刚才的话继续说下去。老人像走出了顶针的记忆那般,深长地叹息一声后,从火塘里取出一把竹棍举在手中便出门了。几点火星从门口飞扑进来,瞬时熄灭了。屋子里的人没有谁尾随去,他们的心突跳着。他们听见老人在院中悠长的念诵,他们感到那声音与口弦声完美契合着,接着老人走出了院门,火光在窗外一闪而过。

就在那晚,老人如夜露般蒸发了。人们都小心翼翼地做着手中的活计,生怕错过了平牛板方向再次传来的口弦之声。他们期待着,又犹疑着。他们在夜间小心地探看自家的门庭,希望那老人也能在他们家中看到他们思念已久的亲人,又愿一切像蓝布衣衫那样干净。顶针尤其谨慎,她不时打发占六去平牛板打探一下,仿佛那老人会领着谁回来似的。占六剥了干竹棍的皮做了两只簧片,他从早到晚就坐在平牛板上仿着那老人的模样弹动着,没有弹出音乐声,却割伤了嘴唇。

几天后，风声里再次传出了明亮的口弦之声，村子里的人像一股风一样拥向平牛板，老人披着黑披风，鹰一样从磨房沟而来。从牧场归来的达铁还从口弦声中听出了挂在老人身上的鹰爪、野猪牙和牛骨圈相互碰撞的声音，那是属于他的族群才能识别出的声音。达铁快步迎上去，弓身扶住老人的手腕，恭敬地请求他到自己的家中去。

顶针和占六穿过人群站在老人面前，老人显得疲惫，看着他们母子期待的眼神，他轻轻笑了，并从黑披风里伸出枯瘦的手抓住占六的手，与众人一起走进了达铁家的獐子房。它是那样小巧，席地铺着竹巴子，屋顶的白炽灯聚着光，把众人都照亮了。达铁不等老人喝碗热茶，就急忙地从鸡窝里捉了一只大红公鸡给老人，公鸡高昂着头，仿佛知道自己带着使命。老人遵从地起身到门口，一手握着裤刀，一手抓紧公鸡的一对翅膀，口诵一句就用刀背猛地砸向公鸡的头，公鸡便惨叫一声，直到被砸死，连同那把尖刀一起扔出了门去。达铁从门外捡回裤刀和公鸡，欢喜地对老人说，送出去了！老人点了点头，坐回火塘边安然歇在自己的黑披风里，他脸上逐渐松弛下来的皱褶快使他枯萎了。

达铁用开水烫了鸡毛，剁块清炖后，舀起一大碗请老人享用，剩下的分作几大碗请大家一起吃。老人把鸡肉夹给边上的占六吃，自己端起碗饮汤。达铁一边吃肉，一边自豪地向大家介绍起老人的身份，原来他是位彝人。刚才的叫"打鸡"，被施了咒的公鸡和裤刀扔出门口时，头一致朝外，就免除了整个村庄来年的病苦和灾难。

大家嘴里的感慨、赞叹与鸡肉的热气交织着，仿佛他们亲眼看见村庄里所有的病苦和灾难都远远逃遁了似的。

占六受伤的嘴唇糊满了油，那伤口就发着亮。顶针坐在火塘边无心吃肉，她一直攥着黑围裙的边角巴巴地望着老人，希望他能忽然说起那晚举着火把离开后的情形。

那晚的事情和一把铜钥匙热乎乎地揣在老人怀里呢。老人准备说的时候，他先指了一下顶针，表示将要同她说话，顶针盘坐的姿势迅速改成半蹲，并朝着老人的方向微微倾斜。老人说，那晚，他举着火把念诵《指路经》送那穿蓝布衫的男子出门，身后就又跟来了好几个，他们都是为着他的道行来求解脱的。他手中的火把延伸了一条通往磨房沟深处的路径，他们走了很久，耳边有水声、林中动物的鼾声、飞鸟的扑扇声。火把熄灭的时候，耳边就清净了。他累极了，就靠着一棵树根睡了，早上醒来发现自己被困在了一片莽林深处，手中握着一把铜钥匙。

毕摩在念《指路经》的时候，时常会获得一些小物件，那是一些隔世的托付，他心领神会，将钥匙抛出去，向着钥匙指出的方位走出莽林，沿着磨房沟的源头之水走了几天几夜才走到了磨房沟。老人从怀中取出铜钥匙，上面系着一根蓝布条。老人伸长了手，将钥匙递到顶针手里头，顶针的手战栗着，火塘边上的人都用眼光护着那把钥匙，仿佛那把钥匙有生命似的。

第二天一早，顶针拿着铜钥匙领着占六去了磨房沟，她用那把钥匙打开空磨坊的门锁，一副青石磨子静静地躺在磨槽里。占六睁大了眼睛追问顶针,我们家不是有磨子吗,为什么还要去借别家的磨坊钥匙?

顶针没有说话,她牵着占六锁了磨坊门,顺手把铜钥匙丢进了磨坊下的河水里,那蓝色的布条像一尾鱼欢畅地游进了水底。

顶针面向河水呜呜地哭了起来,水声喧响,占六只看见顶针的肩膀抖动着,一只鹰打开了巨大的阴影,从他们头顶上方一掠而过。

刊《散文》2021 年第 10 期、第 11 期

散文
ESSAY

# 少年的挽歌与永远的乡愁

徐鲁

徐鲁

作家、诗人、出版人。出版长篇小说《为了天长地久》，散文集《芦花如雪雁声寒》《沉默的沙漏·徐鲁自选集》《金蔷薇·徐鲁美文系列》等。曾获全国"五个一工程"图书奖、全国优秀儿童文学奖、国家图书奖、冰心儿童图书奖等。现居武汉。

百花文学奖

散文奖

一代人有一代人的精神底色,一代人有一代人的性格特征。生于二十世纪六十年代、在八十年代初进入大学时代的这一代人,被统称为"六十年代人"。在这一代人身上,有一种明显的所谓"六十年代气质"。这种气质究竟是什么样子呢? 要描述出来,似乎又不太容易描述清楚。简单说来就是:性格上带着几分天然的伤感与忧郁;朝气浩荡、壮志凌云的年华里,会情不自禁地为远大的抱负和献身的高尚而感动,骨子里崇尚理想主义、英雄主义,再加上一点浪漫主义;由寂寞的乡村进入陌生的城市, 对逝去的童年含情脉脉,对现实总是保持距离,对自我倾情而对未来忧心;尝到过寂寞、孤独、艰辛甚至饥饿的滋味, 因此心灵并不缺少坚强的垫底的基石;喜欢在想象中经历艰难与辉煌, 甚至也幻想着踏上为理想而受难的旅程,即便是"在烈火里烧三次,在沸水里煮三次,在血水里洗三次"也无怨无悔,并且期待着某一天,会有一双温柔而明亮的眼睛注视着自己, 随时会为一声关切的问候或轻轻的叹息而泪水盈盈……

所有这一切,源于"生于六十年代"这一代人大致相似的成长经历。对于这一代人的"精神底色",倒是可以借用俄罗斯作家康·帕乌斯托夫斯基《金蔷薇》里的一段话来作描述:

> 对生活,对我们周围一切的诗意的理解,是童年时代给予的最伟大的馈赠。如果一个人在悠长而严肃的岁月中,没有失去这个馈赠,那他就有可能是位诗人或作家……

怀旧是必然的,只是没有想到,这一代人是这么早地开始怀旧了。不知从什么时候开始,旧书、旧信札、日记本、笔记簿、手稿,甚至一些不经意留下的小纸片、老照片,这些东西只要一看到,就会引起我对过去的回忆和感念。刘欢出过一张碟,名字就叫《六十年代生人》;梦鸽也录过一张碟片,演唱的都是诞生于二十世纪七十年代的电影插曲和流行歌曲。这些歌曲竟然让我百听不厌。伴随这些歌而映现在脑海的,是样板戏、《新闻简报》纪录片、阿尔巴尼亚和朝鲜电影的画面;是贫穷而淳朴的乡村小学、谷场上的露天电影、各种题材的"小人书"的记忆;是寒冷冬夜里半军事化的长途拉练行军,是在乡村简易的戏台上为贫下中农表演节目的经历……当然,时间再往后推移一点,占据我们这一代记忆的,是在二十世纪八十年代初期涌入中国大陆、来自台湾地区的校园歌曲,包括《走在乡间的小路上》《外婆的澎湖湾》《蜗牛与黄鹂鸟》《爸爸的草鞋》《龙的传人》《童年》,等等。

也许是因为我自己的外婆家是在胶州湾的海边小渔村,我的童年的小脚印,有一部分也永远地留在了海边的沙滩上,所以在诸多台湾校园歌曲中,我对《外婆的澎湖湾》更觉亲切,感情尤深。

晚风轻拂澎湖湾,白浪逐沙滩/没有椰林缀斜阳,只是一片海蓝蓝/坐在门前的矮墙上,一遍遍怀想/也是黄昏的沙滩上,有着脚印两对半那是外婆拄着杖，将我手轻轻挽/踩着薄暮走向余晖暖暖的澎湖湾/一个脚印是笑语一串，消磨许多时光/直到夜色吞没我俩在回家的路上

澎湖湾,澎湖湾,外婆的澎湖湾/有我许多的童年幻想/阳光,沙滩,海浪,仙人掌/还有一位老船长

　　这首歌的曲调柔婉抒情，歌词也全是形象和细节的白描。童年日常生活中的点滴记忆，不再仅仅具有个人色彩，而成为一种带有普遍意义和永恒价值的追忆与咏唱，足以唤醒每个人的心灵共鸣，勾起自己对童年时光的怀想与留恋。

　　我的许多童年时光,也是坐在外婆门前的石头矮墙,走在赶小海的沙滩上,或是挽着拄着杖的外婆的手臂,踩着薄暮走向夕阳映照的小渔村的。所以,这首歌也唱出了我对外婆深切的感恩之情,歌中也有我温暖的怀想与永远的乡愁。

　　从音乐的角度看,三段音乐,第一、二段从中低音区缓缓进入,曲调舒缓平稳,第三段的升高和跳进,使歌曲产生了动感,形象地刻画了一老一少相挽相偕,漫步在夕阳下的海滩上,留下了两串清晰的脚印的情景,也抒发了对怡怡亲情的无限依恋。

　　一提到台湾校园歌曲,人们自然会想到李建复、侯德健、叶佳修、罗大佑这些代表性的音乐人的名字。我认识的一位英年早逝的台湾小说家李潼,本名赖西安,也曾是二十世纪七十年代台湾校园

歌曲创作的主力之一，他的《月琴》《散场电影》等，至今仍被人传唱和怀念。我在最初接触台湾校园歌曲的时候，几乎对叶佳修的每一首歌都情有独钟，《外婆的澎湖湾》《走在乡间的小路上》《爸爸的草鞋》等，词曲都出自叶佳修之手。《走在乡间的小路上》的原唱是齐豫，后由潘安邦、刘文正等翻唱并传播开来；《外婆的澎湖湾》这首歌曲是叶佳修根据歌手潘安邦童年时在家乡澎湖与自己的外婆真实的亲情故事创作，也是叶佳修第一次为潘安邦填词作曲、量身定做，由潘安邦原唱。1979年，潘安邦凭借这首歌获得年度"最佳新人奖"。这首歌同时也成为叶佳修、潘安邦两个人的代表作。

潘安邦祖籍浙江省温州市瓯海区，1961年9月10日出生于台湾省澎湖县马公市金龙头眷村，出道后素有"民谣王"之称。二十世纪整个八十年代，是潘安邦演艺生涯最活跃的时期。1989年的央视春晚上，他首次赴大陆演唱《外婆的澎湖湾》《跟着感觉走》，音色温婉而深情，迅疾赢得无数大陆粉丝的拥戴。我也是他的粉丝之一。后来看到一部拍摄他的"外婆的澎湖湾"那个小渔村的电视片，知道了他与外婆祖孙情深的故事，对这个总喜欢戴着太阳帽的"大男孩"，就更有好感。

据说，1979年，叶佳修在海山唱片公司安排下，第一次见到潘安邦，知道了潘安邦童年在澎湖与外婆的故事，瞬间感动得不能自已，很快就为潘安邦写下这首歌。叶佳修不愧是音乐才子，这首歌整个创作过程仅仅用了十分钟的时间。潘安邦拿到歌的当天，用公用电话从台北打长途电话给在澎湖的外婆。在电话里，他给年老的外婆哼唱了这首歌。可是，他唱完后，电话那头没有任何声音。潘安邦能感觉到，外婆是在那头啜泣、流泪。这首歌是潘安邦在用真情演唱自己的故事，表达对挚爱的外婆的无限感激和怀念，所以，抵达听众心中的这首歌，就更有温度，也更具感染力，也更容易唤醒和慰藉与潘安邦同龄的、"生于六十年代"的一代人心底的乡愁。

可惜的是，天妒英才。"六十年代人"似乎都与伴随着二十世纪九十年代和新世纪而来的那个越来越喧嚣的、物欲横流的世界格格不入。1993年，潘安邦竟出人意料地选择了退出演艺界，到美国经商发展，并在那里结婚生子。2013年2月3日，一代"台湾民谣王"潘安邦，因肾癌不幸早逝。与我认识的那位台湾校园民谣的创作主将之一李潼先生一样，都终于五十二岁的英年。

潘安邦去世后，家人将他的骨灰撒到了澎湖内海，永伴着亲爱的外婆，也永眠于外婆的澎湖湾。如今，凭借着一首家喻户晓的《外婆的澎湖湾》，澎湖湾已成为当地最热门的旅游景点之一，澎湖地方政府多年前特意在有着阳光、沙滩、海浪的美丽海滩，建造了澎湖湾主题公园。前来这里观光旅游的人，不仅能看到外婆门前的矮墙，还能看见潘安邦搀着外婆走在夕阳里的塑像。

我早期的诗歌创作，就深受台湾校园歌曲的濡染。二十世纪八十年代初期，正是我创作起步的日子。毋庸讳言，我在这个时期创作和出版的数百首校园诗歌，都带着台湾校园歌曲的那种情调。再夸张一点说，教会我怎样"抒情"的，除了普希金、艾青、何其芳几位抒情诗人，就是台湾校园歌曲。

我的第一部诗集《歌青青·草青青》，1989年由中国少年儿童出版社出版时，就特意在封面上标注了"中学校园诗"五个字。当时在我心目中，我所追求的就是台湾校园民谣的风格，我要抒写的是一代人的少年挽歌，也是这代人心中永远的乡愁。1990年，我的第二部诗集《我们这个年纪的梦》在湖北出版，也仍然不脱校园民谣的风格。直到第三部诗集《世界很小又很大》1996年在福建出版时，才总算走出了台湾校园歌曲的那种略带忧伤的情调，进入了一个新的抒情世界。

我很庆幸于自己经过了这么多岁月的颠簸和淘洗，不但没有失去童年时代的"伟大的馈赠"——对生活、对我们周围一切的诗意的理解，相反，我倒越来越感觉到它们的宝贵与伟大。或许正是它们，教会了我如何去面对现实和热爱生活，如何在一种妥协中，与世界达成"和解"。这也许是每个人的"时代病"，也是我们这一代人所不得不承受的"生命之轻"。

美国作家约翰·厄普代克在前几年里发出过这样的慨叹：

　　在我此生中，我的感官见证了一个这样的世界：分量日益轻薄，滋味愈发寡淡，华而不实，浮而不定，人们习惯用膨胀得离谱的货币来交换伪劣得寒碜的物质……

是这样的。也正因为我们置身在这样的现实之中，才显得昨天的那些激情、誓语和梦想格外崇高与珍贵。

今天，我发自心底地怀念和感激那一段既贫困又坚实的岁月。那些浪漫的激情和誓言，虽然只是那么短暂地出现在我的少年时代的某一时刻，但它们却潜移默化地影响着我，直到今日。它们是我坚强的意志的奠基石，是我渴望为理想献身的信念的源头，是我有时候不得不遁于内心而守护住自己的秘密的精神支柱，也是我今生今世赖以在这个浩大、纷纭和凛冽的世界上继续奋斗和生存下去的全部资本与最后的退路。

怀旧，当然不是一种"奢侈病"，而是一种心灵需求、一种情感上的安妥与释放。对于无法适应日新月异的生活潮流、生活节奏、价值观念、人际关系的一代人来说，想起过去的少年时代、青春时光比较单纯、比较真诚，人与人之间容易相处，当然就容易怀旧。怀旧，也是对过去的一种感恩。在我们每个人的记忆里，都曾有过许多小小的、明亮的瓜灯和小橘灯，给过我们温暖、光明和幻想。少年酒神与美丽乡愁，往往也会成为成年后的热情、信心和力量的源泉。所谓"最好的时光"，其实就是那种永不回返的"幸福感"。有时候，并不是因为它有多么美好而让我们眷念不休，而是倒过来，正因为它是永恒的失落，于是我们只能用"怀念"来召唤它，它也因此变得更加美好，更加让人难以忘怀。有怀念，才有感恩的心，才能更加热爱。

刊《散文》2022 年第 9 期

散文
ESSAY

小偷 [外一篇]

田鑫

田鑫

　　编辑。作品散见
《散文》《青年文学》等
刊。出版散文集《大地
知道谁来过》《大地词
条》。曾获贺兰山文艺
奖、《朔方》文学奖、宁
夏文学艺术奖等。现居
银川。

散文奖

大地之上,总有一些东西会莫名其妙地消失。有一些是自己把自己闹丢的,一开始人们喜欢它,离不开它,后来人们忘了它,它失望至极,最后决定用消失来报复。这一招显然没有奏效,直到它消失了,人们都没想起它。有一些是别人把它闹丢的,可能是蓄谋已久,也可能是偶发性的,总之,有那么一个人,惦记着它,于是趁人不注意就带走了它。

我们把这种行为叫作偷,做这种事的人,被称为小偷。

风是大地上最明目张胆的小偷。它来之前,总会弄出些动静,似乎在告诉人们,该提防提防了,可人们对它的提醒却束手无策,通常是还没等人动手,风就已经鱼贯而入了。

风偷东西,往往没有目标,看到啥偷啥,啥好偷偷啥,小到一片叶子,大到整个村庄,只要它能拿得动,被它看上的东西保证瞬间消失。

水和风差不多,区别无非就是风可以肆意妄为,而水只能沿着河床行动,它下手的范围相对狭窄,可是在心狠手辣上,水一点都不比风差。都说三岁看老,一股水刚从大地深处出来,就开始琢磨怎么偷东西。它先是偷了沿途的水滴,然后是偷河床边的土、土上的草木,最后,泥沙俱下,一条河恨不得把整个大地都搬走。

风和水是猴子搬苞谷一般的偷,它们经常会把偷来的东西藏在经过的地方,然后就忘了它们的存在。于是,风吹过后,刘家的背篓立在了张家门口,为此,两家的女人还扯开嗓子骂了起来。风吹远了,听不见骂的啥,反正无论人怎么骂,风也不会耳朵发烧。水流过后,厚底的河床上,经常能看到已经变形的铁皮盆子、落单的一只鞋、浇花的塑料洒壶,它们杂乱地散落在那里,谁捡起来就是谁的,水把这些东西上原来的标签都撕掉,把这些东西原本的样子和味道都改变了,然后让它们重新遇到主人,当然,也极有可能重新被偷。

风在空中,人对它束手无策,水在河道里,人也轻易不敢收拾它,怕闹不好就会赔上性命,所以,人们对风和水的偷盗行为听之任之,但是对于别的什么东西的偷盗行为,就有办法了。

比如麻雀,这小小的狡猾的雀,懒惰得要命,自己不知道去种植去收获,就知道吃现成的。糜子成熟的时候,它们比种下糜子的人还准时地出现在地里,扑簌簌朝低着头的糜子冲过去,然后是一顿风卷残云般的狂欢,吃饱之后,还跳到稻草人头顶,挑衅似的等着人出现。人们远远看见它们,气不打一处来,抓起一把土坷垃就扔到糜子地里,然后是轰的一声,像糜子集体飞起来一样,麻雀落荒而逃。为了对付这些家伙,弹弓和筛子立了大功,远远地瞄准,然后发射,即便是一颗石子打不死一只麻雀,也会让它们魂飞魄散;而撒了粮食的筛子,一根绳子就可以让几只贪婪的麻雀殒命。我们乐此不疲,麻雀也乐此不疲,似乎这是乡下食物链上一个不可缺少的仪式。

野地里的麻雀不好对付,钻进屋子里的老鼠同样让人犯难。它们经常趁人不注意钻进装粮食的袋子里,钻进放衣服的柜子里,它们不光偷东西,还大搞破坏,把新衣服的衣角咬烂,在干净的盒子里撒尿拉屎。这炫耀似的行窃方式,也给它们带来灭顶之灾。猫出现了,一口就是一只老鼠;毒药出现了,这糖衣炮弹掩饰下的深渊,它们总忍不住往里跳;老鼠夹子出现了,是专门为它们研制的行刑工具,还是吓不跑它们;陷阱、电、水泥……人们用所有能想出来的办法对付老鼠,但是它们依然生生不息。

麻雀和老鼠都防不住的人们,自然也防不住一个准备偷东西的人,他们混在人群里,和我们一起说话、吃饭、睡觉,可是在我们说话、吃饭、睡觉的时候,他们可能正在偷我们的东西。我们家遭过一次贼,当时,大家都在山上捡土豆,只留一条狗看门,可是这家伙却睡着了,贼从墙上翻进院子,撬开了偏房的门,把一个已经尘封的箱子打开,洗劫一空。三婶在地里干活,突然觉得心里空落落的,就派我回去看看。我到家的时候,贼早已溜之大吉,但是他把阴森和恐惧留下了。我开门进去的一瞬间,感觉空气都被置换过,或者说被偷走了一般,有一种缺氧而令人窒息的感觉。初看屋子里没什么两样,仔细看时,才发现偏房的大门失守,挂锁子的环耷拉着,做了错事一样。我赶紧推门进去,一进去就看见那口木箱子张开着,空空如也,像是被人掏空了身体。难怪三婶心里难受,可不是嘛,她的细软全在这口箱子里,现在啥也没了。三婶赶回来,看到这个情形,腿一软倒在地上,她说不是细软被偷这么简单,贼偷走的不光是物品,还有屋子里的精气神。

人偷人,大地也偷人。小时候祖母给我们讲古今,经常会说起大地吃人的事。那是民国九年十一月初七,六盘山区的人们准备睡觉的时候，天摇地动，地底下如河涨蛟龙打滚，半空中似雷鸣捉拿妖精。一时间，鸡、狗、猪、驴、牛叫声四起，屋子里，房梁裂开，缸也倒，水也流，装食物的罐罐乱滚，顷刻间，土和雾迷罩得南北不分。慌乱中，大地度过了一个不安的夜晚，人惶惶不可入眠，等第二天醒过神来才发现，大地上到处是废墟，房屋塌圮，一切都像混沌初开的样子。侥幸逃脱的人们呼儿唤女，却听不到任何回应。大地灰尘弥漫，等尘埃落定人们才发现，很多人被大地偷走了。亲人们狠狠地挖着大地，一无所获，只能哭天抢地，咒骂这老天爷不长眼。

这些是祖母的祖母讲给她听的，她又讲给我们听，每次听祖母讲这一段，我脑子里都会出现一个画面：大地裂开，趁人不注意就偷走一个人，这个人都来不及喊出来就从大地上消失了。我没有经历过这种大悲伤的场景，但是小分量的悲伤也有过两次。一次是母亲去世，另一次是祖父去世，他们被我们送进坟墓的时候，我有一种和大地沆瀣一气的感觉，我们亲手把他们送给了偷人的大地，此后，它再也不会归还，非但如此，还有更多的亲人将被它偷走，而我们毫无办法。


## 老鼠


杀死一只老鼠是我整个童年最值得炫耀的一件事。

过程是这样的：

有一晚，我们家来了客人，几眼炕上都安排了人，我没地方睡，就去大伯家借宿。他家和我家没什么两样，都是黄土屋里一眼炕，炕周围摆着柜子、桌子和椅子，地中间是个火炉子，冬天的时候才能派上用场。

我睡在靠窗的位置，能明显地闻到炕内部的焦味，以及顺着窗子吹进来的风的味道。我有个毛病，换个地方睡觉会睡不着，虽然大伯家离我家就隔着一条巷子，可是我也睡不着。炕不大，挤着几个人，又不允许我翻来覆去，只能眼睁睁地盯着黑黢黢的屋顶。

那时候没经历多少事，脑子里想的无非就是，白天抓鱼的时候要不是大意那条肥鱼就不可能从我胯下溜走，傍晚捉迷藏钻进麦草垛那一刻要是不碰见三爷爷就不会被人告密。想着想着，屋子里就热闹了，大伯的鼾声一开始像窗外的风，然后就变成了风匣一样，夹杂着乒乓声，最后就成了马蹄跑过的声音，一连串朝我的耳膜冲过来。我更睡不着了，脑子里是空的，却被马蹄声踩得凌乱不堪。

后半夜的时候，这马蹄声消散了，我的意识也渐渐模糊，如果不出意外的话，很快就能入睡，如果再做一个美梦，就更完美了。梦来的时候，我正在山野奔跑，远处是草木葱茏的更大一片山野，我跑啊跑啊，跑得气喘吁吁，跑得满头大汗。我实在跑不动了，就停下来，一个背仰，躺在了软软的草地上。在梦里睡一觉应该是一件很有意思的事，我期待一切来得快些。

我睡着了，山风给我盖了被子，虫子们关闭了声音，我准备好好睡一觉，却感觉有东西在我手上抓着，细细的爪子戳得我好疼，我分不清这是梦里还是现实,只是本能地一甩,屋子里发出吱吱的叫声。顺手开灯,一看地上一只老鼠在蹬腿子,我喊了一声有老鼠,就起身穿上鞋子,朝老鼠一阵乱踩,它都没来得及叫出声,就直了身子,一命呜呼。大伯他们起身的时候,老鼠已经被我捏着尾巴提起来,大伯夸我比猫都厉害。

夜晚没有因为我杀死一只老鼠而发生丝毫变化,窗外依然有风,大伯又开始新一轮的鼾声如雷。我却睡不着了,一遍一遍回忆刚才的情形,开始琢磨一只老鼠是如何进入屋子爬上炕的。

最大的可能是:大白天它就偷偷溜进来了,屋子的门白天是不关的,谁都可以进来,老鼠也可以,它蛰伏在某处,一直等到人沉睡了,再出来寻找食物。还有一种可能是:它们打穿了墙,从洞里大摇大摆钻出来,它们喜欢黑暗,喜欢曲曲折折的通道,难怪我能闻见屋子外面的风的味道,风一定也是顺着老鼠打的洞钻进来的。

现在,这只老鼠回不去了。

谁让他们和人为敌呢。从春天开始,老鼠就欺负人:种在地里的种子,还来不及发芽,就被它们当了早餐;夏天的甜瓜,眼看着就要成熟,老鼠就咬开一个口子,让甜白白地供养了它们的味蕾;秋天的向日葵长那么高,按说应该安全吧,老鼠们等着葵花子饱满的时候,蹿到向日葵顶部,一颗一颗带走籽,去收葵花的人只能骂娘,老鼠才不管这些;冬天的时候,颗粒归仓,这下安全了吧,老鼠又来了,它们在大地深处打长长的洞,一直打到粮仓里,然后搬家一样把粮食搬走。

有一年春天，我们准备用去年的冬麦磨面吃，一袋麦子提起来，空空的，打开一看，麦子早不知去向，半袋子麦麸和老鼠屎混合在一起，还有几只毛茸茸的老鼠崽子。祖父简直要被气死，先是骂父亲一个冬天也不知道照看粮食，后来骂我们天天在粮仓里捉迷藏就一点动静也没发现。最后气不过，袋子一提，到院子外挖个坑，准备把麦麸、老鼠屎和一窝老鼠崽一起埋了，可又没下得了决心。

　　后来，祖父告诉我，挨饿的年代，老鼠救过人命。家里的粮食吃完了，就挖老鼠在鼠洞里积攒的粮食，有时候够一家子人吃一顿，如果没有粮食，老鼠就成了锅里的肉。吃过老鼠之后，祖父再没对老鼠下过手，不过他也不阻止我们。

　　老鼠见了人都绕着走的，这不是出于礼貌，而是一种策略，它们知道自己做的事情见不得人，但是它们还要做。打老鼠就成了冬闲时刻人们消遣的方式之一。我们最常用的方法是灌水，老鼠打洞喜欢从上往下，看到老鼠进入，我们找到洞口，一桶水灌下去，全家老小就被水冲了上来，猫早早守着，上来一只抓走一只。有嘴馋的人，看到肥硕的老鼠，不给猫，包了泥巴自己烤了吃，然后说老鼠肉比猪肉都好吃，闹得我们也牙痒痒，可是没人敢这么吃。也有漏网的老鼠，它们擅长打游击，我们就用陷阱对付，水缸里放上水，缸口放一张报纸，置于粮仓内，过几天保准有死老鼠，它们以为报纸是缸盖子，没想到成了它们的裹尸布。

　　不管我们使出什么样的招数，老鼠们就是打不绝，人生一个孩子得十个月，它们好像说生就生了，生生不息。后来我们改造房屋，加固粮仓,把它们挡在屋外。再后来,我们就不理它们,任由它们慢慢老死。

我有好几年没见过老鼠了。女儿读故事书,读到偷灯油的老鼠,问我老鼠长什么样,于是带她去动物园看,可惜老鼠并没有被列为展示动物。后来带她回老家找,也不得。乡下的院子已经很少有土坯砌的了,一砖到底的墙和水泥浇筑的地基,让老鼠敬而远之。我带她去山上找,只找到疑似老鼠爪印的痕迹,枯守半晌,也没见一只老鼠。

孩子失望极了,我也有些纳闷。乡下的老鼠被打被毒了这么多年,难不成灭绝了?回来的路上,我一直在琢磨这事,以至于忽略了如今巷子里每家门上都挂个锁的现实。这几年,进城的进城,搬家的搬家,巷子里早就没什么人了。人少了,地就没办法种,粮食自然靠买。缺少了农耕收获的过程,老鼠们就没办法像以前那么方便地偷东西,没东西偷,就得饿死,它们聪明得跟啥一样,不可能坐以待毙,它们一定是嗅着人离开的味道,跟人进了城市。

后来,女儿如愿见到了老鼠,是在一个垃圾回收站,一只大老鼠带着两只小老鼠找食物,它们动作矫健,见人就跑,一看就是从乡下来的。

刊《散文》2021 年第 8 期

散文奖

入围作品

周缶工
# 少年缸的屋场光阴

## 外婆的寺前湾

那日午后去看外婆,她正在竹椅上小憩。外婆已年近八十,身板依旧硬朗,睡意蒙眬中睁开双眼,不知问谁:怎么听不到水声了呢?我笑答:这又不是寺前湾,哪里会有什么水声!寺前湾是外婆的旧居处,在那儿住了几十年。大坝筑在河上,一天到晚水声轰鸣。坝下水被截住,河浅,大石头次第搁一线,就是跳桥,过河不会打湿脚。外婆揉揉眼,喃喃道:不知寺前湾现在怎样。寺前湾现在怎样?这问题我也多次问起,相隔十来里,自外婆家搬到镇上后就再未去过。是因为近乡情怯,还是担忧少年时的记忆被打破?而我在梦中,却多次探访过那个偏远的河湾。

从老家产陂周屋场往北约三四千米进入山林,公路蜿蜒,树木茂密,因其山形,唤作"狗脑壳",曾是一处刑场。往右有条山道,直通寺前湾对岸的"大坝脑"。小时候去外婆家,一家四口,由父亲一部单车驮着,到此就折入这条近道。道旁尽是松树,我喜欢扯绿得清浅的嫩枝叶,用手揉搓,闻那股淡淡的油香。要路过一处废弃的石矿,石山被从中凿出一栋房子大小的空洞,壁上长出青苔,能遮风避雨。我总想:这里面有人住吗?到晚上,该多阴森。若是一早赶路,会发现半道上云雾从地下蒸腾出,如临仙境。母亲说是有人造地下河经过,从寺前湾、大坝脑那边引水过来。一路没几户人家,要到大坝脑附近才有人烟味,有一栋刷得粉白的烟瓦屋,上面画好多大幅头像,不知何意。

经大坝脑,过河就是寺前湾了。石头护堤中留出的下河通道有些逼仄,须小心经过。接下来是河滩,没水的地方长满青草,有水的地方则石头遍布。大坝拦在上游河道上,水放下像是晾晒整齐的棉纱,冲击出水声,白浪翻滚,一刻也不消停。过跳桥不能急——前脚首先跨上去,试探着挪后脚,站稳后再次重复。做跳桥的红石被活水常年冲刷,都已形状各异,让人生出许多联想来。我走到河中,找稳当的红石站住,总要蹲下掬水洗把脸,看清浅的河水急急流着,水底的砂石若隐若现。这时,母亲就会扯起嗓子喊:周缸,还不快走,你外婆在屋里等哩!只惊得附近散放着吃草的牛都仰起头看过来,哞哞叫着,我只得直起身。再次上岸,就到了寺前湾人家的菜园,我最记得里面种着许多鸡冠花,有红有白,高高举着,折在手里像是小蒲扇。外婆家就住在湾前的水圳边,砖瓦房,四大间,有偏厦,果木竹林掩映。

外婆家的伙房设在偏厦里,沿墙摆着的木椅不知有多少年月,黑中透出亮来。还没坐停当,外婆就从厨房里端出荷包蛋,黑色的豆豉点缀在煎得金黄的蛋体上，褐色汤汁里油花不多不少，香气四溢。我满屋子端详起来，看墙上贴的年画，去年是一只花孔雀，今年怎么变成一只白仙鹤了呢？还未出阁的姨妈逗我：周缸，把这只白鹤给你做女子好不好？我脸当下羞红，女子在老家是妻子之意，找只鸟作女子，亏姨妈她也想得出。墙角的老式茶几，茴香、茶叶用竹筒装着，开水瓶外壳是竹篾质地的。姨妈听到厨房里铜壶被烧开，赶忙提过来上水，我看到开水从锃亮的壶嘴流到开水瓶里，轰轰的声音有着微妙变化。上完一瓶，姨妈把木塞塞住，砰的一声，木塞又被热气顶出来，反复多次。边上的木质面巾架子上，白毛巾很舒服地悬挂着，搪瓷脸盆盆底绘着一条硕大的红鲤。

开饭了，外公用那花脸盆和白毛巾给我洗脸。他老人家方法特别，让我闭眼、憋气、低头，脸浸入水里，手轻抚，最后用毛巾抹干。上桌，满眼鸡鸭鱼肉，外婆早把两只表皮黄澄澄的鸡腿搛到我和弟弟碗中。长大后，外婆多次问我还得当年半路要吃鸡肉的事否。那回她带我去水圳边杀鸡，我急着吃鸡腿，嫌速度慢，哭喊着说再这么弄鸡肉都臭掉了。外婆听了，作势把那只才拔了毛的鸡往水圳小桥下一藏，说臭了就丢掉算了。我慌了神，哭喊得更厉害，没法，外婆只得赶快开膛破肚，将鸡肝、鸡胗、鸡肠等弄出先下锅，才止住我吵闹。很怪，我那时不过三四岁，这事现在说来竟还有印象。

外婆家有间磨坊，石磨等设施一应俱全。逢年过节，烫米片皮子和打豆腐时，除了自家，寺前湾的别家也大桶提、小桶担，前来借用。我没事在旁闲看，一人转石磨，一人舀物料，未几，白花花的浆水就从石槽中溢下，房里满是豆香或米香。外婆家养的那只大黄猫，总在这时窜进来，喵地叫一声，让转磨的人分下神，道：这猫好大，像只小老虎！那猫也不停留，嗖地跳上窗台，不知攀缘到何处去。蜂房在偏厦楼顶，一天到晚蜜蜂飞进飞出，嗡嗡声怎么也不及远处大坝发出的水声响亮。

屋外靠水圳那边，是一线的瓜果树和竹林。挨厨房的是一棵敦实的柚子树，果实总结得满满当当。待到能吃时，外婆就耐心摘下，一个个剥皮，放到阴凉处，等母亲回娘家时给我们捎回去，那样能多带点。幼时我常在柚子树下席地而坐，用小刀小锉胡乱刻画，任白色的小花掉落一身。一回，我屁股上烂了个小疤，坐地上被不知名的虫蚁在伤处又咬了一口，结痂后蜕变成一颗痣。鸡爪梨树很高大，梨子成熟的季节，要搬上楼梯去摘，在地上放些时日，甜得透心。鸡爪梨用火烧来也好吃，熟后用手一剥，薄皮就脱下来，分外清香。还要说下无花果，梧桐子般的形状和个头，尚碧青时就被一众伢妹子摘下来，断落处会渗出白色乳汁。咬一口，里面是絮状，无甚滋味。某次，许是摘下的青无花果被毛虫之类爬过，我吃后嘴脸瞬间肿大，像是猪八戒。

寺前湾种着大片的花生，孩童们却绝不偷吃，只待主人家挖过后，拿二齿耙头慢慢再翻一遍地，也能收获许多，这叫"倒花生"。河滩的沙土里种着萝卜，大家玩渴了就扯出几个，敲掉泥巴，用手勒几下生吃，甜而多汁。兴起时，就在滩上徒手挖出土灶，用稻草烤萝卜吃，虽无盐味，却也异常鲜香。寺前湾有两个防空洞，是小朋友冒险的去处。带一盏煤油灯,由胆大的提着在前面走,后面的挨个牵着手,大气都不敢出。总会有人中途大叫一声:鬼呀!大家纷纷往洞外跑,作鸟兽散。

被大坝拦截,坝上的水就变平缓,生出许多独立的水域。其中一处有几亩地大,只一个丈许的口子,成为天然的鱼的陷阱。白天将米糠、剩饭等倒入其中诱鱼,晚上把口子堵住,往里面浇煮沸的茶枯,将鱼药翻,拂晓时就可捡鱼了。难的是要守夜,以免白忙活一场,被别人捷足先登。一般是在暑期,将垫席、被子等带到河堤上,席地露天而睡。大人在一边说笑,我早望着满天的星斗兀自出神,不知不觉睡着。等我醒时,早已睡到外婆家的床上,厨房里飘出鱼汤的芳香。坝下水浅,适合用罾罾鱼。外公总要我帮忙提桶子,清早就过去,叫作"罾早罾",收获的清一色是肉嫩子,老家人叫"麻古嫩",因其麻色,无刺。

夏日还有一个乐事, 就是摘夏枯草。夏枯草在河堤上漫野都是,紫色的小花,摘时觉得毛茸茸,很适手。外婆给我一个竹篮,我就沿河堤摘过去,满一篮就带回家用蔑垫晒干。夏枯草能入药,等集满一定数量,外公就带我去村里的药店换钱。满满一布袋子,戴眼镜的老中医七翻八翻,最后从一堆毛票中找出一个五分、一个一分,六分钱,打发了我。

寺前湾的大人们,也都极富个性。有个疯子,有事没事就站在门口骂骂咧咧,不知骂谁,大家都见怪不怪。若是哪天没听到他骂,湾里人就会说:是不是河里断了水,水坝无声了? 还有个驼子,背弯曲成九十度，但走路很神气。别人总担心他下陡坡时会一径栽下去，但他总安然无事。他说过一个笑话，说晚上在寺前湾有个鬼，脑壳提在手里走。别人不信，他说，真不是鬼，但看来像那回事，是他晚上手里提着个夜壶。还有个塌鼻子，她到外婆家来闲坐时，我总盯着她望，终是忍不住，说：外婆，产陂周的塌鼻子周名冬那里有个眼，这个婆婆塌鼻子为何没眼？外婆扯都没扯住，赶忙赔不是。那人也不恼，说，伢妹子说的是实话，本来就是塌鼻子，不要紧。

据说，现在寺前湾已没几户人家了。当年的小伙伴都纷纷离开，只怕也没几个还会回寺前湾。湾里草木丛生，许多地方已无从下脚，河中的跳桥也被洪水冲走。驼子和塌鼻子早就过世，只疯子还在。水坝还在日夜轰鸣，疯子每天晨昏，是否骂声依旧呢？


## 菜园和刺蓬

小时和大人一起，在屋场常去菜园寻菜。菜园分布在屋场近旁，都是闲散的小块土地，不能占用良田。总记得黄昏时节，祖母一手提着装满的菜篮，一手牵着我，从二百五十米外的菜园朝家走，一路上遇到的人往来不绝。我手持一节黄瓜，或者一个红薯，津津有味地啃。牵牛的人赶牛过去，悠悠闲闲，那牛突然停下，尾部竖起，拉出一大堆牛粪。收工的小伙们骑着单车，竞相往屋场赶，胆大的还玩起大撒把的游戏。同样摘完菜的女人家会过来搭话，进而交换彼此没有的品种。

那是个公共菜园，不到半亩地，五六户人家分而种之，每户三四块菜土。公共菜园按季一般种的是蕹菜、白菜、包菜、辣椒、茄子、丝瓜、黄瓜、苦瓜、豆角、扁豆之类,没有菜园门,大家自由出入,相互照应。祖母带孙辈过去,一起扯草、捉虫、摘菜,或是栽菜时帮着挖坑,打水,浇地。总离不开一样工具,老家叫"金钩子",是一种前头尖的小锄头,用来栽菜最为适手。按照长宽大小算好间距,在除过草松过土的地块,祖母指导我用金钩子挖开土壤,将种子或菜苗放入,小心培好土,然后再施水。祖母反复叮嘱,遇到俗名"土狗子"的蝼蛄,一定要追上碾死,那害虫为患不浅,会咬断菜根。

我最喜欢摘菜。摘辣椒,红椒容易辨别,红透了就可放心采下,青椒则要区分大小长短,不能还有长势就提前下手。茄子,要在刚好成熟,里面籽还未成形时摘下,否则就不宜食用,只能拿来做种。摘长豆角最有意思,或红或绿挂满一架,低处的触手可得,高处的则需要搬来凳子,站上去获取。边摘边扯一根放到嘴中,像吃面一样往里面嘣,入口生津,有股清甜味。其他诸如,丝瓜何时摘下最为甜美,水分足;苦瓜长到什么地步才算熟透,味道好;黄瓜摘时上面不能还有扎手的毛刺,最新鲜……其中都有细微的机巧和学问。老家那边叫摘菜为"寻菜",就含有这个意味,屋场里小孩都能无师自通,一点就透。

祖母住房附近还有一处私家菜园,用竹枝做的篱笆团转围起来,菜园门有一人多高。里面靠墙栽南瓜、冬瓜、丝瓜等瓜藤,西红柿、甜瓜、菜瓜等瓜果专门辟出地块,茴香、芝麻、紫苏等作物也次第种植,还有葱蒜韭菜地,另外长着几棵柚子树和橘子树。相比公共菜园种的都是常菜,这里的品类更加丰富和精细,有诸多可以生吃的瓜果,不易被外面野孩子进入偷采。但防范了外人,却家贼难防,我和众多弟妹常趁大人不注意,溜到菜园里摘取甜瓜、菜瓜、橘子、柚子,剪下茴香和芝麻,弄得满地狼藉。祖母着恼了两回,一次因我们将甜瓜藤都扯了出来,还有一次是因为橘子尚未成熟就被摘下,大小几人都被罚跪竹扫把。

屋场有俗语,形容进出一个地方次数多,就说像"跨菜园门"。相比菜园,小孩无一例外对长满野物的刺蓬更感兴趣。刺蓬往往和菜园毗邻,常在两个私家菜园的隔离处,或是其他荒废的地方。刺蓬首要的部分自然是刺条,开春从泥土里发出柔嫩的刺杆,有肉刺杆和毛刺杆两类,小孩折下来去掉外皮生吃,又甜又脆。刺杆长成刺条后会开出白花,香气馥郁,招蜂引蝶。刺蓬边上往往长着细丛竹,春天生出很多小笋子,掰下来炒酸菜鲜嫩可口。有的刺蓬上遍布能吃的"藿粑子",红得发黑,有点像桑葚,入嘴即化,味道酸甜。还有刺果,又叫糖罐子,形如蚕茧,色同鸭梨,上面长满毛刺,未成熟时酸涩难食,熟透后拔刺去芯,味道上佳。老人们传言,刺果泡酒能治小儿尿床,不知真假。

刺蓬简直是百草园和万花筒,新鲜玩意儿遍布,每处物事又不尽相同。罗家大屋水圳边有处刺蓬,丛竹茂密,间或会长出竹米,分为白竹米和黑竹米两种,幼时放学回家常过去采集,吃得满嘴发白或乌黑,其实无甚滋味。宋家大屋马路旁那处刺蓬更绝无仅有,上面长藤缠绕,挂满豆荚,里面红豆排列,粒粒晶莹圆润,甚为好看,但不能食用。高年级的同学会攀上去摘取，互相馈赠，以为南国红豆，笑说"此物最相思"。我家西厢房老水井畔，各色植物更数不胜数，藤蔓灌木丛生，四脚蛇出没，还能抓到浑身碧绿的螳螂，屋场人称之为"鸯猴儿"。那时屋场人喜欢将用过的废弃手电电池丢到刺蓬里，小孩儿们又捡拾出来，将前面或红或蓝的塑料垫片拿下，中间有个圆孔，穿起来做玩具，或放于地下比拼按翻与否来相互赢取。

当年大人都不许小孩去刺蓬处玩耍，作势吓唬说里面有蛇。但没人会听从，毕竟那里是大家的乐园。一个邻家玩伴被家长责罚时的回答至今记忆犹新，他说：要小孩不去刺蓬，除非大人莫进菜园。

原载《湖南文学》2020 年第 12 期

《散文海外版》2021 年第 3 期选载

劳　罕

# 杭州味道

游杭州,不但要充分调动视觉、嗅觉、味觉,还要调动听觉和触觉。如果粗枝大叶、浮光掠影,那就真真有点"唐突佳人"了。

杭州一年四季开满了花,一年四季都是香的!因为花不同,香味也迥异:或淡雅或浓烈,或清幽或馥郁,或鲜爽或甘腻,或缥缈或沁悠……

春天对人的嗅觉冲击最大的,恐怕当数香樟了,小米似的花朵,躲在浓密、碧绿的树叶中,不怎么显眼。香樟是杭州的市树,路边河畔,房前屋后,随处可见。

香樟花,大约在四月底五月初开。花的香味不浓也不淡,单独一棵,大多不会引起注意。但当整个城市都被这种香味包裹着的时候,也就有了气势。这种香,很有韧性,也很有诱惑性,你总想张开鼻张开嘴,甚至张开眼睛、耳朵狠命地吸。

到了五月底,梅子成熟了。一走到灵峰脚下,空气中铺天盖地都是馥郁的芬芳,肆无忌惮直冲鼻腔——那是一种甜甜的、香香的气味,因为浓烈而令人沉醉,如果深吸一口,脑子立马会有种晕晕乎乎的感觉。

待到了树跟前,看到枝头绿中泛黄的果实,一股酸酸的、酥酥的感觉会不由自主直击味蕾,于是,视觉、嗅觉、味觉混为一谈,嘴里面禁不住津液横流,小溪般漫涌漫涌,霎时间,甜丝丝、酸溜溜、香喷喷、辣乎乎、咸津津……口腔里各种味道争先恐后交织杂陈。

梅雨刚过,含笑、栀子花、白兰花相继开了。这几种花,在其他城市的园林里也能看到,但像杭州这样当树篱、当行道树来种的,还是很少见——这也许是杭州气候适宜的缘故吧。

在三台山路一家停车场,四周种的全是栀子花,每一边都有几百米长,在这里停车,你会不会醉了?会不会担心香味浸透了你的车?就我个人而言,总觉得这种香味浓了点,太冲。

也许是萝卜白菜各有所爱吧,早些年,化妆品少,许多爱美的女子会在衣襟别上一朵白兰花或栀子花。还有的人,把这些花撷来当生意做。这多是些老大娘,挎一个蓝印花布盖着的篮子,街头巷尾拖长声音悠悠地喊:"白兰花——栀子花——"

当然,在这个季节,西湖里的荷花也值得观赏,宋人杨万里这首咏西湖荷花的诗,不知道的人恐怕不多:"毕竟西湖六月中,风光不与四时同。接天莲叶无穷碧,映日荷花别样红。"

杭州园林部门在西湖的各个角落种满了荷花,如果留心去看,你会发现:这些荷花,会因为山势高低、水面大小、离岸远近,品种各有不同。我认为,最风致的,当数断桥桥堍"云水光中亭"前的那一片,荷叶出水有一人高,花朵硕大无朋,花瓣似乎也较其他品种更多一些。

秋风一起,桂花开了。

桂花是杭州的市花。我敢这么说,单凭数量论,任何一座城市的桂树,都比不过杭州。我的办公室两侧,种满了桂树,卧室窗下并排长着的六棵有碗口粗细。整个秋天,我都打开窗子办公、睡觉,让香味可着窗子漫天漫地灌进来。

睡梦中,在桂花香气中飘啊飘,那是何等的惬意!

杭州有几处赏桂的绝佳地,值得推荐:

首先是花圃的那条桂花大道,有几百米长,路两旁全是古树,一棵紧挨一棵,把天空遮得严严实实。我查过一份资料,这里的树,树龄大都在四百年左右。盛开的时候,举头,天宇全是小黄星;树下走过,须臾,满身尽是桂花雨。

十多年前的一个中秋夜,写完稿子已是凌晨一时许,我信步沿西湖走,不知不觉竟走到了花圃。似乎是被桂花的香味拖拽着,我在桂花大道上流连忘返,不知疲倦地走了好多个来回。

意犹未尽, 又坐在一棵桂花树下的条凳上歇息。那夜月光如水,透过桂枝斑斑驳驳洒在石板路上,因为是下半夜,尘嚣已散,空气清冽,阒寂无人,秋虫唧唧。我简直醉了,闭目做着深呼吸,不觉竟睡着了。醒来,已是旭日东升,衣裤已被秋露浸透。

植物园里有一大片桂花也值得一赏。从玉古路进植物园,直行不到百米,就是那片桂林。这里的树龄,也至少在几百岁。因为树又高又大又密，这里的桂花香好像浓缩了一般。每年桂花盛开的时候，我都会和几个文友相约在树下谈天说地。按照事前分工，有的带茶点，有的带茶水，大家倚树而坐，邀月共谈，妙语连珠，逸兴遄飞，几乎每次都是"不知东方之既白"。

有趣的是，每次起身，除了我们坐的这一块，周围都铺满了厚厚一层落桂。"到底难磨秋富贵，一庭香粟万黄金"，说的大抵就是这个境界吧。

赏桂，很多人会忽略了杨梅岭。那条通往西湖的垭口没有打通以前，尽管翻过一道山梁就是西湖，但它与杭州几乎是隔绝的。这也使这里的植被保持了原生态。除了前文提到的楠木林，再就是崖畔地头随处生长的桂树。这些桂树，可能是得了野趣的真传，全都长得无拘无束，树冠比其他地方的都大。尤其是崖畔溪边那些，依着地势，四仰八叉的，似乎在向来人示威：我就这样长了，你奈我何？

推荐去杨梅岭还有一个原因：这里几乎家家都开起了农家乐，桌凳就放在大桂树下，你可以一边品尝农家菜，一边赏桂。

杭州的农家乐，大都有这个特点：吃饭与喝茶连成了一体。哪怕生意再多，你不用担心饭还没吃完，店家就催着你离开。吃完了饭，你可以要上一壶龙井，斜倚在躺椅上，慢条斯理品尝，任凭日头悠悠西去。

其实，四季里，我更喜欢冬日的杭州。

"三面云山一面城"的地理特点，使这座名城上午或傍晚总笼罩着一层若有若无的雾。雾,总是富有诗意,会让人浮想联翩,会让人神思缥缈,撩拨得你想掬一捧在手中,甚至想植入心底。

如果雾里再飘来幽幽的梅花香呢?

冬日里,杭州两种花最多,一种是茶花,一种是梅花。

据说,全国属杭州茶花的品种最多。这可能与杭州的地理位置有关,南北的植物品种,大多都能在这里繁衍。茶花,花期很长。孤山"放鹤亭"两侧那种开红色花的品种,花朵有碗口大,能从初冬一直开到次年的初夏。

有个有趣的现象:茶花无论开得多么艳,都没有香味,凑近了闻也没有。蜡梅的香味,你躲都躲不开,"遥看不是雪,为有暗香来"。只要附近有一棵蜡梅,不管你注意还是不注意,它都把那种若有若无的香味往你鼻孔里塞。

香花无色,色花无香。花,尚且如此,人生,又怎能没有缺憾呢?!

常听有人说,杭州的冬天不好过——阴冷。

这种评价不对!太不对了!这是因为没有真正了解杭州。

你想一想,冬日的杭州,温度很少有低于零摄氏度的,能冷到哪里去?西伯利亚吹来的风,经过万山阻隔,等到了这里,早就是柔柔的、软软的、温温的。因为不太冷,这里的家庭,冬天一般都没有取暖的习惯。这让在烧着火炕、装着双层玻璃的房间里猫冬惯了的东北人,踏上杭州的土地一下子不能适应,发出"好冷哟!好冷哟!""比我们那旮旯还冷!"的感叹。

一个是朔风怒号、风雪连天,一个是暖阳煦煦、柔风拂面,哪个更冷?还用得着多说嘛!北方人说杭州冷,是因为一时不适应;而杭州人若说杭州冷,就很有点撒娇的味道了。

这些年,越来越富的杭州,日子也越过越精细。许多新建筑,都铺设了取暖设备。有的楼盘甚至用上了新科技,终年保持恒温。即便是老建筑,不少家庭住房装修时也都装了壁挂炉或是地暖。条件差一点的,也有了电取暖器。

所以,杭州的冬天,惬意得很呢!

其实,都不装,有茶花、梅花做伴的冬日杭州,心里也会充溢着暖意。

有个朋友老家在临安一个山村,永远记得那次和几个朋友大雪天到他家围炉夜话的情景。那位仁兄是搞艺术的,很有些情调——百年祖屋装旧如旧,椽木挑檐,古色古香的阁楼,踩上去咯吱咯吱作响的楼梯,都像在向我们讲述着这个家族的沧桑故事。

堂屋里有一盆燃烧正旺的炭火——现在用的炭很高级,没有丝毫的烟味。关了灯,蓝莹莹的火苗跳跃在大家脸上。

朋友用雪水泡了九曲红梅,还未沾唇,香味早钻进了心里。

堂屋的窗前,是一株百年老梅,开得正盛。茶香、花香,弥漫在身前身后、颊齿唇间。几盏过后,大家额头冒汗,喉头生津。

喝透了茶,大家不约而同来到室外。那夜有些薄雾,上弦月若隐若现。山里气温低,院里青砖地上前一日下的雪还没有化,新月挂树梢,窗前映梅影,暗香动静空,大家都不说了,寂寂地站着,生怕打破了山村这份清幽,生怕惊扰了那弯新月和那株蜡梅……

在杭州,我总在思考这样一个问题:全国适合种梅、种桂的地方不少,为什么数江浙一带种得最多?

思考久了,便有了这么一个心得:恐怕与经济基础有关。当生产资料匮乏、温饱难以为继的时候,院里好不容易有块空地,还不赶紧种些桃、李、柑、杏去集上换几个钱,或者种棵杨、榆、柳、桐去做房梁、家具?哪有闲情逸致去种这种劳什子!

"钱塘自古繁华",这恐怕是家家有条件植梅、种桂的原因。龚自珍在《病梅馆记》里这么说:

> 江宁之龙蟠,苏州之邓尉,杭州之西溪,皆产梅。或曰:"梅以曲为美,直则无姿;以欹为美,正则无景;以疏为美,密则无态。"

是啊,"赏",得以一定的物质基础为前提。《红楼梦》里,薛蟠的夫人夏金桂家"有几十顷地种桂花",人称"桂花夏家"。而刘姥姥家,恐怕不具备这样的条件。

这些年,北方一些乡村,在"最美农家"建设中,也开始大量植梅、种桂,这不就是明证嘛!

原载劳罕微信公众号

《散文海外版》2021 年第 12 期选载

杨海蒂

# 三岭美如斯

## 猕猴岭

与海南黑冠长臂猿不同,海南猕猴家族可谓"猴丁兴旺"。

海南猕猴的来源,流传着种种传说。一个说法是,很久以前英国商人将猕猴贩运到香港,途经南海时遇上风浪不幸翻船,船上的猴子死里逃生、泅水上岸,跑入海南岛的山林,年深日久繁衍成群。另一说法更神奇,称海南猕猴是齐天大圣孙悟空的后裔,是当年大圣拜见南海观音期间留下的血脉,具有非比寻常的高贵血统。

世人多知晓南湾猴岛是海南的猕猴乐园,殊不知猕猴岭才是海南猕猴的猕猴王国。猕猴岭是海南第三高峰,山上怪石嶙峋,森林覆盖率高达百分之九十五,呈现出树木荫翳、草木畅茂、枝柯交错、藤蔓盘连的原始热带雨林景观。海南猕猴是猕猴岭真正的主人,1992年中央民族学院王恒杰教授在猕猴岭猕猴洞发现了史前人类文化遗址,证实古代黎族先民在此居住过。

猕猴洞深百余丈,洞口林木茂盛,洞内面积两千多平方米,石笋、石幔、石乳丛生。岩洞洞里有洞，洞体形似一座寺院，"寺院"正中的钟乳石酷似一尊佛像，佛像双目紧闭，手持念珠，盘膝而坐。石佛前的石笋形似一组小和尚，貌异神同，正襟危坐，合十念经。"寺院"后的石柱则形似一座古钟，用手敲击即发出声响，余音袅袅。"天生一个仙猴洞"，说的就是猕猴岭，这里现已成为网红地。

猕猴岭位于海南岛西部的东方市，这个"东方"是黎语地名，与地理方位并无直接关联。东方市日照强烈，气候干旱，却盛产"二金"：黄金和"木中黄金"——黄花梨。在猕猴岭的西面，是中国对外开放最早的八大港口之一——八所港。千万年来，北部湾的惊涛骇浪从未停止冲击它长长的海岸线。

猕猴岭前的大广坝水库有"亚洲第一长坝"之称，水域面积一百多平方公里，与猕猴岭形成山水相依相绕的美丽景观。大广坝河畔是海南坡鹿的新乐园，在这片水草丰美的地方，成群的海南坡鹿悠然觅食、追逐、嬉戏。海南坡鹿是海南特有种，也是珍贵的国家一级保护动物。顺便科普一下，海南坡鹿跟海南水鹿不是一回事。海南水鹿是海南岛上最大的陆栖兽，是国家二级保护动物。世界自然保护联盟将海南坡鹿、海南水鹿分别列为"濒危物种""易危物种"。

猕猴岭森林几乎囊括海南所有珍稀植物，有龙尾苏铁、阴生桫椤、油丹、白桫椤、海南紫荆木、石碌含笑、海南油杉等，还有各种野生珍贵药材，以及在海南都十分罕见的大片青梅群落。椰树、荔枝、香蕉、杨桃、槟榔、山竹、波罗蜜等果树遍布全岛。猕猴岭并不只有猕猴，它是数百种野生动物的家园，其中许多种是国家级保护动物,《濒危野生动植物国际贸易公约》保护动物、《中国濒危动物红皮书》的珍稀动物,以及海南特有种、特有亚种。

猕猴岭的主角是海南猕猴。小家伙们体型小,性格机警多疑,过着群居生活,每群猕猴由一个猴王统领。

让我们深入了解一下海南猕猴的秘密生活吧。海南猕猴有着强烈的好奇心,是一群有些离经叛道的坏家伙,还学人类吸烟喝酒。它们活跃好斗,有强烈的原始攻击欲,经常拉帮结派、肆意妄为,以"帮伙"为单位一起在丛林里游荡,成为一股蓄意挑衅的"黑恶势力",甚至给游客也造成骚扰。有的浑蛋居然见到红衣女游客就往上扑,太不像话了。

跟人类一样,海南猕猴最感兴趣的是"权力"与性。雄猴终身为"权力"美色打斗,为了争夺统治权和交配权,即使面对同类也毫不留情,经常大动干戈,拼个你死我活。征服和占有是猴王吸引母猴的有效手段,也是使母猴听命于它的绝对依据。母猴则依附于猴王,寻求安全保护。

猴王每三四年就要进行一次"权力"更迭,不过它们既不拉选票也不搞舞弊,而是奉行强者为王的丛林法则,谁拳头硬谁就是王。争夺猴王之位,意味着一场混战开始,只有强壮勇敢的大块头才敢于发起挑战。挑战或许带来毁灭,或许带来机会,但想要拥有至高无上的"权力",想要妻妾成群,野心勃勃的雄猴就必须冒险。一番激烈的厮杀鏖战后,老猴王被打得落花流水,失败者夹着尾巴逃跑,胜利者耀武扬威号令天下。猴王陛下的暴政统治周而复始,领地里所有雌性任它挑选。

新猴王"登基"后第一件事就是出来走几步。从它坚定的步伐、沉毅的眼神中,从它自信满满高高翘起的尾巴上,每只猴子都感觉到了它的变化。在猴群中,只有猴王的尾巴可以高高翘起,如果其他猴子胆敢翘尾巴,意味着一场血战在所难免。人们说"一骄傲就翘尾巴",批评别人"尾巴都翘到天上去了",告诫自高自大者"不要翘尾巴",大概来源于此。

猴王有着绝对的特权:美食先尝,美女独享。别的猴子不敢羡慕嫉妒恨,反倒纷纷递上效忠猴王的投名状。猴王外出巡幸,尾巴一翘高视阔步,所到之处威震四方,"草民"慑于其淫威四散退让。毕竟没有进化到文明社会,猴王精虫上脑时想临幸哪个猴姑娘便直扑,霸王硬上弓是家常便饭。它有时也会来含情脉脉那一套,送水果、理毛以讨母猴的欢心。"王的女人"是猴王的禁脔,绝不允许别的公猴靠近,若有哪个色胆包天、不长眼的靠近了,轻则被暴打一顿,重则被扫地出门。总之,猴王欺男霸女不可一世,端的是"山中无老虎,猴子称霸王"。

有"权力"就有责任,绝对的"权力"意味着绝对的责任担当。猴群各有各的地盘,有自己较为固定的活动领地,群与群之间基本老死不相往来,宁可血拼也不愿共享领地。猴王必须保护成员的安全及领地的完整,必须在猴群遇到危险时身先士卒,这也是测试它是否宝刀未老的不二法门。猴王也时常主动秀肌肉展示实力,以证明自己有资格身居高位。每个猴群的猕猴数量不等,这取决于猴王的谋略、胆量和实力。强悍的猴王占据的地盘通常是黄金地段,辖区内食物及水源相当富足,能力不及的可怜家伙就只能偏安一隅自求多福了。

魔性的海南猕猴,让猕猴岭充满乐趣,吸引着游客不断到来。在经济价值之外,人类还要追求文化价值。生态是永恒的经济,文化是旅游的灵魂。当地政府深谙此理,他们对猕猴岭的未来规划是以大森林为依托,重点开发森林探险、森林浴、森林旅游项目,以独特创意发展生态旅游,按人性化需求建设景区,将猕猴岭打造成为森林旅游胜地。

在海南热带雨林国家公园交响乐中,画风大变的猕猴岭是一段舞曲类乐章,是小步舞曲或者是诙谐曲,甚至是一支不像舞曲但充满活力的曲子。


## 七仙岭

在海南热带雨林国家公园交响乐中,七仙岭是一段升华的乐章,是惊心动魄的奏鸣曲。

七仙岭因七座花岗岩山峰兀立而得名,七个山岭一岭连着一岭,热带森林深邃、幽远、壮阔。春光明媚时,这里百花盛开清香四溢;夏日炎炎时,这里微风习习,清凉宜人;秋风送爽时,这里烟霞满山,仿佛一幅淋漓水墨画;北国雪飘时,这里艳阳高照温暖如春。

森林养育了人类,森林孕育了文明。科学家证实,自然灾害层出不穷,与森林减少关系密切。没有森林,乡村难成美好家园,城市更非宜居之地，而人类也将不复存在。森林给予人类无穷的宝藏，也滋润着人类的心灵，没有森林，人类便失去了诗意的生存环境。过去，随着城市的不断扩张，城"进"林"退"，大片硬化土地不断压缩森林的生态空间，使得动植物不断减少、濒危、灭绝，环境问题日益突出。现在，人们越来越认识到森林的重要性：在城市可持续发展中，森林的作用不容忽视。城镇化与环境保护之间的关系是全球性议题，许多国家已开始保护森林，着力于改善生态环境，人类走上了回归自然之路。重返大自然的森林旅游，正成为都市人的一种生活方式。

七仙岭位于海南岛南部保亭黎族苗族自治县，野溪温泉和热带雨林，据说这样的组合世界上仅有七仙岭拥有。原始生态环境保存较为完好的七仙岭热带雨林，养育了数百种珍稀、濒危植物和野生动物。茂密繁盛的森林是最好的空气过滤器，七仙岭成为保亭的"城市之肺""天然氧吧"。人与森林互惠，使七仙岭成为一处极具魅力的旅游胜地，成为"游客最喜爱的海南岛特色精品景区"之一。

我们前往七仙岭，首要目标并非热带雨林，而是山谷中延绵数公里的温泉。七仙岭温泉群在南面山脚下，以峻峭的七峰为屏障，周边胶林如海，椰影婆娑，槟榔亭亭。

海南地质构造复杂，地热活动十分活跃，地热资源相当丰富。现已探明海南岛的温泉有近四十处，平均每一千平方公里就有一处温泉，密度之高居全国之首，是名副其实的"温泉岛"。在遍布全岛的温泉中，最著名的当数七仙岭温泉。它是海南温度最高的热矿温泉,也是全岛唯一有自然喷水景观的温泉。

驾车前往七仙岭,沿途最为赏心悦目的,是逶迤成林的槟榔树。槟榔被黎族视为吉祥物,是他们婚丧嫁娶少不了的珍贵礼物。看着一排排树干笔直、树冠如伞、张扬着自信的槟榔树,我无法淡定了,情不自禁扯开嗓门唱起流传甚广的民歌《采槟榔》:"高高的树上结槟榔,谁先爬上谁先尝,谁先爬上我替谁先装。少年郎采槟榔,小妹妹提篮抬头望。低头又想呀,他又美他又壮,谁人比他强……"

远处的七仙岭在云雾缭绕中向我们招手,一副含羞带怯犹抱琵琶半遮面的娇羞模样。七座山峰就是七仙岭的七个山顶,当地老百姓取的名字更接地气——七子峰。站在七仙岭山巅,抬望眼,浩瀚南海中浪花朵朵、帆船点点。

很奇怪,我对下雨特别敏感,总是最先闻到雨的气味。六月的海南,暴雨说来就来,七仙岭尤其晴雨不定。雨点突如其来,我们开心地尖叫着,任由自己淋成落汤鸡。有趣的是,身旁几十米外却依然风和日丽。第一次见识到"东边日出西边雨,道是无晴却有晴"的景观,让我感到惊奇和兴奋。七仙岭的天气捉摸不定,缘于其独特的地形:盆地、山地和山岭渐次分布,形成一个个独特的雨壁结构,构成一处处独立的气候环境。

隐蔽在雨林里的山野温泉池,都用天然卵石垒砌而成,与周围的原生态环境融为一体,没有人工设施大煞风景,只有自然野趣怡人身心。七仙瑶池野溪温泉是海南独有的医疗保健高温温泉,富含对人体有益的多种矿物质和微量元素。温泉口净是细腻光滑的黑泥,置身其间像在做高档的护肤水疗,真乃"温泉水滑洗凝脂"。跳进冷热两股溪流汇合而成的什那溪温泉,在这"鸳鸯溪"中叉腿站立,一腿凉一腿热的感受很酸爽。煮温泉蛋是游客的一大乐趣,将生鸡蛋扔进温泉中浸泡,十来分钟后,蛋白全凝固,蛋黄呈半流质状态。闻着山花的芳香,听着小鸟的歌唱,吃着口感特别的溏心蛋,幸福感满满。据说,一些痼疾缠身的患者,在这里待上一段时间后便不药而愈了。

暮霭从天边山间释放出来,远山上飘动着淡淡的云霞,乡村的夜晚始于这一刻。建在温泉森林中的度假村备受游客欢迎,但我们选择前往附近的苗寨,更愿意在农家乐中品尝土地回馈的自然味道。在这片奇山异水间,勤劳的黎族苗族同胞,营建起美好的家园。车外一派田园牧歌景象,夕阳西下,稻田闪耀着金色的光芒,掩映在青山翠竹间的村庄,家家户户屋顶炊烟袅袅。婉转动听的山歌,乘着夏日傍晚的微风,从雨林深处悠扬地传来。

雨后的迷人之夜,七仙岭空气异常清新甘甜,天地、丛林、田野和人家都融入了无边的岑寂,我很快进入了安宁的梦乡。

晚明文人十分讲究生活艺术,文学家、戏曲家屠隆说他最理想的生活是"楼窥睥睨,窗中隐隐江帆,家在半村半郭;山依精庐,松下时时清梵,人称非俗非僧"。七仙岭充满诗情画意,又是烟火人间,正可以提供这种"最理想的生活"。宋人有言:"山水有可行者,有可望者,有可游者,有可居者。"七仙岭可行、可望、可游、可居,以其得天独厚的森林资源,年复一年吸引着游客不断前来。

元气满满的新一天,我意犹未尽。离开七仙岭,在几个令人捧腹的段子中,一小时车程很快结束了,我们抵达椰林、胶林、松林林海茫茫的仙安岭。七仙岭的"弟弟"仙安岭近年声名鹊起,它怀藏石林界的稀世珍宝——仙安石林。

怪石林立的仙安石林,被原始热带雨林遮掩得严严实实,只有走进去,才能识得它的庐山真面目。大自然鬼斧神工,千万年的漫长时光,将一座石山雕蚀成凌厉的剑状、针状石头"森林",将仙安石林打造成一座由沟壑和悬崖构成的迷宫,打造成一部魔幻现实主义作品。仙安石林集石、洞、崖、林、溪、瀑于一体,千龙洞、仙女洞和蟠龙洞等互相连通。也许因为仙安石林吸引力太强大,神秘莫测的地下暗河终于忍不住在此冒出地面。这儿的溶洞暗河都有各种奇谈怪论,如千龙洞被苗家人秘传为"祖先神洞",据说每代只传一人知悉其洞口。

一些人眼中的险境,有可能是另一些人眼里的仙境。同样,一些人眼里的仙境,有可能是另一些人眼中的险境。一直与世隔绝的仙安石林,只有当地极少数采药人误闯误入过。他们对狰狞如狼牙的密集石林感到畏惧,以为石林被施展了魔法,将其称为"鬼山""神山"。

"原始热带雨林喀斯特"仙安石林,是世界喀斯特景观的奇迹,被誉为"全球罕见的绝世奇观"。这类石林在中国首次被发现,填补了我国热带岩溶石林地貌的空白。迄今为止,全世界只有马来西亚穆鲁山国家公园有类似的石林。穆鲁山国家公园因热带喀斯特地貌闻名,世界上许多关于喀斯特地貌的研究学术会议在那里举行。仙安石林远比穆鲁山石林大,面积近六百亩,仙安石林吸引着来自四面八方的目光。按照规定,地方政府向联合国教科文组织申报世界自然遗产,须先概略介绍国内同类景观,阿诗玛故乡的云南石林当年申报将路南石林列入世界自然遗产时, 就将仙安石林重点推介,使作为后起之秀的仙安石林江湖地位直追"天下第一奇观"。

登临高处俯瞰仙安石林,那些被暴雨冲击出的裂痕,那些被时光雕刻出的沟壑,突然间就把我的心揪住了。霎时我感觉到,这片石林是活生生的,它的脉搏在跳动、血液在奔腾、身体在受伤、心灵在疼痛。置身于荒凉雄浑的仙安石林,我仿佛走进了宇宙中另一个时空,心头涌上地老天荒之感,宛若回到了无限久远的过去,又仿佛走入了无限遥远的未来。


## 鹦哥岭

在海南热带雨林国家公园交响乐中, 鹦哥岭是一首音画交响诗,是全曲的抒情中心。

森林气质各不相同。鹦哥岭森林气质粗犷彪悍,与它高大的山体和特别的位置有关。山形酷似鹦鹉嘴的鹦哥岭, 是海南第二高峰,也是海南岛陆地的中枢。它还是海南岛重要的水源保护地,是海南岛海拔落差最大、自然景观最丰富的景区, 以及海南岛最年轻、陆地面积最大的国家自然保护区。

告别海南的环岛深度游，白沙黎族自治县是我最后抵达的县域。在白沙行脚的第一站，是白沙陨石坑国家地质公园。白沙陨石坑是我国发现的第一个陨石坑，它比著名的亚利桑那陨石坑、爱沙尼亚陨石坑年代更为久远。从陨石坑里出来，磁化的手表、自动关机的摄像机很快恢复了正常。为什么会这样呢？这里有不少谜团等待破解，是科学家和天文爱好者科研、教学、观光的好去处。

从白沙陨石坑直奔鹦哥岭。"夫夷以近，则游者众；险以远，则至者少。而世之奇伟、瑰怪，非常之观，常在于险远。"王安石这段话我们都背诵得滚瓜烂熟，因为"险以远，则至者少"，许多地方人类从未踏足。原生态的鹦哥岭美极了，我第一次见到这么美的树林。有些树上开满鲜花，有些树上挂满兰草，有些树上长满灵芝，有些树上布满苔藓。野牡丹花身段低些，在阳光下楚楚动人。没有最美，只有更美。

踩着地上厚厚的雨林苔藓，每一脚都像踩在松软的地毯上，我们攀爬到半山腰。这儿有琼崖纵队司令部旧址，是全国著名的革命根据地旅游景点，也是海南省第一个以爱国主义教育为主题的公园。1945年，被誉为"琼崖人民的一面旗帜"的冯白驹和黎族人民起义领袖王国兴会师后，在此建立了革命根据地，从此它成为鹦哥岭的红色地标。

往更远处走，往更高处行。山路两旁是遮天蔽日的五针松，间杂着鹦哥岭特有的高山杜鹃花，山崖下是欢欣跳跃的溪涧，溪畔是赏心悦目的梯田。越野车左转右转，转过无数的弯道后，把我们带上了鹦哥岭腹地中的高峰村——海南岛海拔最高的黎族村落。南渡江其中一源就发源于此。崎岖的山路、茂密的森林、美丽的河流和纯朴的村民，共同将高峰村构建成一方世外桃源。鹦哥岭孕育了无数河流湖泊，密如蛛网的河流、星罗棋布的湖泊，塑造出丰富的地形地貌，影响着全岛的气候，主宰着海南岛的水系形态，为动植物提供不竭的水资源。为了保护水资源，为了对热带雨林实施整体保护，海南热带雨林国家公园核心区域内的村庄都要整体迁移，地处生态保护最核心区域的高峰村，已于2019年前启动了生态搬迁。世间再无高峰村，取而代之的是海南省第一个生态移民搬迁村——银坡村。

岛屿生物地理学认为，生态复杂性与动植物种类具有"正相关关系"。的确，有一种隐秘的力量维持着大自然的平衡。鹦哥岭为生物多样性创造了条件，成为我国重量级的生物物种天然基因库，岭上国家级保护动植物、世界性"易危""濒危"物种极多，新记录的动植物数目遥遥领先。其中，伯乐树只能在鹦哥岭上觅得仙踪。在鹦哥岭采集到的塔丽灰蝶新亚种，被命名为"塔丽灰蝶海南亚种"，此发现使中国多了一个新记录属。鹦哥岭昆虫种类极多，珍稀昆虫不计其数，极为珍稀的水生昆虫中华鲎蜉和海南巨竹节虫就是其中代表。蛇蛉是生态环境指示性物种，只能生活在原生林中，它的发现无可辩驳地证实鹦哥岭始终保持着原生状态。

鹦哥岭鸟类不仅种类繁多，而且数量庞大，观测记录到的鸟类超过海南森林鸟类总数的百分之九十，因此鹦哥岭被视为海南林鸟多样性代表地。鸟类在这里生活快乐无边，不用忍受寒冷，不愁食物匮乏，也不必长途迁徙，它们幸福得四季放歌，发出了大自然中最动听的声音。在鹦哥岭，随处可见小鸟跃上枝头，翻飞间露出色彩斑斓的翅膀，这是它们最鲜亮的求偶广告。观赏鸟类真是一种享受，不过在我眼里小鸟基本上是一个模样，这鸟那鸟傻傻分不清楚。行家里手可就不同了，他们眼力非凡，什么鸟什么样一目了然。读到过一位"鸟叔"写的神文，他在鹦哥岭看到的鸟有黑枕王鹟、印支绿鹊、银胸丝冠鸟、红头咬鹃等，还有海南特有种海南画眉、海南柳莺、海南孔雀雉，以及极为罕见的全球性易危物种海南山鹧鸪和最濒危鸟类之一的海南虎斑鸦。果然是"林子大了，什么鸟都有"，古人诚不我欺也。鹦哥岭是观鸟拍鸟的经典去处，每年春季，鹦哥岭的最佳观鸟时节到了，海内外游客、摄友、鸟类发烧友也会如期而至，不少震撼级"大作"随之问世。

"植物天堂""动物乐园"鹦哥岭，还栖息着许多不同寻常的野生动物。长着大"翅膀"拖着长尾巴的海南鼹鼠，是一种会飞的树栖动物，属于海南特有种，是鹦哥岭最具标志性的野生动物之一。它具有超灵敏的嗅觉，白天躲在树洞里，不轻易显露尊容，夜里才探头探脑地出来，确认没有危险后开始活动。遇到异常情况，它会非常镇定而迅速地钻入地下，身体依然灵敏。顺便一提，在情报界，"鼹鼠"有着特殊的含义，指名义上为某情报机构工作、实际上却积极为敌方情报机关效力的间谍，也就是神通广大的"双面间谍"。

五颜六色的毒蜘蛛暗藏杀机，圆鼻巨蜥凶猛好斗。大蜈蚣是灌木丛中的暗杀高手，我知道公鸡是其死敌。最让我害怕的是蛇，盘在树上的一条横纹翠青蛇，把我吓得魂不附体、落荒而逃。当地小伙伴见状哈哈大笑，他们司空见惯、满不在乎。

花花绿绿的蛇，是自然演化的神奇产物。蛇在地球上诞生一亿多年以来，沧海早已变桑田，它们依然横行天下，既会爬也会飞，能蛰伏也能出击。它是西方的神话动物，源于古希腊神话的医神传说，后来还成为世界性的医学标志。古埃及人更是崇拜蛇，埃及法老的金冠上都有蛇的图案，以此象征法老至高无上。蛇，善恶交织，人对其感情复杂，爱之者美化其为"白娘子"，恨之者则言称"毒蛇猛兽""蛇蝎心肠"。通体翠绿的毒蛇竹叶青，一招致命的"蛇蝎美人"金环蛇、银环蛇，地球上体型最大的蟒蛇，毒蛇中最危险的眼镜王蛇等，都在鹦哥岭找到了它们的伊甸园。我很羡慕蟒蛇的佛系生活，一年四季吃饱就睡，直到需要再进食才肯醒来。想想我们人类，终日辛劳所为何来？攒下的财富其实绝大部分并无必要。

蛇在地面上伏击，而它的天敌蛇雕却在空中虎视眈眈。蛇雕栖居于深山密林，在高空盘旋飞翔时鸣叫似呼啸，让我不由得想起梭罗笔下的那只鹰："它并不是很孤独，倒让它底下的整个大地显得很孤独。"蛇雕的海南亚种也是中国特产亚种，是仅栖居海南岛的留鸟，主要栖息于鹦哥岭，属于国家二级重点保护野生动物。蛇雕体型虽小，却是个狠角色，捕蛇的方式很血腥，享用大餐的样子很雷人。"人心不足蛇吞象"是人类臆想出来的，蛇雕将整条蛇生吞却是血淋淋的事实。也许你没听说过蛇雕，但至少知道"饮鸩止渴"这个典故吧? 没错,古人说的"鸩"就是蛇雕——由于蛇雕吃的蛇类大多有毒甚至有剧毒,所以古人误认它为一种有毒的鸟,以为将它的羽毛浸泡在酒中就能制成毒酒,因而创造出这个成语,意喻只顾眼前不虑后患。

雨林中有很多长相怪异的动物。独特的自然环境和气候条件,造就出海南岛独特的两栖动物和爬行动物,它们具有独特的环境适应能力。蛙类的模样千奇百怪,但在黎族人心目中,在水里生长的蛙,拥有强大的生存能力,是一种神物。《蛤蟆黎王》中的青蛙有神性,善巫术,能喷出毒气令人昏迷,曾打败五指山的官兵,因而被推举为新黎王。黎族人还认为蛙能辟邪,能给人带来好年景,甚至能保佑风调雨顺,所以"砍山栏"烧山时必须听到蛙声,否则就会触犯神灵,造成农作物减产。

海南岛蛙的种类多达几十种,它们是大自然中不可或缺的种群。圆头圆脑的海南湍蛙、体型超小的海南小湍蛙、极耐高温的海南海蛙、长相诡异的海南拟髭蟾、体型窄长的海南溪树蛙,以及细刺蛙、眼斑小树蛙、鳞皮厚蹼蟾等,在鹦哥岭各有各的生存之道。海南小姬蛙,多好听的名字,这种玲珑可爱的小姬蛙,是在鹦哥岭被首次发现的新物种。鹦哥岭树蛙在鹦哥岭被发现、被确定为新物种并以发现地命名,是一件举足轻重的事情,标志着它得到了全世界分类学者的认可,以后世界上此类物种都将被称为"鹦哥岭树蛙"。鹦哥岭树蛙中的雌蛙结群将卵产在水坑边的树枝上以免卵被天敌吃掉,卵在树上孵化成小蝌蚪,蝌蚪掉进水坑里长大成蛙,顽强求生的毅力和本领令我叹服。

"稻花香里说丰年,听取蛙声一片",多美的画面和意境,我在鹦哥岭体验过。入夜,山林万籁俱寂,唯有蛙声一片。这种奇妙经历令我终生难忘。

鹦哥岭以让人难以置信的自然美景,以奇特的地质、水文、生态景观,吸引着国内外专家前来实地考察,也吸引着无数海内外游客和探险家慕名而来。

原载《红豆》2022 年第 4 期

《散文海外版》2022 年第 4 期选载

**任芙康**

# 腊肉

记忆里，老家进入腊月，便是腊货熏制旺季。岁尾三十团圆饭，桌上不摆出几盘腊制食品，纵有鲜肉亮相，仍属"糊口"，无非比平日多道荤菜而已。这般将就，是对春节的敷衍，往往会惹人轻看。

正月的光阴，跑得飞快。元宵节过罢，大人换上工装，学童摊开课本，心思转移，拜年话渐行渐远。唯有殷实人家，嘴角尚未褪尽喜气，案板上依旧时有腊货出没。

斯文些的一家之主，能将偶尔上桌的美味，享用得有板有眼。往往一改节中随意，端起酒盅，浅抿一口，伸箸搛起亮闪闪的一块肉，或一片肠，并不顺势入口，暂停推进，似有不舍的端详、惜别的踌躇，甚而凭吊的怅惘。心下满是明白，所有的美妙，万勿好戏连台。口腹之欲的重逢，同样须有间隔，讲究的是应季循环。

正月下半段，仍有人家操办宴请。这些绝非拾遗补缺的应酬，多邀"稀客"，日子早经谈妥，故而，万不可视作寻常吃喝。此刻上席的腊肉，皆为遴选的臻品，乃"黑爷"身上最优秀的"五花"（边角部位,早就充任过年初期大快朵颐的先遣)。主菜四周,聚拢各色煎炒蒸炖。东家一再自谦的"便饭",不断收获客人的饱嗝:安逸,巴适,今天嘛,才算伸伸展展过了个年——老家的习俗,便是这样,过年的压台戏,往往在门庭若市消停之后。

天气一天天暖和,到了农历二三月,又有三朋四友谋划打牙祭。开卷有益未必人人肯信,开饭有益一定个个爱听。杯盘碗盏数十天的素净,让人开始追思春节的铺张。饕餮之徒的肠胃,早无气节可言,压抑到对个暗号就上钩。甲说上句"苞谷酒",乙接下句"老腊肉"。这两样到位,余下的配菜,全成枝节,随便兼搭就是了。耳闻上海人下馆子,点菜亦有类似默契,只是沪语柔媚,带着善解人意的体贴。某人刚诉苦"一天不见青",随即有应和"两眼冒金星"。这就等同知交,瞌睡来了递枕头,会心一笑,携手入席。有青青绿绿的"鸡毛菜"坐镇,草草添几种海味山珍,便成盛筵。

其实,在冰箱缺席的年头,只有到了乡下,方可窥见"老腊肉"的尊容。那般黑黢黢、油乎乎,堪属不同凡响的色彩。你越是肤浅,越容易痴迷,越不舍失之交臂。远虑深谋的庄户,年节里会时时眷注腊肉的存量,不搞大手大脚,反会挑选若干,悬挂于火塘上方。如此天天烟熏火烤,正是山民妥帖的储存。从水稻挠秧的六月,到开镰挞谷的八月,预期的盖屋建房,意外的人来客往,老腊肉都是鞭策或救急的功臣。

暑天的溽热中,腊肉命长,搁放越久,煮出来味道越均匀、厚实。那年夏天,有同学提议,我等三人,凑了几斤肉票,在城里买上鲜肉,搭车下乡,去找他表哥以物易物。新婚的表哥,爽气外露,将肉递给老婆,吩咐割下一截,下厨收拾。表哥说完,跑着来去,从菜地拔回一把蒜苗。中午白米干饭,一盘清炒嫩南瓜丝,一钵回锅肉,叫人忘掉客套,个个热汗淋漓。酒足饭饱,表哥取出"置换"的腊肉,我接过手,明显重于带去的鲜肉(一斤鲜肉,应获腊肉八两)。不忍表哥吃亏,我们表示补偿一元(当时鲜肉市价五角八分一斤)。他连连摆手:"不亏,不亏。早想尝口鲜肉,莫得肉票,这一顿正好过瘾。"我们听罢,不再坚持,索性拜托表嫂,趁炭火方便,帮忙一把。表嫂动作麻利,又有章法,将腊肉烧皮、泡胀,刮洗一净后,切成三份,再用草纸包得方方正正。告辞时,表哥家的小黄狗尾随着,发出莫名呻吟。我们走上一里开外的公路,它才怏怏而回,好像认定这几位贪心不足,吃过喝过,还骗走了主人的东西。

1976年年底,我在部队当干事。所干之事,从早到晚,手握秃笔,填充稿纸。某一天,新稿完工,伸罢懒腰,突发奇想,何不再找点事干?便与驻地附近朋友联系。对方是农场当家,听完我的打算,哈哈大笑,答应帮忙。隔了两天,我如约到得场部。两小时前,食堂为改善职工伙食,刚让几头肥猪谢世。此刻,闲人早已散去,给我的预留,正是事先说好的数量(二十斤),亦是事先说好的质量(不要净瘦,不要净肥,不带骨头)。一位师傅结完账,又照我请求,将肉分割成巴掌宽、一尺长的条状。

回到营房,原本只是写字、翻书、睡觉的空间,因如今桌上堆放着猪肉,外加一应调料,平添世俗的家常,让人再难正襟危坐。贪嘴的人，都会有可笑的耐性，就如我眼下，无师自通，细心侍候每块猪肉。抹盐、敷酒(沙城大曲)、撒花椒及敲碎的八角，外加蒜末、姜末，之后使暗劲揉搓。耗费半个时辰，估摸味已入肉，紧实地码放盆内，腌上一夜。

宿舍皆平房。由房间推窗翻出，六尺开外，是院子围墙，与住房间隔成一道无人行走的空当，其格局隐蔽，被我一眼相中。满地废砖，捡来搭成简易灶洞，中间平穿铁棍数根，再找一块锌板，盖住顶部，又骑车去木工房，驮回两麻袋锯末。

翌日上午，将腌好的肉块横陈于铁棍上，让它们开始洗心革面地演变。锯末蔓燃开来，我的稿子再也写不下去，只顾透过窗户，观赏乳白色的"炊烟"袅袅升起。

接连几个白昼，我"专注"于一心二用。每每伏案个把小时，越窗而出，朝灶洞火堆添撒锯末。便有不息的烟，熏染着华贵的肉。如是三日，大功告成。气色纯正的杰作，被赏心悦目地悬挂起来。又过数日，将晾得干干爽爽的腊肉，用报纸打包，装入一个大小恰好的纸箱。

北京南口邮电局，一位女职工开箱检查，年岁轻，所以好奇："您这腊肉，就是'辣肉'吗？"我正解释，柜台内过来一眼熟的大姐。她则另有纳闷："腊肉属南货，只见过四川邮发北京，从无京城返寄蜀地，是您自己加工的？加工费事吗？"诸如此类，让交谈进入我的"强项"，吸引了十来位顾客。

付邮之后，心里七上八下，生怕包裹闪失。过了一周，赶去邮电局,排队拨打长途电话。轮到我时,运气不错,两三分钟便听见了亲人的声音。父亲恰巧在单位,告诉我航空信早到,而腊肉搭乘火车,应该会慢上几日,劝我不要着急。谁知转天下午,就喜读电报:"肉到味好。"

我家所居,位于老城中心,是昔年教会的育婴堂。三幢西式平房,组合成一座院落。各幢结构类似,宽敞的过道两侧,房间大小相同,屋顶高挑,纯木地板,每户一室。单位办事周全,为各家另辟一扇后门,通向"厨房"。屋宇飞檐伸展,遮蔽出宽宽阶沿,安顿着家家的锅灶,这便天天都有人间烟火,谁家做了好菜皆美味扑鼻。据说,"北京腊肉"寄回那天,引起满院围观。我妈顿生与芳邻分享的念头,当即打整两块下锅。肉熟切片,按各家人头奉送品尝。众人都不曾推让,都真心叫香,都夸奖芙康。后来探家,同院叔叔、阿姨,当面继续嘉许我的手艺。有位资深"五香嘴",索性端坐我家,不仅点评腌熏考究,甚而断言燃料纯粹,全系柏木锯末。我妈眉欢眼笑,只是静听,背后用句句细节,对我摆谈那日"盛况"。这让我真切豁然,直见母爱,晓得老人家为儿子的雕虫小技,喜悦至极,且暗自骄傲无边。

原载《文学自由谈》2022 年第 5 期

《散文海外版》2022 年第 5 期选载

聂作平

# 在小关庙

历史深厚的城市往往有一种常见的小尴尬，那就是旧时的地名与今天的景观之间完全驴唇不对马嘴。以成都为例，梨花街没有梨花，枣子巷不见枣子，骡马市不卖骡子和马匹，东打铜街既不打铜也不打铁，肥猪市街只见人不见猪……同理，小关庙街没有庙。

二十多年前，当我第一次走进小关庙街时，我总是下意识地寻找那座其实早已不复存在的庙。但我看到的只是一条老成都时代的街：两三丈宽的街道，两边是两层的吊脚楼。木制的吊脚楼，楼下开店，楼上居人，大多有一个细长的向街心突出的走廊。屋顶，铺着青色的瓦。间或有一两棵粗大的梧桐，长得比两层的吊脚楼更高，掩映着走廊深处的木窗。木窗后，有时会闪现出一张年轻女子青春的脸庞，恰好与吊脚楼以及老街形成色彩鲜明的反差。

既然有小关庙街，应该还有老关庙街。但是，真没有——后来我才知道，老关庙街已经改名。方志上说，小关庙街和老关庙街，各有一座关帝庙——纪念被民间神化了的关羽。二十世纪三四十年代,两座关帝庙都拆了。小关庙街还留下一个地名,老关庙街则连地名都丢了,如今,它叫玉泉街。

小关庙街是我最早熟悉的几条成都老街之一。

和小关庙街交叉的若干小巷中,有一条叫石马巷——石马巷,既没有石头,也没有马,或是石马。石马巷近小关庙街一端,有一座面积颇大的院子,十来栋五六层的灰色水泥楼房,低调地掩在众多两层的吊脚楼里。大院门前,挂着一块白地黑字的吊牌,原来是一家干休所。

在门卫近乎啰唆的询问后,我终于走进了大院。穿过几株芍药开得奄奄一息的花台——花台边,围着几个老人,两个老人在下棋,更多老人在支着,下棋的人不言不语,支着的人吵得热火朝天。再穿过两栋楼之间的空地———一个坐在轮椅上的老人,仰着头,目不转睛地盯着天空。待我走近,他突然毫无征兆地逼问:看,那是不是美国鬼子的飞机?我忙抬头张望。自然没有飞机,更没有美国鬼子的飞机。我只看到两只麻雀,叽叽喳喳地飞过来,又叽叽喳喳地飞过去。

我进了某一栋灰白楼房的某一单元。那栋楼不住人,是办公区。可能是干休所办公的人太少,抑或办公室太多,总之有相当一部分房间租了出去。二楼那几间,租客是几个书商。那是民营图书风头正盛的时代。二渠道的书商们,凭着敏锐的市场嗅觉和动手能力,找到选题组织好稿子后,与出版社合作,自己设计,自己印刷,自己发行,在那个灰色地带游走得风生水起,许多书商赚得盆满钵满。我的第一本书，就是给这样的书商写的。书商赚了一台桑塔纳，我赚了几个月的生活费和一台VCD，并用它观看了那一年最火的电影：《泰坦尼克号》。

是的，那是1998年，我快三十岁了。那一年，在我们这颗小小的行星上，有许多大事发生：美国对伊拉克实施军事打击，霍金对宇宙起源和归宿提出新见解，月球表面的陨坑深处发现水，世界上第一条用于互联网传输的海底电缆开通，全球股市震荡，首例八胞胎降生……不过，这些大事与我无关，我暂住在我的老家自贡。教育学院后面山坡上的一栋民居的某一套房子，我从舒姓房东那里低价租下来，读书、写作，耐心地过着清贫的日子。

走进小关庙街旁的石马巷，走进干休所，就和写作有关了。

距我初次走进干休所十九年后，一个凉风习习的夏夜，晚饭后，我沿着河滨绿道散步。那是在米易，攀西大裂谷深处的一座小城，就像从城中间流过的安宁河的名字一样，这座小城十分安宁。

手机响了，是老夏打来的。老夏的声音很低沉，他说：吴鸿出事了。老夏、吴鸿和我都是多年朋友，平常经常开些玩笑。所以，我以为老夏在开玩笑，便笑着说：怎么了，嫖娼还是赌钱被抓了？

老夏异常严肃：去世了。

你说什么？我怀疑自己听错了。

他去世了。老夏又说。

这怎么可能？昨天还看他发朋友圈，他不是在克罗地亚吗？

是啊，在克罗地亚去世了。

接下来半个小时，我又先后接到好几个电话，有向我通报吴鸿去世噩耗的，也有道听途说后向我证实的。

我继续行走在风景秀丽的安宁河畔，夜色沿着河谷漫上来，远远近近的霓虹灯在夜风中闪烁，跳广场舞的妇女们把音响开得极响，以至盖过了河水哗哗的声音。

后来，我坐在河边的一块石头上。

我一下子想起了石马巷的干休所，以及和干休所只有一百米的小关庙街。

第二次"蓉漂"之前两年多时间里，我大概是三百万人口的自贡市唯一一个以稿费为生的人。那时，我刚开始给书商写书，主要收入仍是报刊上的文学稿，诗歌、散文、小说、评论，均有。那时，我保持着每个月在各种报刊至少发二十篇稿的纪录。

那年春节，我的老师张新泉先生回老家探亲。一天晚上，他住在自贡师专招待所，打了传呼，让我前往一见。

到了招待所，除新泉先生夫妇外，还有他的两个女儿和女婿。新泉先生的长女婿，我曾有过一面之缘——两年前，省作协的一次活动上，我们同桌吃饭。不过，当我和冉云飞等人大碗喝酒大口吃肉时，他却不声不响，既不喝酒也不吃肉，以至我认定他是一个无趣的或傲慢的人，并没留下什么好印象。

招待所见面，他却很热情。只见他从包里取出两张报纸：一张《成都商报》，一张《精神文明报》。两张报纸上，都有我的读书随笔。其中一篇，谈美国作家房龙，二十世纪八十年代，房龙的《宽容》风靡一时;及至二十世纪九十年代,大量房龙著作被译介到国内,掀起一股强烈的"房龙热"。

吴鸿说:你喜欢房龙,我们可以合作一本书,以房龙为主题。——正是那次简短的谈话,我们敲定了后来的《房龙图话》。我和吴鸿,也从那时起,开始成为走得很近的朋友。

在干休所二楼,吴鸿是一个异类。其他入住者都是民营书商,而他的身份,却是四川文艺社编辑,是正式在编员工。他在干休所租那间办公室,为的是方便与书商合作——这也就解释了二十世纪八九十年代,为什么民营书商火爆而出版社却大多半死不活。因为,真正洞悉市场且有执行能力的人,如果不在重要岗位上,那么,他们更大的可能,是去找更灵活且更有效益的民营书商合作。

我的《房龙图话》却是本版书。书出来,反响不错。央视有一档收视率很高的节目,《读书时间》,编导打电话来,希望我到北京做一期节目。那时,我连四川省都没出过,北京既崇高又遥远,像彩云飘飘的天堂。挂了电话,我竟有几分惶恐,便骑着那辆除铃铛不响全身都响的自行车,穿街过巷,走进小关庙街,走进石马巷,走进干休所,上楼拐弯,找吴鸿拿主意。

吴鸿很兴奋,支持我去。

中午,像往常一样,要好的几位书商加上吴鸿和我,一齐朝小关庙街走去。

以小关庙街为对称,在石马巷的另一端,还有一条更加破败的小街,叫小关庙后街。说是街,其实比巷还狭窄。一面是某个大院的围墙，一面是两层的吊脚木楼，间或有一两家店铺——前不久途经小关庙后街时，我发现所有的吊脚楼都已消失了，昔年的小街变成一条车来车往的通道。

但那时的小关庙后街，老旧得似乎要散发出霉味的木楼里，却藏着一家我们经常光顾的餐馆。餐馆叫黄牛肉，所有菜品，都以牛肉为原料：炖牛肉、烧牛肉、蒸牛肉、卤牛肉、炒牛肉。只有寒冷的冬天到来时，老板才会额外提供几个宜于冬季养膘的菜，诸如咸烧白和甜烧白。

店堂幽深，却只六七张桌子。桌面同样幽深，幽深到可能需要考古，才能获悉它的本来面目。菜却家常而美味，更重要的是：便宜。我们常常坐在最里进那张八仙桌边，要上五六个菜，两三瓶酒，慢慢喝。

吴鸿英年早逝，我以为，和他喝酒，尤其喝大酒，多少有些关系。

第二次漂到成都，我三十岁。吴鸿长我五岁。那以后的十几年间，我们在一起喝过无数次酒——多半是现在想来还后怕的大酒，小关庙街外，更多的其实是其他地方。在成都，在遂宁，在南充，都有过。

记忆中最厉害的两场大酒，其中一场在小关庙街。至于是否在黄牛肉，记不清了，总之是和黄牛肉一样破败而家常的苍蝇馆子——有意思的是，许多年后，吴鸿出版了一本随笔，就叫《舌尖上的四川苍蝇馆子》。所谓苍蝇馆子，四川话中指那些店铺寒酸，卫生

172

条件亦不好,却以味道和价格取胜的平民餐馆。在胃口大、酒量高而钱包羞涩的青年时代,苍蝇馆子的家常菜——红烧牛肉或蒜苗回锅,京酱肉丝或卤鸭子,油酥花生或蹄花汤,它们和高度白酒一起,承载了我们无数的豪情与梦想。在觥筹交错之间,常常会催生一首诗、一篇文章、一本书……

那次,有吴鸿、我,以及诗人龚静染。具体喝了多少记不清了,只记得走出店门不久,龚静染发现他的眼镜丢了。这个高度近视的人,可怜巴巴地靠着路旁的一棵树,对我和吴鸿说:我的酒丢了,我的酒丢了,不戴酒,我看不清路——他已经醉到把眼镜喊作酒了。我和吴鸿稍好,至少,我还能走路。吴鸿更厉害,他把我们送上出租车后,径直开车去接老婆——幸好,那时还没有严查酒驾,否则,以他血液里的酒精浓度,足以被拘留加吊销驾照。

我说过,我是三十岁那年再次成为“蓉漂”的。到成都两三个月后,就是三十岁生日了。

那天的晚餐,也是在小关庙街。不过,不知什么原因——或许是出差了吧——总之,吴鸿没参加。在黄牛肉的斜对过,有一家庄鸭子酒楼。既然敢叫酒楼,那一定比苍蝇馆子稍微体面些。至少有包间,至少有年轻的服务员,不像黄牛肉那样,只有老板夫妇俩和一个呆头呆脑的中年侍者。

查日记,参加那天晚餐的有阿来、王荣、印子君和龚学敏。那时,龚学敏还没调来成都,还在遥远的阿坝。因出差,得以相见。

酒喝了三次。一次是正餐,一次是酒吧——古旧而市井的小关庙街,自然是没有酒吧这种新生事物的,我们去的是距小关庙不远的望平街。从酒吧出来,只余下我和龚学敏两个人还是清醒的。夜已经不知不觉深到了凌晨三点,我们找了一家还在营业的小餐馆,继续喝酒。后来,我走出小店,扶住女贞树大口大口地呕吐。学敏走过来,拍着我的背说:兄弟,散了吧,天下没有不散的筵席。

很多年过去了,我一直还记得学敏说话的口吻,显示出与他的年龄不相称的沧桑,像一个老人。

天下的确没有不散的筵席,再欢乐的筵席,最终也必须结束,必须散场。

我和吴鸿的交往有二十多年,在一起喝酒有二十年,而喝酒频率最高的时期,无疑就是小关庙街年代——当我再次回忆起小关庙街时,脑海里总是浮现出一片昏黄的大空,梧桐与女贞遮挡的昏黄天空。几盏晦暗不明的路灯,照着一些板壁结构的小店,一些年轻或不再年轻的男人,高声谈笑着,从远处走过来,钻进其中某家小店,对老板说:回锅肉、烧牛肉、花生米、蹄花汤,再来两斤高粱酒。

与吴鸿酒事渐稀,来往渐少,是他出任社长以后。得知吴鸿出任社长,蒋雪峰在电话里说:你现在要出诗集就容易了,吴鸿肯定给你出。我说:你想多了。因为我清楚我和吴鸿各自的性格。事实上,他做社长那些年,我不仅没在文艺社出过诗集或其他书,甚至,就连来往也变得稀少。他很忙。身为一社之长,他要经营,要约稿,要审稿,要管理,并且,还有一大帮人围在他身旁。这时候,再请他到小关庙街的黄牛肉或庄鸭子吃饭,都显得那么不合时宜。

幸好我们还有一个共同的朋友:浩哥。浩哥古道热肠,经常召集大家聚会。相见亦无事,不来常忆君。在浩哥发起的聚会上,我与吴鸿的酒事在继续。比较好玩的是,有一场酒局上,遇到一个颇为自负的老文人。我和吴鸿互相递个眼色,不怀好意地向老文人劝酒。老文人在饭局中途便呕吐起来。以后,听说我和吴鸿在,他就坚决不来。

有一年夏天,还在南充任职的浩哥约我和吴鸿前往一饮。那天晚上,嘉陵江边的一家酒楼里,三人把盏,酒至半酣,吴鸿说起他做社长的种种难处与努力,我和浩哥不由相对唏嘘。晚上,回到酒店,与吴鸿灯下夜话,又说起从前种种,都有些激动,决定再喝一杯。然而酒店地处新城区,加之已是凌晨两点,我们竟找不到一个可以再饮的地方,只得悻悻回屋睡觉。次日,从南充回蓉,尽管两人都因宿酒和熬夜而有些疲倦,但当我提议到我家附近再喝一杯时,他答应了。

天色早,还不到饭点。在我家对面那家卖石锅鱼的餐馆,我们要了一锅鱼、三五个下酒菜,然后就是一瓶青花郎。菜没吃多少,酒却很快喝完了。我提议再喝一瓶,吴鸿拒绝了。他说:我还要回社里,办公室还有几份稿子,等着要签字。过两周,我们喝一次大酒吧。

然而,过两周我们并没约。

一直到那个夏夜,我在安宁河畔接到老夏的电话,才得知他在遥远的克罗地亚突然去世。

吴鸿去世后，我在公号上写了一篇文章。新泉先生读后，很感慨地说：我原以为你们经常聚在一起喝酒，看了文章，才晓得你们居然半年没见过面了。

此后不久的一天，我因事途经小关庙街，自然想起了黄牛肉，想起了庄鸭子，想起了干休所，想起了书商和吴鸿。然而多年过去，黄牛肉连店铺都已荡然无存，庄鸭子改行卖杂货。干休所倒是还在，只是早就没了书商，也没了吴鸿。

小关庙街和小关庙后街，加在一起也不过几百米。几百米的街上，曾经有多达十几家羊肉汤馆。每年冬至，小关庙街总是人满为患——冬至到小关庙街喝羊汤，那时候几乎就是成都的新民俗。冬至前后，每家羊肉汤馆门前，一排木制或铁制的架子上，骄傲地悬挂着几只刚宰的羊。去皮后的羊，看上去白中带红，红中带白，唯有不肯闭上的羊眼睁得大大的，是两团石炭一般的黑。架子背后的灶台上，高高耸立着蒸笼，热气腾腾的蒸笼里，粉蒸羊肉最受食客欢迎。事前煮熟切好的羊肉与羊杂，盛在巨大的铁盆里，为顾客称重后，大师傅把它们扔进油锅里紧锣密鼓地翻炒，再渗入羊骨熬制的老汤，盛进铜锅上桌。羊肉与羊肚吃得差不多了，点燃火，就汤煮菜蔬。

最早约我冬至到小关庙街喝羊肉汤的也是吴鸿。依旧是我三十岁那年，大概就在我生日后两个月，冬天来了。成都的冬天，阴冷、潮湿，常常三五天看不到太阳，因而才有蜀犬吠日的夸张说法。那种天气，坐在温暖的炉子旁，喝一碗羊肉汤，吃几筷羊肉羊杂，再饮几杯泡制成浅黄色的枸杞酒，是一种难得的享受。

印象中，吴鸿在干休所的办公时间并不长，可能也就三五年吧。随着他后来工作变动，他把办公室退了，其他几个书商，也因种种原因，先后离开了干休所。不过，我却依然是小关庙街的常客。黄牛肉的常客，羊肉汤的常客。

年轻不仅意味着更容易分泌多巴胺，也意味着酒量与激情从不缺席。很多时候，我和相好的几个朋友，都约在黄牛肉或羊肉汤喝酒。餐馆打烊了，老板却极有耐心，不催，不烦，坐在一旁抽烟。那时，我们多半已喝得有七八分酒意，开始用筷子敲着碗唱歌。从罗大佑到齐秦，一首接一首。老板听了半天，突然转身走进厨房端来一碟花生米或是一盘猪头肉，说：这是送你们的，唱得好。

夜深了，我们终于互相搀扶着走出餐馆，穿过空无一人的小关庙街，向家的方向歪歪斜斜地前进。

苍蝇馆子的特点，除了卫生和环境都不太讲究，而往往又能以味道取胜外，还有另一个重要之处，那就是不吃饭不喝酒的人，也可以随时进来——我们坐在店里喝酒的两个小时，一般会进来三四拨擦皮鞋的，敲着金属的鞋板，问：擦鞋吗？会进来四五位卖花生的或是卖青果的，前者用来下酒，后者用来泡酒。先生，刚炒的花生；先生，刚摘的青果。巴适得很。会进来一个卖唱的，五十多岁的中年人，身后跟着一个十来岁的孩子，中年人怀抱二胡，孩子背负音箱，手捏话筒。开初，我们以为二人是祖孙，后来才知道，其实是父子。中年人根本没有五十多，才四十出头。再细看，他的一条腿明显比另一条腿更细,小儿麻痹留下的。难怪,他只得卖唱谋生。他说,腿脚不便,又要背音箱,又要拿话筒,恰好儿子放了暑假,跟着帮忙。

从小关庙后街一直穿过去,是一条与它垂直的大道,那是内环线。内环线外侧,是绕着成都画了个大半圆的锦江。内环线与锦江之间,有一块狭长的绿地,因地制宜地建成了河滨公园。

那一年,汶川大地震后的半个多月里,成都街头,但凡距离高楼较远的空地——草坪、花园、广场——都挤满了帐篷,一顶接一顶的帐篷,像雨后森林里一夜之间冒出头的蘑菇。有几个晚上,我的帐篷就搭在小关庙街外面的河滨公园里。

夜里,李华和简锐来访。我们坐在草坪上,望着沉沉的夜空发呆——既为地震造成大量死亡而伤感,又为不知道还有没有余震而担忧。默坐半晌,我建议去喝酒。心情晦暗时刻,酒精或许能暂时抚平创伤。

穿过窄窄的公园,走过花期已过的玉兰,走过茂密的女贞,穿过空荡荡的内环线,便进了小关庙后街。然而,小关庙后街的黄牛肉已经搬迁,而小关庙街的众多羊肉汤馆都没开门——躲避余震的日子,老板哪还有心思营业呢?

最终,我们在石马巷附近找到了一家卖卤肉的小摊子,买了一些猪蹄,复又回到河滨公园,坐在草坪上饮酒。猪蹄很快吃完了,酒也喝干了,小雨又一次淅淅沥沥——那个初夏的天气十分奇怪,非常像暮春或深秋。李华和简锐冒着雨骑车回家,我钻进帐篷。小小的帐篷,像一个巨大的子宫,温暖而安全,我在它的庇护下,渐渐入睡。

两个多月后,李华回了自贡,简锐搬去了郫县。那以后,我们虽然一年还能见几次,但再也没有一同走进过小关庙街。小关庙街那些日益破旧的店铺,那些正在被修改的街巷,以及越来越茂密的行道树,它们属于另一个业已消失的年代。

吴鸿去世后,朋友们聚会时偶尔还会提起他。书房里几本有他签名的书,还在无声地提醒我,曾经有这么一个朋友存在过。但是很显然,朋友们提及他的频率将会越来越低,而纸质的发黄的书也无法抵挡岁月流逝。他终将被遗忘,就像所有逝者都终将被遗忘一样。至于养鹦鹉的老夫妇,至于干休所把麻雀认作飞机以及痛诉儿子儿媳不孝的老人,如果不是写这篇文章,我很难再想起他们了。

令我意外的是,我与小关庙的故事其实并没有完全结束,哪怕我不再出没于小关庙已有十多年了。

原载《湖南文学》2022 年第 10 期

《散文海外版》2022 年第 11 期选载

李光彪

# 故乡册页

## 县城底蕴

　　这些年,新城的藤蔓从旧城底蕴的根部长出来,沿着南大街义无反顾地向前延伸,名不见经传的小县城在涨潮般长大。渐渐地,旧城像一个掉队的孩子,变成了新城身后的影子。

　　不知从什么时候起,人们习以为常地把县城叫作"老城区"和"新城区"。这样划分,对于很多地地道道的牟定人来说,也许是为了便于记忆。其实,旧城与新城,血脉相通,骨肉连着筋。在我的眼里,牟定县城更像一本书,蓬勃发展的新城如封面,饱经风霜的老城如封底,页码标示着老城的耄耋年龄。老城容颜虽老,却面孔清晰,和蔼可亲。东、西、南、北四条扁担宽的街子,交叉呈十字形,四个不同的方向,入口也是出口,真可谓四通八达。只是街很短,若是站在"十字街",一眼就能望到头,不论你从哪个方向进城,差不多一支烟的工夫就赶完了一条街,一顿饭的时间就逛完了老县城。

　　几多岁月,几多沧桑,老城与今天鳞次栉比的新城相比,没有森林般的高楼大厦，只是个矮子，仿佛由昨天的父亲、爷爷变成了新城的儿子、孙子。老城虽然商业气息没有新城区浓厚，看不到灯红酒绿的酒吧、歌舞厅、网吧、桑拿洗浴、超市等很多现代的场所，但对于久居县城，目睹着新城长大、老城变老的人来说，旧城始终是一部回味无穷的老电影，一本载满"小城故事"的旧书，一张发黄的老照片。时不时翻开它，那段旧时光总会让人勾起无尽的回忆。

老城和新城，如同父子分家，早已各立门户，可生活在新城区的人如回家探望父母的孩子，隔三岔五，总少不了要去老城旧街逛逛。我也不例外，有时买了新裤子，由于身体不匀称，总要跑一趟老南街，去裁缝店剪裤脚。一句话，家里不论是谁的衣服有了破绽，或是纽扣丢了，或是拉链坏了，或是要换窗帘……家中一切必不可少的针头线脑之事，几乎都要往老南街跑。每次去缝纫店，总会遇到和我一样去那里缝缝补补的熟人，为数不多几块钱的缝补费，经常不是别人提前给自己付了，就是自己顺便帮别人给了。有时家里的门锁坏了，钥匙丢了，或是鞋子坏了、脱胶了，同样少不了要跑到邮电局老东街口，找师傅配钥匙，修鞋、补鞋，同样会遇到熟人朋友。好像除了那里，几乎别无选择，还真有点此地无银三百两的感觉。

说实在的，老城的旧街子并不那么热闹，有点像乡街子。房屋旧的居多，高高矮矮，参差不齐，砖房、瓦房，挤头夹耳朵。街坊邻居隔街相望，一家炒肉，隔街飘香，一人喷嚏，全城感冒。沿街的铺面都是自家的房子，门敞开，就在家门口做起各式各样的营生。做这些小本生意的大多数是中老年人，经营的项目大多以"老"为主，都是地道的传统手艺。譬如老东街上原来共和供销社对面的"宋家早点铺""马家牛肉馆",好多年了,顾客是比从前少了些,但招牌还在人们的心头,每天回头客还不少。老西街原县政府大门口的"米线店"依旧如故,米线、面条、饵丝、卷粉"老四样",天天开门经营,价格不涨,五元一碗,卖完为止。偶尔想去尝尝老味道,若是迟到了,已收摊关门,白跑一趟。老十字街口的烧饵块、烧烤松毛豆腐,白天晚上炭火通红,走过路过,常抵挡不住诱惑,随手买几块尝尝,特别地道。

时光在流逝,老街子上很多美好的东西也不知不觉在消失。上了年纪的人都知道,十字街口的饮食服务公司、老南街有名的餐馆,曾经为不少人举办过婚宴,现在已变成了人们舌苔上的永久记忆。原来是县城文体活动中心的老北街"灯光球场"、大礼堂,已面目全非,不复存在。曾经看戏、看球的热闹场景,已成了小城里很多人的记忆。曾经不少老年人茶余饭后一堆堆聚在北街尾,此起彼落对唱山歌的景象也烟消云散。如今沿着北街走走,偶尔还能见到几个老人围在一起低头下棋,也许他们就是当年常来北街的"戏迷""球迷"。漫步东、西、南、北四条老街,从早到晚,简易的茶室里,常有世袭的市民喝着大碗茶,一边打牌,一边消磨时光。

原来老县供销社、老贸易公司、老日杂公司的门前,已不是从前的商业核心区,自发形成的蔬菜、肉食摊,虽然品种不多,但早开午散,是老城区居民就近的"露水市场"。老十字街口的钟鼓楼下是牟定县城劳务市场最早发育的地方,顾工的、卖工的都在这里成

182

交。多少年来，八月十五中秋节团圆的时候，老十字街是年轻人玩耍"蛇贯标"的地方，少男少女相约这里，站成两列纵队，互相拉起手，选一个人匍匐在众手架起的"轨道"上，大家一齐吆喝使力，把那人反复抬起，又丢又簸，让那人不断往前爬，时间越长，阵势越大，越好玩。现在的年轻人已经转移了"战场"，在新城区的网吧、酒吧、KTV有了新的娱乐目标。

老县城实在很老，又窄又拥挤的街道已不适应车水马龙的需要，却又像一个捡垃圾的老人，拾遗补缺地弥补着人们的生活。老东街的银匠铺，多少年来以手镯、耳环、戒指等银器自产自销，如今"叮叮当当"的锤声已没有从前清脆。西街尾的榨油坊、碾米坊"嗡嗡"的机器鸣叫声也断断续续。来料加工的切烟房还在。因牟定盛产烤烟，很多人喜欢吸水烟筒，烟则是用烘烤过的烟叶切成黄灿灿的毛烟丝，随手捻一小团，放在烟筒哨子上，点着火，"咕咚咕咚"翻江倒海地吞云吐雾。所以，切烟房就是为了满足当地农民自产自销烟叶做经营、收取加工费的。主人为了招揽生意，还准备了好几支水烟筒，专供赶街过往的人吸烟，便成了不打自招的商业广告。

老街子上有很多值得留恋的事物，总是与世无争地活着。坚守在南街上集群式的小旅店，以"南街旅社"为首，一家挨着一家，十分便宜，是乡下人进城打工、赶街歇脚的"根据地"，仍在接待着稀稀疏疏的来客。开了几十年的"李光理发店"如今还在，只是从南街搬到了西街，上了年纪的人都喜欢光顾。老南街、老西街的理发店最多、最实惠。婴儿满月要剃胎头，小孩子要剃毛头，很多父母都喜欢带着孩子去理剪。若是男婚女嫁，乔迁新居，要合婚、测个良辰吉日，就去老城区，西街、南街、东街都有此行当。要算命、要取名、要安山、要安土……只要一切源于民间古老的习俗，老街子上都名正言顺地挂着招牌。就连死者的花圈、香纸、纸衣服、纸钱、寿木棺材，一切丧葬用品，也只有老城区才能买到。刻章的、刻碑的，做喜匾、寿匾、门牌、锦旗的，要数老城区的南街口最集中。古老的石碑雕刻，现代的广告喷绘，纯手工书法雕刻的，电脑机器雕刻的，应有尽有。甚至修旧电器、修钟表等等，一切与生活有关的琐碎，有时在高大上的新城区买不到、找不到的东西，只要去"请教"一下老城区，就能找到答案，问题迎刃而解。

老县城在老去，我也在老去。记忆中东街上的中药铺消失了，南街上的照相馆消失了，西街上诱人的油条、黄豆粉消失了，北街上喜闻乐见的群众文化消失了……很多事物仍在逐渐退化成人们往日的记忆。

城市化的进程突飞猛进，老城区已经纳入了"棚户区"改造规划，即将脱胎换骨。我是个念旧的人，闲暇之余喜欢去老城的旧街逛逛，不是要去买东西，不是要去修修补补，也不是要去光顾小吃摊，而是越来越留恋西街上那几间老房子。我面对老房子打开相机，拍下了部分没有被时光啃完的残余碎片，目的是想为即将消失的老县城留下一张底片。

## 年画图景

又一年春节临近,时光的日历被喷香的腊月翻开,地处云贵高原滇中腹地的牟定县城,在商贾层出不穷的促销活动招惹下,人声鼎沸,一切都在为春节预热,为过年加温。年味如熬了一年的骨头汤,在断断续续的爆竹声中变得越来越浓,渐渐在大街小巷涨潮般弥漫开来。

在牟定县城过年,一幅硕大的年俗画卷从买春联拉开序幕。你可以去逛一逛发科屯的步行街,那里卖春联、门神、香纸的临时摊铺,已经占据了半条街。各种语气、各种字体、各式各样的春联、喜字、福字、红灯笼……如一场提前开幕的书画展,令你应接不暇,已是满街春色一片红,任你挑、由你选。

从发科屯街顺着中园街或者是南大街,边走边逛,再买点烟花爆竹,或是去鹿城大厦买点烟酒糖茶,或是去四方街超市买些汤圆食品。除准备充足的年货外,还应该去鹿城大厦对面或是去燃料公司门口逛逛水果摊,买几斤水果。不管买多少,千万不要忘了买苹果和甘蔗。因为按照牟定的年俗,过年吃苹果象征着吉祥平安,过年在家里放上两根甘蔗,则预示着来年的生活如甘蔗一样节节甜。

大年三十这天,少不了还要去龙川农贸市场、发科屯农贸街、福利来农贸市场逛逛。那里的各种蔬菜、肉食、禽蛋,鲜活的、风干的,应有尽有。在琳琅满目的货品中,葱、蒜、荸荠、鱼同样是必不可少要买的。牟定年俗认为,过年吃葱才聪明、吃蒜才有算计、吃荸荠可以避邪、吃鱼才年年有余。各种讨价还价声,鼎沸如潮。此刻,平时就显得拥挤的农贸市场,仿佛在举行一场山乡土特产博览会,买的卖的,交易频繁。忙碌不休的要数杀鸡宰鸭、卖鱼卖肉的屠商,摊前总是排着如龙的队伍,心急如焚的你我,各取所需的采购,都与过年的丰盛餐桌有关。

备足年货,有人忙着料理年夜饭,有人忙着贴春联、挂灯笼。大年三十的街上,聚得早、散得快,上午还人山人海,下午三点多就车少人稀。心急的人家已经断断续续开始点燃爆竹,街上的不少商铺闭门锁户,守门的全是一副副红红的对联,和那一炷炷青烟缭绕的大红高香,构成了小城一道过年祭祖的独特的风景。

吃过团团圆圆的年夜饭,已是华灯初上,迫不及待的孩子已经开始燃放烟花,吵得小城如爆米花,在驱赶着岁月的尘埃。各种从不同方向飞向天空的烟花,如千帆竞发,又如万只彩笔,在给牟定小城的夜空绘制着一幅五彩缤纷的画卷。电视里的春节联欢晚会渐渐接近尾声,伴着新年的钟声,吃着汤圆,全城几乎是一声令下,统一指挥,爆竹声声,烟花怒放。顷刻间,牟定小城如大鼓齐鸣,似顽童迎春奔跑的脚步声,用急促的音符催生出一幅幅色彩斑斓的年画,一页页不停地在小城的上空翻开。让人欣赏不尽的满目三维立体画,闹得小城目眩神迷,一夜难合眼。

大年初一的太阳睁开惺忪睡眼,新年的第一缕春光已把除夕之夜的火树银花扫出人间。踏着满街红红的爆竹烟花残屑,你可以和家人一起去南山寺逛逛,那里的庙会香火味和年味一样浓。从县医院门口到锦石坪的道路两旁,临时卖香纸的摊点一个接一个。四面八方拥来的人群如蚂蚁搬家似的拥挤，老幼妇孺花点小钱买点香纸，一支烟的工夫就到了南山寺。也许很多人并没有什么刻意的信仰，只是去凑个热闹，换一种方式洗涤烦恼，尝试一种心想事成的祈祷。更主要的是小城袖珍，加之附近没有更多名胜，很多人纯粹是家人、亲戚朋友团聚，找个休闲的地方，登登山，看看风景，鸟瞰小城不断长大的模样和老县城的背影。

从南山寺下来，沿着龙川河堤岸，到南山公园转转，也是人的海洋。在那里，你可以去瞻仰革命烈士毕昌杰烈士碑，缅怀牟定历史先驱的光辉典范。年轻人还可以去旱冰场溜溜冰，玩玩碰碰车，挑战刺激，过上一把瘾。小孩子还可以在儿童游乐园里爬高走低，荡秋千、坐小火车，其乐无穷。最惹眼的是那些身着一身彝族服饰，打扮得花枝招展，跳左脚歌舞的人群，如一簇簇游动的花朵，早早地把还柳未绿、花未红的南山公园点染得春意盎然。

离开南山公园，沿着南大街走走逛逛，敲锣打鼓的传统耍龙舞狮文艺巡回表演，是牟定小城过年必不可少的一道风景。耍龙舞狮队进百户门、送百家福，边走边耍，到了谁家，谁家就增光添彩，迎春接福，喜气盈门。其实，他们传承的是牟定小城绵延至今尚未消失的一枝文化奇葩，展现在人们眼前的是牟定民间年俗相册里的一张底片。

随着耍龙舞狮的队伍来到近几年新开发的化湖，这里像楚雄的桃园湖、昆明的翠湖一样热闹。在这个牟定小城所谓的市民客厅里，最精彩的仍是具有牟定地方特色的彝族左脚舞蹈。淙淙流淌的琴声、百灵亮喉的歌唱、微风摇柳的舞姿,一圈又一圈,人在欢歌,化湖在欢笑。此刻,化湖变成了一幅彝家姑娘手下的刺绣图案。正是牟定这种自编自演、自娱自乐的左脚歌谣,曾经登上中央电视台"春晚""青歌赛""星光大道"的舞台。婀娜多姿的歌舞,是逢年过节牟定人和谐团结的大联欢、大展演。

在牟定小城过年,还有很多好去处。你可以驱车去爬爬化佛山,去游游庆丰闸,还可以去新甸散花元双公路两旁的田野,看看开得正艳的油菜花,像一只蜜蜂,穿梭于花丛中,拍拍照片,发发微信,不知不觉,你就被春色俘虏,徜徉在牟定的年画中。

原载《滇池》2022 年第 10 期

《散文海外版》2022 年第 12 期选载

马未都

# 家人马大贵

马大贵回喵星去了，走时和全家人做了告别。我抚摸着它柔软的头和它说了很多话，它静静地听着，偶尔无力地抬一下小爪子，表示听见了，我说到最后泪如雨下泣不成声。没有人能理解我和大贵的情感，多少个深夜是它静静地陪着我读书写作，它那双深邃的蓝眼睛是地球人没有的，天真无邪，纯洁无瑕，永远真诚地望着你，希望你爱它。

马大贵来家里时已经是成年猫了，体型巨大，毛发蓬松，别看它肉大身沉，可胆子特小，我一路抱着它，它也死死地抱着我，紧张得浑身掉毛，如同秋风刮过的蒲公英。我清楚地记得我深色布衣上沾满它那细软如丝的毛，白中闪着高贵的驼色。我知道未来的日子要和它一起生活了，掉毛只是相处的第一关。

马大贵脾气出奇的好，家里的三只猫就数它最随和，和谁都不翻脸也不吃醋。马大福容易翻脸，朱蒂特爱吃醋，可大贵和谁都能和平共处。马大贵的情商高，和谁都不远不近，猫也好，人也罢，在它眼里都是平等的。大贵以它的处世风格告诉了我什么是喵星人的尊严，而它则一贯保持它的秉性。比如，你坐在桌前，它有时会凑过来用爪子扒拉你一下，幽幽的眼睛里充满了渴望；如果你把它抱起来放在腿上，它会呼噜呼噜地高兴一会儿，然后马上要求下去。这让我好奇，为什么它从来都不会在我身上待超过三分钟呢？我曾经试探过，搂紧它不许离开，每到这一刻，它会拼命扭动身子，不惜翻脸也要离开。只要我一松手，大贵就会回过头来脉脉含情地看我一眼，那眼神里说不清楚是几个意思。

大贵用它的处世之道告诉我很多。它就差说话了。每次喵喵喵的叫声，都有它自己的准确含义。你若理解，它就高兴，不理解时它会沮丧，独自选择一个犄角旮旯自我消化，然后过不了多久就会若无其事地在你跟前晃来晃去，发出细细的叫声，希望你和它一起忘记那个小小的不愉快。每到这时候，我会觉得我还不如猫宽宏大度。

回想起来，我和马大贵相处最多的镜头都是在深夜。白天家里人多，尤其孙子会爬会走路以后，大贵的重点都在孙子身上，白天一步不离。可夜深人静之时，只剩我一个人伏案疾书，它就会在一旁趴着，多半时间在睡觉，偶尔醒了会仰头看看你，发出呼噜声，引起你的注意。每到此时，我也会伸一下懒腰，借机和它说上几句话，多半是"大贵想爸爸啦？"这种自恋的话，每逢此时，大贵都会高傲地扭头接着睡，给你一个球一般的背影。

就是这个球一般的背影，让我能在桌前苦熬多时，有时甚至熬到曙色初露，我才起身拍拍它的头，捋捋它的毛去睡觉。这时候大贵一定会起身，装模作样地也伸个懒腰，好像很不情愿地送我到卧室门口，然后留下一副漠然的表情。有时候我都躺下了，还在琢磨大贵的表情，心想它这种高贵是不是与生俱来的。

马大贵是布偶猫，布偶猫现今好像很流行，可十五年前知道它的人很少。大贵的父母是朋友从国外直接引进的，机缘巧合，让我在它们第一窝后代中遇见了大贵和大福。布偶猫作为品种猫的历史很短，它有一个美丽的诞生故事，故事传奇动人，让布偶猫名副其实。它的确如同大而柔软的布质玩偶，任人摆布。书上说，布偶猫特别耐疼，所以要对它关心，直到有一天我发现它有一颗尖牙松动得厉害，一触碰那颗牙它会不由自主地躲，经过全家讨论，选择了良辰吉日，全家人倾巢出动带着大贵去医院拔牙。

大贵拔牙很喜剧，处处妙趣横生。它在不知不觉中没了一颗牙，还顺带洗了牙，满口清香。毕竟大贵是打了麻药的，让人心疼，回家后好吃好喝好待遇。马大贵依然故我，它不知什么是福祸相倚，我为它写了短文，挂在网上，换来了全国各地网友的问候，马大贵一牙成名，我也因护士高喊一声"马大贵家属"忽然意识到，大贵不知不觉中已成为家人了。

布偶猫性格温顺恬静，对人友善，尤其喜欢陪伴儿童；它身体柔软，忍耐性强，容忍人对它的摆弄。我就特别愿意拎着大贵的前爪，离地为它做伸展运动。布偶猫的一切特性在大贵身上表现得尽善尽美，有过之而无不及。当孙子能满地爬时，马大贵就形影不离地凝神贯注，一副小心精心开心的模样；孙子常常被大贵逗得大笑，笑声感染着全家人，其乐融融。孙子玩玩具时，大贵就趴在一旁不动，孙子玩多久它就趴多久，偶尔伸出白白的小爪子害羞地够一下，表示它的存在。孙子刚学走步的时候，家里为他搭了围栏，以便让他扶着学习走路，这下子急坏了大贵，因为它在围栏外看不见里面，于是乎就无论如何也要跳入栏内，找个不碍事的地方待着，眼中充满了爱意，而孙子也喜欢大贵的存在，相互说着只有他们俩能懂的话。

直到有一天，太太一疏忽没及时关家门，马大贵丢了。一辈子没有出过门的大贵，居然自己下楼，又阴错阳差地被人误扔到楼外面，太太知道后心急得快和那人翻了脸。那时我正在香港，回到家后立刻感到气氛压抑，儿子告知大贵丢了几天了，没敢和我说。我连夜写了短文，挂在网上算是寻猫启事。在马大贵丢失的第五天，就在住宅楼的西南角，马大贵战战兢兢地等待亲人的召唤。是儿子先发现的，给我打电话时声音都变了，随即我把大贵抱了回来，检查清洁安抚喂食。这是马大贵自打出生起受的最大的罪，经历的最大风波。大贵找回后，我又写文感谢所有关心它的人。马大贵失而复得，让我感受到人间有各种温暖，这些温暖本来互不相连，但因为某一件事会紧密无间。

养猫的日子里，人会多出一层生命感悟。家养猫的寿命十几到二十年，一般说来，一个人无法看见另一个人的由生到死，但可以看见一只猫的生命历程。猫有极好的修养，对人若即若离，不卑不冗，不讨好也不迁就，我行我素，不在乎别人的态度。大贵有一点儿不满意的时候，会在猫砂盆外刻意使坏，既表达了自己的不满，又提醒你它的重要。猫的特性在马大贵身上尤甚，清晰可寻，与它相处久了，会发现它"犯错误"时，多半是我有错误在先。这让我知道人生必须反省，有反省才会自觉，有自觉方知得失。

人生大多时候都纠缠于得失之间，魏晋名士阮籍有诗："穷达自有常，得失又何求。"贫穷与发达不在患得患失，在于天命，这一点，猫理解得最好并身体力行。人总是知易行难，做到知行合一者少之又少，而大贵宠辱不惊，贫贱不移，完全是个榜样。

那些年，不管是谁回到家，只要一开门，大贵一定站在门口迎接，轻轻地叫上两声，表示它的喜悦之情。尤其来了客人，它更会迎来送往，一丝不苟。客人每每惊讶这只硕大的美猫，不免夸赞几句，它会高兴地点点头。它是真的会点头，展现自己的修养顺便也给了主人和客人足够的面子。当全家人都把马大贵视为家庭一员的时候，所有的快递件都被写上"马大贵收"，每当有人喊"马大贵"时，我们就知道，又有快递到了。

再也不会有马大贵开门迎接的日子了，想想心里就空了。看着它使用过的物件，我会长叹一声。生死离别是人生大课，谁都难得满分。在和大贵生活的日子里，它教会我们许多，守则而自律，独立而自尊，友善而忍耐，相爱而温柔。当我为大贵总结的时候，才发现它有如此之多的优点，而此时此刻它已去了喵星，和马大福、朱蒂团圆了，还带去了全家人的问候。想必它们见面时一定相拥相抱，诉说衷肠,回忆着在马家那些温馨的日日夜夜。

原载微信公众平台《观复博物馆》

《散文海外版》2022 年选载

闲更

# 返城记

一

　　一声鸡鸣让我们远远望见炊烟，望见山坳深处的小村落。

　　身后沟壑纵横，还是光秃秃的山。黄土与乱石相杂的弯曲小道，踩上去挺硌脚。

　　离着村子不太远就是我们知青的工作单位，一座地处晋冀豫三省交界太行山腹地的工厂。工厂尚在筹建，单身宿舍更没有盖，厂里包了这一带老乡家的房子让我们住，自然是厢房，三四个人一屋，都打地铺。屋里堆满陈年玉米面、黑枣面、柿子面。柿子面是柿皮风干磨成的。县里每年派人来收柿饼，说国家用它换外汇。农民舍不得把加工柿饼时削去的皮扔掉，就加工成了柿面。

　　据说闹灾荒那几年颗粒无收，饿死不少人。有小儿用指甲刮墙皮往嘴里送，竟不再喊饿。原来是当初长辈建房抹墙时用了柿面，却不承想在后来的岁月里竟救了一家人。

　　我们厂是离省城近七百公里的"新兴钢铁基地"。从省城来的

散文奖·入围作品

技术员老吴告诉我,其实建设生产规划中还远没有钢的事,就是开铁矿、炼铁,产品是铁锭子,六棱形,俗称"王八铁"。

我们这些只上到初一的学生被从省城分配过来,这里亟需一批劳动力。该基地属外地工矿,与上山下乡同类。我妈叹着气说,好不容易盼来你进工厂,还是山区,一千四五百里地。到这儿来一律学徒三年,不管分配什么工种,月收入都是十七元,满一年涨两块,没任何奖金补贴。我被定为焊工,"车钳铆电焊"里的"焊",电气焊全要学。省直机关事业单位抽调到这里来的干部,国企的管理和技术人员,在我们这里当着各级领导。

在干本工种职业之前,领导决定让我们这些单身小青年先修一年的专用铁路路基。这条路基虽只长二十多公里,却是建成炼铁高炉、焦炉和投产的基础工程。在山区筑路,涵洞、桥梁之多,砌筑石护坡土石方需求量之大,运输之难,非亲历几乎无法想象。施工设备只有地排子车、箩筐、铁锹、镐头、石头夯、钢钎和几千名年轻人的双手。山那头隆隆的开山放炮声刚刚响过,成百辆地排子车即已推到刚开采出来的毛石跟前。各自码满两千来公斤石料,一人驾辕,另一人扶把,车后两人上坡推下坡拽,小心翼翼辗转在七弯八转、陡峭狭窄的山道上,直至运到各个施工点。累得周身作痛时,伙房送来午饭,蒸小米饭、熬白萝卜。萝卜不是鲜的,是白萝卜干丝,用一条条草袋子装着,大锅熬熟,入口如嚼橡皮筋或棉絮。因它禁得住存放,我们都叫它"战备条"。

没有谁泡病假或借口躲回省城,连叫苦讲怪话都似乎听不见。

但生活也并非都是如箭在弦，也有闲荡的时候。星期日歇了，我们就去爬山。一边是几乎直上直下的嶙峋山梁，另一边则是数十丈深苔藓斑驳的石沟，我们极小心地贼一样走过，没有什么路线图、时间表，走到哪儿是哪儿。

不觉已到晌午，拿出从伙房带来的馒头、咸菜，我们倚躺在山坡上。叫生子的同事突然说了句："还有四十三年我就退休啦！"我们几个人听了一愣，刚才的高兴劲全没了。生子说，怎么，没见厂院墙上刷的大红字，"满腔热血献终身，太行深处写芳华"，每个字比磨盘还大啊。又说，厂长没传达吗，"同帝修反争时间、比速度"。

对啊，我们要在这太行山过一辈子啦。慢慢地大家一起扯嗓子喊起来，声音越来越齐。"还有四十三年我就退休啦——"回声，从山间清晰地确认着这一点。

那年，我们都是十七岁。


二

要钻被窝睡觉的时候，安修大队急火火找我，说现场有一条不锈钢换热管线滴漏，让我赶紧带上工具去查原因。接我的汽车已在平房外等着了，找我来的工长说，咱全建造厂就数你不锈钢焊得好。

电弧焊不锈钢还真有点窍门。不锈钢的成分不同于普通钢，焊条性能又黏，搞不好刚一点焊就被粘住，焊活儿时全凭操作人手腕的巧劲——轻击闪腕，这是我自己悟出的"理论"。我抄起电焊面罩赶到现场,发现是管线接口处有气孔,没几下焊好了。

建造厂的王副厂长有两个星期没露面了,他也是省城过来的。工友们在传,王厂长要回省城了。有人马上反驳,不可能,王厂长前些日子还说誓死坚守太行山呢,那可在大操场上,当着咱全厂两千来名职工的面说的。

王厂长确实调回了省城,听说是找门子办回去的。

又出现了一件意想不到的大事。省里决定我们这里的建设暂告结束,缩减一部分从省城分配来的职工,统一返城安排工作。条件为技术工种或家庭有特殊困难。对外传达时口径则是:选调一部分急需的技术工人及管理人员充实省城各有关经济门类的国企。这次返城人员比例之高更让人咋舌——高达全厂符合条件人数的五分之二。

我们安修大队郑大队长也是从省城抽调过来的,开始天天往分厂机关跑,说是找书记去的,两眼红红的。

有人说得像亲眼所见一般:这个一把鼻涕一把泪呀……

大家确实没心思干活了,不再扎堆议论感慨,转而各自为战,哭的闹的,拳击鼻腔至淌血或口含敌敌畏哭诉的,还有颠三倒四唠叨自己困难的,赤身露体绕厂区奔跑的,不一而足。

生子急火火地跑来找我,说看见没,猪往前拱鸡往后刨,各有各的高招,你还不赶紧折腾。我说,我不用折腾。他瞪圆双眼嚷起来,过这村可就没这店,看你抓得住抓不住啦!

我符合条件,不行拉出来比比嘛,我说,我是焊工,手艺在那儿摆着了。而且哥、妹都下乡,家里只剩爹妈了嘛。

生子摇着脑袋说,你以为还真的按条件?人家的家属、孩子都是省城市民,还呕心沥血搭车占指标返城。你啊……

名单公布前一小时,我被叫进劳资科。科长沉默了半晌说,这次选调返城,没有你。我傻眼了半天,半是自言自语半是探问地说,还有第二次吧。科长看着我,低声说,我不能骗你,说还有机会的假话。没有第二次了。

被通知返城的工友们正在捆箱子,这是知青的一句行话,用浸湿的草绳捆紧个人木箱和行李卷。此刻他们的双手是那样有力,动作是那样利索。他们看见我走过来,竭力忍住快乐,做一脸痛苦状。其实我心里挺为他们高兴的。返城工友中也有采用极端办法才回去的,他们的家长没关系没背景,他们不那么做,真不知还能有什么办法。


三

单身宿舍冷清了。我从厂院走出来,沿渣石铺垫的小道百无聊赖地走。望望夜空,马上就是八月十五了,一晃五六年了,我都在这儿过中秋,陪伴我的只有食堂发的两块月饼。我恨不得也走上十里山路,去长途汽车站坐四个小时长途再换火车,回到家中。可如果我这样回去,能有好日子过吗?爹妈能够帮我什么呢,除了善良,他们也和其他的人一样,一无所有。

刚回到宿舍,工友黄缘跑来闲聊,他爹是省住建委副主任,按说返城是小事一桩，却没有他，听说是因为他爹“文革”前受过处分，对他有影响。他找我借五十块钱，说有急用，发工资就还。我每月才挣三十多块钱，但还是把身上仅有的四十块钱给了他。

1974年，为响应领袖“大学还是要办的，要从有实践经验的工人农民中选拔学生”的号召，从“文革”初就停止考试和招生的大学，开始了不用考试，被推荐可直接上大学的招生新模式，还为此制定了方针：“自愿报名，基层推荐，领导批准，学校复审。”这十六个字，我的许多工友都能倒背如流。

这一年下达到总厂的推荐名额中，分给我们分厂两个，我报了名。大约过了十来天，分厂组织科通知我，经过领导研究，这次批准了另外两个同志。我问：能告诉我是谁吗？回答：这个就别问了。

转过年来，我从安修大队调到厂部，成了企业干部。这一年上面又给我们分厂划拨了三个名额。我又报了名，我所在分厂机关的党支部按照程序推荐了我。

我们分厂机关支部书记姓彭，还兼着武装部部长，把我叫到家里吃饭。我们这些青工都是光棍，有家庭的只有厂里各级领导。吃饭时彭部长一再给我搛菜，说记着回省城后，有空来看看我们。说得我差点落泪。

结果这次仍没有我。

省上一所颇有名气的大学录取了黄缘。很快，他悄悄离开了厂区。

春节时，我借休探亲假的机会到省城的这所大学找他，想把他拖了两年的四十块钱要回来。一路打听找到黄缘所在的某系学生宿舍，敲门进寝室，一位同学摇摇头说，黄缘三个月没来上课了。

为啥？

听说是因为诈骗被抓起来了。另一坐床边的同学回答。

后来有人说，那三个名额，是"戴帽"下来的。

## 四

单身宿舍坐落在山坡上，楼群四周圈起一个大院子，大院里装着几只高音喇叭，每晚七点定时播放中央人民广播电台的"新闻和报纸摘要"。

就是从这几只喇叭里，我听到了恢复高考、停止招收工农兵学员的消息。这是真的吗？

听说北京决定恢复高考时，原来也是十六字方针：自愿报名，领导批准，严格考试，择优录取。大领导大笔一挥，砍掉了"领导批准"四个字。

如一泓热乎乎的泉水突然涌到身边，我既兴奋又紧张。我出身贫穷，小时候没有好好读过书，十六七岁便从省城来山沟上班，只有初中一年级文化底子，要考大学是不是太不自量力了？

晚上，我失眠了，翻来覆去，我觉得自己想明白了：

我成为工农兵学员——如果领导批准的话；

我被通知返城——如果领导批准的话；

我成为大学生——我考上了。

只有这个"考"，才能真正靠我的一己之力做到，也才能真正改变一个人的命运。

真是想学了，困难比预想的要多得多。说是复习，对于我这样的考生来说，其实是从头学起。

奇缺复习资料。即使我跑一千多里地回省城，跑遍省城最大的新华书店，书架上空空如也，遑论我们这山沟里。诸如请老师辅导、上辅导班、遇到难点困惑问题求老师点拨这些事情，对不起，更没有师资。

每天下班后学习到深夜一两点，次日早照常上班。有段时间我一下班就匆匆拿饭盒跑食堂打上俩馒头和一份菜，放回宿舍。再赶长途公交车到总厂初中学校听辅导课——那里有一位从石家庄对调来的老师。下了课早没有长途车了，便摸黑沿着山路返回。

记忆犹新的是一个雨夜，我刚走到车站便天降大雨，怕错过仅此一班的长途车，我不敢回去取雨具。等浑身湿漉漉地走进教室时，偌大教室里只有老师和一个同学。

我参加了两次高考。恢复高考制度的第一次全国统考是在那年的12月29日和30日，考了两天。那时太行山区已经很冷了，我冻得麻木的手里，紧紧地攥着准考证。

我上线了，但填报志愿难住了我，怎么填？不懂，也无处无人可以请教，遂胡乱填上，结果可想而知。第二年的高考，时间提前到7月份，备考时间缩短为仅半年，且听说要变各省市命题为全国统一命题，难度将提高不少。怎么办？似乎没有别的办法。我咬咬牙，又报了名。

　　这年 8 月底的一天，天仍然很热。我穿件短袖衬衫，从七百公里外的山区回到省城家中。母亲和妹妹早站在小院外的胡同等着我了，母亲紧紧拉住我，说，瞧这小胳膊细的。

　　还没说完，她就背过了脸，但一直没有松开她的手。

刊《散文》2021 年第 7 期

素素

# 边屯

三次去丽江，都在初春，非故意为之，更像是生命中必定要遭遇的一场场邂逅。

第一次去丽江，相伴者是读初中的女儿。彼时正值千禧年春节，我和女儿选择了丽江，住在古城中心四方街的一家小旅馆。虽是节日，古城街巷却并不拥挤，母女俩手挽着手，可以淡然地东望西看，可以随意地走走停停，我们几乎是用一拍十八慢的节奏，把古城一丝不苟地逛了个遍。记得因为海拔高，米饭有反生的味道，我们就多吃馒头和面条，夜里入睡困难，我们就去酒吧里听歌至凌晨。整个春节，我们都与古城厮守着，只在离开之前，才去了抬头即可望见的玉龙雪山。

当然，古城不只是一片静好，一派井然，还有一种在别处看不到的陌生和神秘。东巴古乐，纳西文字，七星披肩，土司木府，曾给了我目不暇接的惊讶，亦以不由分说的异质感提示我，这里是边地，这里与中原遥距千里。此后，古城便如一方深红的印鉴，在我心里熠熠闪亮。

再次去丽江，同行者是某位女友。她原是一个重要部门的主官，忽然被调到一个次要部门当主官，内心的纠结，不在于位尊或位卑的变化，而在于被放逐本身的粗暴与阴鸷。我很为她不平，两肋插刀陪她去丽江散心。我说，许多受伤的灵魂投奔到丽江，最终在这里被治愈，我相信你也会。那是春节刚过不久，已是旅游淡季，古城却比当年喧闹了十倍，在城内大石桥住了一夜，我们就带上行李去了束河古镇。虽然张艺谋刚刚在这里拍了《千里走单骑》，电影海报在古镇街头壁上随处可见，但比古城还是静心许多。镇内没有宽街，只有窄巷，酒吧或餐吧一间连着一间。女友看好了小镇东侧的"守望者"，门头是酒吧，院内是民宿，名字也取得可心。

与我们一起住在这里的，有一位广州来的单身女驴友，有一对做珠宝生意的台湾夫妇，还有四位来束河找院子想留在这里不走的成都姑娘，不出几日，大家竟成了相见恨晚的江湖知己。最大的受益者是女友，一个被放逐的失意者，转而来丽江放逐自己，"守望者"如一张佛系治疗床，让她轻松完成了一场自我救赎，丽江也因此令我刻骨铭心。

最近去丽江，是与一干文友为伍，从大东北飞到大西南，只为赴一场笔会。那天正是春分，因为两地跨距甚远，便看到了迥异的两重春光，一个是蛰伏，一个是盛开。不过，此次来丽江，不是看古城，不是看古镇，而是看古村。

在我眼里，古城和古镇是用砖石砌出来的，古村却是从泥土里长出来的。

古村名叫凤羽，坐落在永胜县境内的程海镇，因村后有一座凤凰山得名。一听到"凤羽"两个字，浮在眼前的便不是古村，而是杨丽萍轻灵的指尖和华丽的裙尾。走近它的时候，绰约的泥屋瓦舍四周，麦苗正绿，油菜花正黄。然而，一畦春光，一畦诗，还只是序，隐藏不露的章节，在田野的最深处。因为我没有想到，在风软花香的凤羽村，我竟然与一个古老的名词——边屯，不期而遇。

边屯。单看字面，很容易想成一个村落，远在天边，伶仃而荒凉。其实，边屯在史书里是个特殊的军事用语。在此之前，我更熟见的一个名词是"屯田"。"屯"的本义是聚集或储存，比如屯粮，比如屯兵，比如屯居。驻军垦地，名曰屯田。

在分封天下的时代，天下大致是安定的，盛行于中原大地的是另一个名词——井田；在天下争雄的时代，井田如一场乌托邦，黯然退出了历史，代之而起，一以贯之的，便是屯田。屯田是战争催生的，兵马未动，粮草先行，更何况冷兵器时代的战争旷日持久，屯田在战火频仍之世便成了常态。边屯，显然与地理有关，所屯之田不在中原，而是在边地。边屯，亦是天下一统的标志，说明中原帝国版图已定。边屯，更是因为四方仍被异族虎视，边关不宁，只能以亦兵亦屯之计，戍疆守土。

我知道，最早的边屯始于大西北。秦汉时代，称雄北方的异族是匈奴，蒙恬曾率三十万大军北击匈奴，他也是中国边屯史上第一武将。卫青曾七战匈奴，无一败绩，霍去病曾长途奇袭，炊马焉支山下。也是因为有他们在前开疆拓土，将以往刀光剑影的战场，变成了西汉的边屯重镇。至魏晋以降，更以戍边屯田为策，于是在苍凉的边塞诗之外，还有与之相应的边屯诗，朱熹《送张彦辅赴阙》有句云："朝纲清夷军律举，边屯不惊卧哮虎。"秦观《边防上》亦有句云："边屯吏士攘袂切齿，皆欲犁其庭而扫其闾。"

大东北的边屯，却不出自汉人之手，而是蒙元游牧者所为。公元十三世纪，这支马队从漠北高原挥鞭南下，也开始学着汉人的样子，在身后的这片黑土地上戍边屯田。之后，便是大明王朝出兵辽东，打得残元一路北遁。于是，在游牧者深耕过的田垄上，擅长农务的中原将士熟练地操作起锄镐，给边屯史书写下高光的一页。再之后，便是游猎于白山黑水的爱新觉罗氏，他们一边坐享朱明王朝的历史遗产，一边把满旗汉籍都编入军屯和民屯。清人方还写下《旧边诗九首》：

铁岭迢迢接锦川，关城三面绕烽烟。

春深秣马蒲河北，秋老连营木叶前。

沧海旧闻通运舶，金州谁解议屯田。

…………

屯田或边屯，后来被"农垦"取代。二十世纪五十年代，国家甚至设了一个农垦部，直接管辖西北、东北、海南三大垦区。六十年代,垦区还有一个更响亮的名字:生产建设兵团。九十年代的一个春天,我正独自行走在北大荒的原野上,巧遇农垦系统在新疆和黑龙江两大垦区举行联合拉练,几十辆越野车迤逦而行,我受邀坐上了第二十七号车。关于大东北的边屯和农垦,我曾写过一篇《追问大荒》。

原以为,不论古代和现代,真正意义上的边屯,只能出现在大西北和大东北,因为那里边境线漫长,不驻军无以安邦,更因为那里地辽野阔,一望无垠,可屯可垦。而深藏在滇西北峡谷里的凤羽村,却用一座博物馆告诉我,边屯也曾在大西南另有天地。


凤羽是轻的,凤羽村是重的。中国云南永胜边屯文化博物馆,让凤羽村的重更多了一层浓稠。我注意到,整个建筑高大巍峨,如一艘穿行在岁月里的巨型帆船,凤羽村低矮的屋脊,如一片默默托举它的细浪微澜。

与所有的博物馆一样,文字和图片,张挂在墙上,石碑和出土文物,陈列在展厅里。然而,别样情致,别样况味,在于它展陈的内容乃是整个大西南的边屯史。

洪武十四年,朱元璋派兵三十万进攻云南;

洪武十五年,三十万明军终以三次大战,以武力平定了云南;

洪武十六年,朱元璋让大将沐英留镇云南,此后,沐氏家族驻滇镇守二百八十年;

洪武十九年,沐英向朱元璋奏谏:"云南土地甚广,而荒芜居多,

宜置屯,令军开耕,以备储待。"于是,数以万计的中原汉族军士留在云南,听令沐氏,戍边屯耕;

洪武二十二年,沐英从汉地带回"江南、江西人民二百五十余万人入滇,给予籽种、资金,区划地亩";

洪武二十九年,朱元璋在云南设卫,卫所与军屯,皆需兵员,于是来了一个更大的动作——北征南调,即史上著名的"洪武调卫"……

也是这间博物馆,让我第一次知道,在边屯之下,可以细分出军屯、民屯、商屯三种方式,其中以军屯人数最多。军屯者,"置军屯田,兼令往来递送,以代驿传"。此外,军屯又有边地和内地之分,"边地三分守城,七分屯种;内地二分守城,八分屯种"。当年入滇的中原将士,可携家属和亲眷一起驻屯,而且军户耕垦可免三年税赋。民屯者,有边地土著,更多的是汉地迁民。有人说,云南现在的地名仍留有边屯时代的影子,凡是叫什么什么"卫、所、屯、堡"的,彼时皆为军屯,叫什么什么"村"的,彼时皆是民屯。商屯者,属于明代首创。《明史·食货志》载:"明初,募盐商于各边开中,谓之商屯。"招盐商来屯田,种出的粮食依盐价折换,拿着凭证可以取盐,然后再贩卖牟利。于是,商人手里的盐,与茶马古道上的茶,一起成了硬通货。

亦军,亦民,亦商,曾让云南边屯风生水起,喧闹如市。走在博物馆展厅里,我仿佛听见了从时间深处隐隐传来的嘈嘈切切。是一片金属摩擦撞击的钝响?还是春犁与土地窃窃的私语?抑或是秋镰与稻菽热情的亲吻？又或是茶马古道时断时续的铃声？

寓兵于农，屯民实边。朱元璋的治国之策，引无数汉人拥入云南，如公元1620年左右编写的《滇略》所云，"衣冠礼法，言语相同，大率类建业，薰陶渐染，彬彬文献，与中州埒矣"。汉以前，云南没有汉人，在司马迁《史记》里可见端倪。明以后，云南已成为传统的汉地十八省之一。

当地朋友告诉我，汉族人口最多的县是永胜，因为永胜当年是边屯重镇。也对，那些血气方刚的中原将士，出门时大都没有娶亲，转眼却已家山遥遥，于是改客为土，天经地义地与夷族女子通婚，今天的永胜民谚，仍有"夷娘汉老子"之说，在那一座座中原风格的宗祠里，他们也理所当然成为永胜一支的始祖。


博物馆院内，专辟了一间展厅，世居永胜的毛氏，与湖南韶山毛氏同宗同源。几乎所有的文友，都一时看得傻了眼，因为从未听过有此一说。

墙上有一张毛氏迁徙地图，旁边加有文字注明，始知毛氏先祖原本是姬姓，西周时封于毛地，后以国为姓。几位陕籍文友甚是兴奋，因为陕西之西河郡，便是毛国旧地，想不到自己竟是毛氏乡党。

至于毛太华祖先一支，不知什么原因，决定离开世居之地西河郡，由陕西迁河南，由河南迁浙江，由浙江迁江西，由江西迁云南，再由云南迁湖南，迁徙路线曲折而迢远。其中，由江西迁云南，适逢元末明初的战乱，毛太华从江西吉安，辗转来到云南永胜，这里稍比中原安宁。毛太华找到了落脚处，便娶当地夷族女子为妻，生下了四个夷汉混血的儿子。

不管怎么说，避乱入滇，都改写了毛氏命运。明洪武十五年，一介流民毛太华，应募加入平滇明军，后因军功而升任百户，率所部驻屯澜沧卫。据载，毛太华在建澜沧卫过程中大显身手，再立新功，终获"简拔内迁"，携长子和四子至湖南为官，留二子和三子在永胜袭职承荫。至此，毛太华便有了两个身份，既是永胜毛氏的始祖，也是湖南韶山毛氏的始祖。在永胜，有毛太华二子墓碑证之，在韶山，有毛氏族谱证之。《韶山毛氏族谱》载：

> 始祖太华公位下，书载元至正年间，避乱由江西吉州龙城迁云南之澜沧卫，娶妻育八，明洪武十三年庚申，携长子清一、四子清四官楚，居湘乡北门外绯紫桥，十余年后清一、清四复卜居湘潭三十九都，今之七都七甲韶山，开种铁陂等处，编为民籍。

永胜的毛氏，皆是毛太华二子、三子后裔，至今已有两千余人，主要聚居在凤羽村毛家湾。它是一个自然屯，离开博物馆，走几步就到了。途中经过几户人家的宅院，门楣上方皆写有"西河门第"二字，可见毛氏至今仍以西河郡为故土。

毛家湾有一座毛氏宗祠，建于清康熙初年，比韶山毛氏宗祠早建九十三年。一正殿、两厢房、一照壁，传统的格式，清简的气质，与这片土地的朴质之气倒是恰切。祠堂正中,立着一代一代逝者的牌位,如一片沉默的森林。墙壁上,挂了两张素色画像,一张是毛氏鼻祖毛伯郑(周代),一张是毛氏二十二代祖毛遂(战国时期)。永胜始祖毛太华的牌位,立在二子和三子中间。

那天的午餐,在毛家湾吃当地土菜,我的思绪如春天的蝶,飞到村外的田野里。永胜地处横断山脉,怒江、澜沧江、金沙江三水并流,虽有群山纵横,河谷迂回,坝子却开阔平坦,是以成为边屯首选的理想之地。

回程时,车子一直在山间盘旋,可以居高临下向两山之间的宽坝子看去,当年有声有色的边屯现场,如今已渐行渐远的将士身影,突然被亦真亦幻地拉到我的近前。这一片片碧绿如盖的麦田,这一畦畦水亮如镜的稻田,说不定就是被当年边屯将士刨开了第一镐土,耕出了第一垄地。

刊《散文》2021 年第 9 期

# 气节二题

## 吴伟业苦节

明清朝代鼎革，士人内心鼎沸。好比是，跟前夫昨夜还在叙深情，明日里却要被后夫强娶而去。对于水性杨花，或者憎恨前夫者来说，不是问题，但对于深情女子与贞节烈妇，心底的凄惶与苦痛，不经历者莫能感知。士大夫素以气节自诩，有些更内化为个人信仰，这时节却要他背叛故人，身不由己，而心想由己，身心冲突，便化为一场心灵劫难。

吴伟业便是这样，他曾自许忠臣，暗誓过生当作明杰，死亦为明雄。他当的是文官，身上士大夫气质挺浓，所谓士大夫者，便是嘴大声响者，举凡大事小事政事社会生活事，都想喊几嗓子，捍卫一些价值观什么的。

大清挥刀向大明，这个是明季最大公共事件，吴伟业发声蛮大的。大明忽喇喇似大厦倾，其中有叫吴三桂的，端的是明朝的碗，却砸明朝的锅。为二奶陈圆圆，叛明降清，这事让大明遗民尤其是遗士，吃惊不小。明朝该不该亡的议题，在士大夫那里，迅速转化为该不该忠的道德试题。

做政治试题，是士大夫所短；做道德试题，是士大夫所长。看到吴三桂公然挑战忠义，吴伟业作了一首诗，如一把匕首，直刺吴氏，诗曰《圆圆曲》，中有两句闻名于史："恸哭六军俱缟素，冲冠一怒为红颜。"这诗相当厉害，大清夸吴三桂多么伟大，吴三桂自诩多么英雄，所有正面意义都被这一句给消解了：吴三桂，你干的什么事啊，你纯粹是为了一双"破鞋"而倾覆社稷啊。社稷何重，"破鞋"何轻。吴三桂形象就这样钉在一双"破鞋"底面。

吴三桂自谓其壮举是"推动历史前进的步伐"，吴伟业却将其意义全部解构，定性他是"搞破鞋"。这让吴三桂气得脸呈猪肝色。吴三桂知道，这一句必定成为名句，指定流传，诗句流传有多久，吴三桂"破鞋"形象就会"破"多久。吴三桂想到的办法，是大家都在用的，很简单：删帖。

帖子在吴伟业这里，怎么删？花钱买啊。"吴三桂病之，贻三千金请改其语。"这个价格算是比较高的，一句诗稿费几何？三五文嘛，人家出价便是三千金，相当于现在几十万。价格是合理的，或者是物超所值的，然则，吴伟业坚决拒绝：三千金，想要我出卖灵魂？没门。这首诗到现在都没删帖，这首诗依然让诗人才气悬挂南天门，让贰臣丑相高挂南城头。

吴伟业骂吴三桂没气节，吴三桂高价来购吴伟业之气节，吴伟业不为所动，保持了气节。这是一个多么完美的气节佳话啊。却是让人跌破眼镜,吴伟业自己也降清了。那是大明亡后许多年,吴伟业在江南做遗民,当名士。这身份算是保持了气节的,虽然他不曾做大明的"鬼雄"。传统气节观,讲究死节,却也还给气节留下了一条活路:只要不跟新朝合作,那么就不算气节有亏。气节里面含有人性,气节便有些活性。

故国已亡多年,几十年后,却依然有人在思故国,不管天晴下雨,都是斗笠蓑衣,美其名曰与新朝不共戴天,气节也是够劲峭的。吴伟业呢,他想到过自杀以殉节,"甲申之变,先生号痛欲自缢"。家人发现后,自杀未成。不守死节,守活节,开始他是坚持守节的,条条大路通罗马,一条都不通衙门,没去跑过一次官,什么茶话会,什么文代会,大清组织的什么元宵酒会端午诗会,一概拒绝参加。

吴伟业到底没守全气节。大明故国很多人做稳了奴隶后,开始稳做奴隶了,吴伟业心头气节观也开始移位。"本朝世祖章皇帝素闻其名,会荐剡交上,有司敦逼;先生抗辞再四。二亲流涕办严,慑使就道,乃扶病入都。授秘书院侍讲、国子监祭酒。"这段话有几个意思:一者,皇帝素闻其名,那么看重他,怎么着也要士为知己者死嘛;二者,人家威逼呢,索子捆呢;三者,不跳三回井,不是好女人,跳了第四回,便是好女人了的。吴伟业也曾跳过三回井啊,抗辞再四的。

吴伟业后来解释自己改嫁大清,乃是家无资产,母亲养不活,得去工作拿工资。忠孝忠孝,是"双德"。这双德都置于价值观神龛,摆位有点意思,是忠前孝后,还是忠孝并举?忠孝有冲突,却也有合成。忠多半会杀孝，孝有时可以灭忠，至少，可以稍微消减忠对人性的压迫。吴三桂冲冠一怒为"破鞋"，人难原谅，但设若吴三桂冲冠一怒为母亲，那么，人们对他叛敌会带有更多的同情与理解。吴伟业也是一样，他先前想自杀，他母亲朱太淑抱着他，大哭："儿死，其如老人何？"吴伟业也就不敢死了。孝，冲抵了忠对人生的压迫。吴伟业后来出任大清官位，也是假借孝名："余非负国，徒以有老母，不得不博升斗，供菽水耳。"我们常常看到忠孝冲突，其实也可以看到忠孝之间，尤其是孝对忠的匡正与补救。

吴伟业以孝来消解忠，舆论也是不太认可的。"若谓家贫亲老，则昆山顾亭林先生境非富饶，堂上亦有老亲，何以数诏不赴？"顾亭林者，顾炎武也，顾炎武名气当在吴伟业上，"本朝世祖章皇帝"肯定也是"素闻其名"的，他也指定是"有司敦逼"，然则，顾炎武打死也不去新朝，以遗老终身。

这话堵得吴伟业哑口。真哑口吗？吴伟业也可以一问顾炎武：老顾，您是忠臣，不与大清合作，但您外甥徐乾学、徐元文是怎么回事呢？两徐在大清，可是大臣啊。吴伟业没做成顾炎武，但吴伟业也应该不是吴三桂，吴三桂引清兵入关，吴伟业没干过的。他干的只是，朝廷已经稳定后，他不反对了。

吴伟业在大清做官，不知道多少次想起了他那首讽刺吴三桂的诗，他回想自己，当年多么讲究气节，结果呢？很多事情，自己不曾经历，不知其中艰难——站在岸边评价一个落水者，是可以江水滔滔的；而在水里的呢，一口水便把自己呛死了。吴伟业诗讽吴三桂时，"设心未尝不佳，及身临其境，未能随遇而安"。评论别人是容易的，轮到自己了呢？

我们如果要骂人，有时真得降低些调子。

这不是说心中可以毫无价值尺度。"气节"两字，一直在他心里如绳缠绕，如火燃烧。社会舆论还是有压力的。"三吴士大夫皆集虎丘会饯。忽有少年投一函，启之，得句：千人石上坐千人，一半清朝一半明，寄语娄东吴学士，两朝天子一朝臣。"这诗讽刺够辛辣，千百人在场，被当面羞辱，其情何伤？

吴伟业余生在受伤，他秉承气节观，他曾讽刺别人无气节，那么轮到自己，又失节了，吴伟业把自己绕了进去，自己怎么也绕不出来。若搁平时，可以畅谈忠义的啊。现在自己还怎么谈呢？他曾填了一首词，对自己一生行状痛心疾首：

> 万事催华发。论龚生、天年竟夭，高名难没。吾病难将医药治，耿耿胸中热血。待洒向、西风残月。剖却心肝今置地，问华佗解我肠千结。追往恨，倍凄咽。
>
> 故人慷慨多奇节。为当年、沈吟不断，草间偷活。艾灸眉头瓜喷鼻，今日须难决绝。早患苦、重来千叠。脱屣妻孥非易事，竟一钱不值何须说。人世事，几完缺。

吴伟业余生都在忏悔。忏悔是好的，可证价值观在，可证心肝胆在。

## 王冕的清节

吾家洗砚池边树,个个花开淡墨痕。

不要人夸好颜色,只留清气满乾坤。

这不是元稹写的,是王冕写的。王冕颜色一直不太好:脸不是黝黑的——太阳晒黑的,就是蜡黄的——肚子饿黄的。"种豆三亩,粟倍之,梅千树,桃杏居其半,芋一区,薤韭各百本……"我是种过田的,我家田没得三亩,莫说挑猪粪出牛栏累死人,到了夏日炎炎搞"双抢",人会脱三五层皮,你想你皮肤会水蜜桃色啊?黑木炭。好吧,种梅花倒是可以搞观光农业,种芋头倒是可以作美食文章,那种粟六亩,不是诗和远方,而是眼前苟且与肩头够呛。

王冕生活真个是够呛又苟且的:"九里先生两鬓皤,今年贫胜去年多。敝衣无絮愁风劲,破屋牵萝奈雨何。数亩豆苗当夏死,一畦芦穄入秋瘥。"刘邦虽然也曾犁过田打过禾,他是老三,爹在娘在哥哥在,家中老三多半是二流子,逢苦活见累活,打溜,跑狐朋狗友家玩去了。王冕不行,王冕上有老下有小,中有老婆嫁王随老王,张嘴要吃粮,王冕到了白发三千丈(既是因愁,也是因老才似个长),还得天连五岭银锄落,挥锄挖土,还得地动三河铁臂摇,扶犁开田。你豪言壮志曰,只问耕耘不问收获。真的吗?夏日耕耘黄豆,洪灾冲了豆麦;秋日补种高粱了,旱灾弄得颗粒无收。号啕吧你,还发豪言不？看你那股寒酸气。

王冕寒气还确很甚，猎猎西北风，喝一回过瘾，喝上几天试试？王冕满身寒气，却一点酸气也无。王冕衣不蔽体，屋不蔽雨，人家钟鸣鼎食，他家不能举火。有李孝光者，推荐他去当府史。府史者，衙门小吏，说起来是不好听，然则，人家企业改制出来的"四〇""五〇"主人翁，不是扫地板，便在当保安，王冕农民一个，本就不在政府劳务采购中，让他去当坐办公室的白领，那是相当客气，特别抬举的了。人家特地跑到他家来，他茶都不给喝一口，把人家骂了一顿饱的：滚滚滚，出去出去。"吾有田可耕，有书可读，肯朝夕抱案立高庭下，备奴使哉？"甚文字秘书，那是当狗腿子奴才好不？叫我为三斗米去写材料？呸，我才不去当文奴。

王冕挺清气吧。清气是什么？清气是骨气。王冕骨气凛凛，不只这一桩。同乡王艮，一笔难写两个王字，见王冕入冬了还穿一双四面空荡荡的草鞋，从王府大街走过来，寒从脚下起，病自脚底生，堪怜，便送他一双皮鞋，崭新的。送布鞋更暖脚啊。王艮另有意思，叫他去走走府衙后门，穿布鞋去，显然不行，人家瞧不起。宾馆门口都竖牌子：衣衫不整者免入。衙门里面牌子倒是没竖门口，都竖心里面啊：这么穷得咔咔响的，一个门包定然无，还来跑门路？王艮也是布衣少至布衣老，他实在是见不得王冕生活太贫，日子太苦，才这样无言当有话，鞋子作暗语。王冕没作声，接过鞋，口称"走啦"，走到墙角，鞋子放下，人真走了（艮遗之草履一两，讽使就吏禄，冕笑不言，置其履而去）。

王冕走在大街上，那穷样子不怕羞啊？漏船载酒泛中流——这个无所谓，有酒喝会游泳，不怕船漏；有所谓的是，大街上红男绿女，大街上珠光宝气，你穿草鞋与烂衫，想来当破帽遮颜过闹市啊。越穷越光荣，千年来只曾经一晌，那一晌都被人笑千年，估计还将一直被人笑话下去。破帽遮住脸，免人家笑话嘛。穷，而怕人家笑话，那是种什么气？是自卑气。

　　王冕不自卑。他穷，他穷得寒天寒地，寒风吹彻；他穷，他穷得惊天惊地，惊艳人心。"恒著高檐帽，衣绿蓑衣，蹑长齿屐，击木剑，或骑牛行市中。"你们穿貂皮大裘是吧，我也有穿的，我穿蓑衣；你们穿高登鞋是吧，我也有穿的，我穿高跷，比你们高蛮多；你们吹吹打打，喇叭唢呐，曲儿腔儿大，开宝马奔驰是吧，我短笛无腔信口吹，骑着水牛过大街，慢生活不输你的快节奏。"人斥为狂奴"，哪是什么狂气哟，是清贫气，清贫清贫，清气是与贫气紧相连的。贫气不自卑，穷气不输人，便是一股清气，王冕清气不算满乾坤，也是满大街的。或者说，先满了大街，才能算是满乾坤。人一穷，便短气，便躲在小楼不出门，大街上都不敢露面，那也太没志气了。贫，要贫得壮气，穷，要穷得胆气——没当官，当小官，就得人矮一截？不，我偏戴高檐帽，我偏骑牛行市中。

　　大描特写王冕之名士气，扪到的究竟是皮相。哦。对了，王冕是有才气的，其才气源自痴气。王冕看牛娃子出身，也曾十年牧牛。"王冕，字元章，诸暨田家子也。父命牧牛，冕放牛陇上。"我牧牛，也是放野牛，把牛放到山间水泽，不管了，去捉青蛙阉猪啦。王冕牧牛,也是放野牛,然则王冕成为王冕,乃因他是跑去学校当旁听生读书了。牛呢?"暮亡其牛,父怒,挞之"。牛没丢,人告状来了,牛把人家麦苗吃了个一干二净,"或牵牛来责蹊田",一次犯法不能两次处分是吧,他老爹不管这个,邻居来告状,老爹又打他一顿。打了两顿,该吸取教训了吧,王冕次日放牛,又是复制昨天的故事(已而复如初),他老爹又要开打,老妈懂儿子。"儿痴如此,曷不听其所为?"让他读书去吧。

王冕清气,源起痴气,扪到痒处了,却不曾扪到精髓。王冕清气满乾坤,其气是什么呢?是民气。民气非士气。王冕才气纵横,著作等身,指定算士,其士气鼎盛,是不用说的,然而,我从来不把士气旺盛者,赞其为清气满乾坤,士人只为士人说话,其气再盛,都不算乾坤清气。王冕算士人,有士气,却更有民气,王冕对那些不为苍生说民话的士人,是不尿的,斥之为冠猴。

> 猕猴本兽属,野性殊不常。
>
> 俄然脱秽垢,冠盖儒衣裳。
>
> 敛丑著面具,向人舞郭郎。

"江南民,诚可怜,疫疠更兼烽火然。军旅屯驻数百万,米粟斗直三十千。去年奔走不种田,今年远丁差戍边。老羸饥饿转沟壑,贫富徭役穷熬煎……"王冕自己够可怜的,"我穷衣袖露两肘,回视囊中无一有",而其不曾自怨自艾,多半心思放在替大众鼓与呼上,王冕大半诗歌,有老杜"三吏三别"遗风,《悲苦行》《痛哭行》《秋夜雨》《江南妇》,声声苦乐都替民众抒发,刘伯温最知王冕:"直而不绞,质而不俚,豪而不诞,奇而不怪,博而不滥,有忠君爱民之情,去恶拔邪之志,恳恳恻恻见于词意之表,非徒作也。"王冕吟诗作文,不是为艺术而艺术的,有"去恶拔邪之志",更有"忠君爱民之情",爱民之情,尤见品格与气节。

王冕爱梅,善画梅,有好事者粗粗数了,王冕曾作梅花诗,足足有五十八首呢,朵朵花开淡墨痕,这就是王冕的清气?非也。贫而不输阵脚,大步大街,是谓狂气;穷而不媚权贵,大啐大人,是谓骨气;农而不忘耕读,大展大才,是谓志气;士而不叛底层,大吁大众,是谓民气。四气合一,才是王冕之真气。

刊《散文》2021 年第 11 期

# 横无际涯

毕业季已经不远了。我坐下来想的时间越来越长了——这批研究生的毕业论文究竟是什么问题，总是要想好了再动笔写个意见。教授不是超人，但此时得把自己当超人用了。学生想法千万，笔下也就万千，论文取材宽泛无边，朝代远的、本事偏的，或论一个家族文化，或钩沉一批文士交游；或作年谱，或做考证；有的想去解开一个死结，有的就做翻案文章，无有同者。如今一人一本，都到案头上来。一位教授熟悉的也就是自己研究的那些方面，更多的并不熟悉，甚至知之甚少。那么，凭什么来对这些头绪驳杂的文字提出见解，表明自己的褒贬倾向——很多问题都需要通过想而有结论。想，是耗时间的一种形式，人坐着，时间过着，反复再三地想，时日却朝前走过，不再回来。凭什么让一个人承担这个不轻松的任务？只能说，看在几十年教师生涯这个过程上。这个过程具备了无可置疑的资质，连同感觉、想象、联想这些看不见的活动，都被认为是可靠的。

在很多我不喜欢的事情里,给人看文章是其中之一。有这个时间不如自己动动笔,或者自己去想,沿着自己的路子,远远近近想去。每一个人都有自己的想法,一种想法出现,学生未必错,老师未必对,只是各自感觉不同。本来每个人都应该各行其是,现在我却要用自己的想法来断其正误。学生信任老师,以为为师的能给他多少点拨,却没有想到,在我阅读的过程中,我想的都是:如果我来写,真不是这个思路。

实际上,最后的那一段评语就是为师的那时突然冒出来的一点感受,在先前一阵蓬蓬然若太虚浮云般游走莫有常态之后,此时浓缩为不会太多的一些字句,固定下来。如果过一个月再细读推敲,可能恍惚而来的又是另一种想法,评语又是另一个模样。文章往往是如此,读不胜读,想不胜想,如果再细致到每一个字、每一个词,那这个人就困在其间出不来了。文士易老,就是想得多了,最后还是要了断,不能没完没了。

了断的背后,是这个老师曾经的很多经历的积储。

尤其时下,真没有那么多时间来纠缠。

书法竞赛的时候,每一件作品都要断出一个分数,数字是不朦胧的、不模棱两可的,有初级算术水准的人一见数字则可知谁高谁低。当时我们几个评委坐着,看着排队的选手拿着自己的作品,逐一展开在我们面前,每个评委飞快地写下一个数字,几个评委的分数平均,就是选手的得分了。选手如此之多,时间如此之短,几乎在目击作品的瞬间,思绪电光石火般一闪,数字就出来了,不再动了。

一个人处于快速的时代，只能如此，你不能说——让我细细琢磨一个上午。真这样，只能回到以前的时光里。认知合于时，不管想法有多么大差异的人，也应该如此。因此像清人王铎那样的书写态是很应于此时的，捷如风雨，涌若涛澜，动作之大把观者都吸引过去了。如果把唐人虞伯施的作品拿出来，就没什么现场感，没什么可看，更没什么可想，尽管也有典范之称，还是人人散去。一眼千年——看人看物常会有这样的感受，就像人之于水果，一听到水果的名字就会表达自己的理解：有人嗜榴梿，有的就避之不及；有的正抱着杧果啃，满嘴金黄汁液，有人却开始过敏。人的感觉本就是不必相同的，由于不同而各有认知，帮助自己建立起表达的自适。

一个老师手上有一大把的分数，如何给分，就可以追问。记得有位女生拿着她的试卷来，她问的问题是很有挑战性的——为什么她得八十九分，她的同桌九十分，虽一分之差，却使她们分隔成优秀和良好两个档次。是啊，这一分之差差在哪里？就没有可能提高一点吗？我只能告诉她，当时批改时的感觉就是这个分数，而不可能是其他任何的分数。每一次改卷都是有神性的因素存在的，因为每一份试卷都是生命的物化形式，虽然无声，置于案头，却都内蕴充沛等待开启。每一次都要坚持找一块合适的时间，而空间则是自己那间静谧的书房，心理上开始清洁了，觉得无所挂碍了，那么，开始。总是会一鼓作气地批阅，每一份试卷在平和的感觉下过去。有的是片刻就可以定音的，有的则反复再三，心里温热起来，由弱到强，然后落笔，分数确定。人的感觉就是如此，真要落下，就一刹那。

如果问分数差异的理由，真没有什么好说的，只能这样。

电视剧《人世间》播放时，才看开头，颜色就大哭起来。几十年前她和剧里那些小青年一样，有过背井离乡的遭遇。其实她可以不去的，顶上有个大哥，本应该扛着。居委会领导几次来家里动员，就是冲着她大哥的。大哥总是一副无赖的神情，不愿意离开这个古城，不愿离开这两间漏雨的老房子。装睡的人永远都叫不醒，当时每个城市都有不少这样的人——既然到哪里都前程渺茫，那还是待在出生长大的地方。后来是颜色自己去报名了，到远方去——她究竟怎么想，父母也不知道。当然，很多年以后她又回到这个已经陌生的古城，已经没有她的位置了，连漏雨的房子也没她的份了。只好从头开始，倒卖服装，开小吃店，办托管班，给私人公司做饭，都谈不上成功，只够糊口。颜色是十五岁那年去当知青的，那个年龄按规定是坐在教室里读书的。直到五十岁她才透露了远走的秘密——因为贪恋于火车，为了能坐上这列绿色长龙的渴望。这趟火车一开动，她的人生就被改变了。火车开了很久，窗外许多景致快速掠过，耳际全是哐当哐当的声响。这趟火车把她送到目的地后，很快又返回了，而她要随火车返回，则是很多年以后的事了。

那些没有如她这般突发奇想的女生，后来完成了学业，有的后来还考上了大学，现在退休了，拿一份安稳的工资，有兴趣的话出去开开讲座，参加一些活动，还有一些收入。她们的晚景闲了下来，在这个古城，不少时间她们都在闲适地喝着功夫茶，不似她仍忙碌不已。

一个无法压制下来的念头,使她和她们在后来的生存中,差异大了起来。

她们和她最大的差别在于——她们第一次坐火车的时间,的确比她迟了很多年。

夤夜风起或雨来,便觉门窗外都是自然之响,有一些触动自天外来,是可以入文入书的那种,奇妙非白日可寻,便躺着,在黑暗中记住了。第二天花了很多工夫找寻,已如鸿鹄之鸣入于寥廓,便惆怅起来。文士珍惜刹那掠过的光芒,不知何来,不知所往,如果不随手用文字固定下来,往往不知所终。这和家中某些实物不见,是不一样的,它们如浮云,似烟岚,淡然尘外。而实物之实,总是不会被消化的。我只能等下一个风雨之夜,看能否再现这个契机,使远走的那些锦绣重新浮现。一个无志于冠冕、有志于艺文的人,除了寒暑无间地尽笔墨之劳,使自己具备笃实的功夫,也还是会对实在以外的灵虚满怀向往,祈盼其悄无声息地到来。这也使我书案上的宣纸终日都是摊开的,毛笔是湿润的,随时都可挥运。我是相信有突如其来的灵异之功的,没有缘由,缺少逻辑,不按秩序,一时涌到指腕之间。于是掣笔横纵,点线交织,墨气氤氲里,神奇力量正助笔锋畅快使转,停不下来。很快,激情倏尔消失了,又回复到寻常时日的琐屑和寡淡里。再看这幅墨迹,的确是精彩,比平素用心去经营好得远,尤其是神气,如百琲明珠由一金线贯穿起来。

清人金圣叹有一个说法:"题目是作书第一件事,只要题目好,便书也作得好。"这和我所想的正是相反。常常在没有题目时就开始动笔了,就如《廊桥遗梦》中的罗伯特·金凯,"从他在俄亥俄一个小镇上成长起来的孩提时代,他就有这种漫无边际的思想"。这种"远游客"的想法,只是使人有一个大致的方向,却没有确定目标,走到不想走了,就停下来,想想给这段文笔之旅取个什么题目。题目不同于通篇文字,通篇可以挥洒得汗漫张扬不加羁勒,真如公牛闯入瓷器店,弄得都是声响。百川归海,还是需要一个题目,就如人生再草草,也需要有一个让人叫唤的名字。题目是通篇的浓缩,寥寥数字而已。世上事敷陈容易概括艰难,甚至最后就连题目也免了。李义山的诗很多人喜欢,有的是真喜欢,有的是附庸;有的人说读懂了,有的人则表明没读懂。我就是属于没有读懂的人群中的一个——一个朝代的诗那么多,有的如同大白话,是没有什么隐私可揭秘的;有的则让人永远都存疑,无法洞悉。耽延于此的人成了专门家,有了著述,但我还是怀疑他们琢磨出来的未必是李义山的真实意思——一个人都无法给自己的诗一个接近的题目,只好叫《无题》,千百年后的人如何能理清楚?不过是著者一己私见罢了。李义山这样的人就是一个猜不透的存在,让人费猜想。所谓的"无端"就是这样,无边无际,弥漫发散,如晨雾过往不可一掬,那些幽怨凄迷的感伤总是在阅读时悄悄漫了上来——《无题》,就是最好的题目了,由于无题而无所囿,让读者自任想象之翼,也许偏离主题,甚至离题太远,但有一点是让我暗暗欣喜的,那就是:它使我们长期接受教科书而陈旧、教条的情思,变得浪漫无端起来了。

我是二十六岁重返城市生活的。刚回来时喜欢在城市的街巷里走,感觉它与乡野的差异。城市的街巷总是光线充足的,即便是夜间,光线也足以照亮远方——这往往是两个空间的差异之一。典型的乡村之夜就是呈现出夜的本质——漆黑。这个让人看不到的标志可以追溯到清贫,没有哪一个家庭会让煤油灯里的灯芯挑高一点。空间不明,也就愈显空旷,那些废弃的、坍塌的、残破的院落,都是诡秘和惊恐的所在。暗夜中敏感的孩童,喜在不清晰中听人说鬼,暗中使人渺小失重,觉得无从抗拒无边之暗,那么多的阴影总是不散,那些由村上说书人夸饰起来的不可究诘的神秘,就隐藏在这些阴影里。特别是冬日一过,南方空间又开始了潮润的里程,各种声响在阴影的缝隙里填埋着,似乎随时会蹦跳出来,延伸到不安的梦境里。一个人在这样暗夜般的环境下过上几年,我的感觉是:人逐年在朝着孤独靠拢,与人少有话说,而不着边际的想法越来越多。后来读到蒲松龄的一篇自序,里面有牛鬼蛇神、秋萤之火、魑魅争光、魍魉见笑、惊霜寒雀、吊月秋虫这些阴森字眼,才明白庙堂太平之音可能什么人都可以写上一堆,而如此独异诡谲的文字,在不敏感的人笔下还真无法出现。现在,我已经习惯了明晃晃的城市生活,习惯了穿梭般交织的车流,如潮涌动的人群,还有回旋于林立高楼间的巨大声浪。城市的环境让人感到生存的舒适,还有安全——每个人都在选择中放弃其他,事实也说明长居嘈杂城市里的写手,也是具备春风词笔的才华的,不一定要回到乡野。只是作为我自己,那些曾经有过的乡野私有记忆,不时在下笔时被揭开、苏醒,漫天飞舞。

我以为,这是个人精神生活中最早储蓄下来的一笔财富了。

有人善感,有人就非善感,至于近感远感、实感虚感,万千差别。一个俗常人看到断桥垂柳,视有若无就走过去了。而一个文士却止步于此,可以想到古朴的残破和细韧的清新,全然可以内化于自己笔下。这样与实物离题的想法往往有"瞎想"之说,却不知许多瞎想使自己欢悦无量。清人李渔说自己下笔时能有幻境纵横眼前:

> 我欲做官,则顷刻之间便臻荣贵;我欲致仕,则转盼之际
> 又入山林;我欲作人间才子,即为杜甫、李白之后身;我欲娶绝
> 代佳人,即作王嫱、西施之元配;我欲成仙成佛,则西天、蓬岛,
> 即在砚池笔架之前……

想象的过程何等意气飞扬,只是搁笔之后,还是一个落寞书生。有用与无用是俗常人的一种判断标准——庄子曾谈到山野中的一棵大树,遗世独立。可以揣测当年有许多其他树木共同生长,后来都因为有用而消失了,它们被砍伐下来,去做栋梁,去打家具,最不济也可当柴火炊爨。而它百无一用,连当柴火也烧不起来。于是汲日月精华疯长,大过常人的想象——树径达十丈,树荫下则可供一千头牛歇息。无用——常见者皆如此说。这很像罗斯曼桥旁的那些居民。弗朗西丝卡说:"我们这里对这几座旧桥习以为常了,很少去想它们。"只有远道而来的罗伯特·金凯会激动不已:"真好,这

里真美。"他来这里就是为了拍罗斯曼桥的日出。《廊桥遗梦》这本书的问世，至少会使漠视者重新审视一座被称为罗斯曼的旧日廊桥，由此任意遐想，并不需要亲自来廊桥走一趟。这棵大树也是如此，被远行的人发现了，如此高耸雄阔，气宇轩昂，挺立于寒暑风雪往来中，这是怎样一种让人崇仰的气象。而绿荫如云弥漫荡漾于天边遥远，又如何不会勾起人们对旺盛生机的礼拜？如果近前抚摸、搂抱，那冲霄的郁勃之气，是否可以鼓荡起弱者的心扉？在一棵巨木不能制成某一器物的另一面，即是无用之用，它是形而上的，不能如器物那般测量分寸的。

在许多大学校园里走，可以看到许多的草木。雨水多且气温高的南方，草木葳郁，使校园显得深绿浓密。尤其是春夏日忽雨忽晴交替，使大珠小珠挂于树梢或落下，闪动着阳光的亮泽。我在楼上上课，课余就靠着窗口，俯瞰外边湿漉漉的冠盖，还是让我感觉有东西隐蔽在内部，没有被发现，便由此想到更多——这个世界有多少隐蔽的存在不为我们所知，它们一定和我们看到的未必一致。由此唤起我们对于一切可能的想象、联想。譬如一粒屑微的树种落在南方泥泞的土地里，居然长成让人不可撼动的坚固，它里面一定隐蔽着一个桀骜不驯的灵魂，不容羁绊。我希望每次上课的教室都能安排在较高的楼层上，好让我面对远方时，所思所想，横无际涯。

刊《散文》2022 年第 9 期

闫文盛

# 言说的沉默

### 书的视野

我始终采取这样的姿势读书：坐在这把椅子上，身体前倾，目光凝注在某一个字上。因此，书的视野被打开了。

书的阴影部分被固定下来。如果不翻页，阴影便是不动的，除非我中途起身，到了别处。但书的阴影部分自然而然地呈现，似乎并不用力地长成。

我凝视的那个焦点与某一次情爱有关，与春秋时节的虚幻有关。我无所事事，又忙碌异常，仿佛生活正在展开，如果没有火焰，便过不下去了。

鸟雀过境，孤独聒噪无比。

我无比用力地阅读和写诗。我认为我只能说出一个句子。但事实上，我用了四十多年，连一个句子都没有正常地说出来。我距离常识的个性太远了。

时间是黑色的。我忙碌异常，又无所事事。那只鸟被过路人惊飞的时候,我听到你带着一麻袋种子来到河道里。你把那些空荡荡的蓑衣种下了。

朝霞升起,你看到它们的金光齐声赞叹了吗?

是的,读书和思念的日子奇妙无比。你肆意地使用同一种姿势接近,而后,你便成了你的第一个句子。你被写了下来。

黑色的枝条也在弹跳。异常的火焰飞舞。你看到了那些书,你看到了它们奔跑和跳跃的标高了吗?


## 灵魂被照亮的时刻

思考是有形的,它可以把你的见解同真实的水流融汇。那粼粼波光在晨昏中明暗相间,因此,你可以看到思考者阴晴不定的脸。

你必须利用斩钉截铁的语言写下,这是你能够据守的最后的堡垒了。无数人问津于生活,他们为此而获得。

经过那些霞光铺展的区域,我知道时间在须臾中逝去了,众人拾柴,带来了"灵魂被照亮的时刻"。

写密密麻麻,因此你很难确定它的形象存在的真正启示。只有把"写"进行分解,从它的裂隙处突出入口的温度,你才能够对书写一途热情高涨。这似乎是多余的强调,但对许多人来说,却又充满了反复的必然。

书写是单独的,它烟雾弥漫。书写是一次汁液淋漓的展览,它替代你历经世事沧桑。

如果你知道写的存在,那也没有什么,因为它本来即是存在的;如果你对其完全不晓,那也是对的,因为从根本上讲,写的背景浸没了你的骨骼。你的自然生活,就是书写的黑白无常的执着。

我已经在这个世界上生活得太久了,因为万物如亲见,万事都不新鲜。但秋叶飘扬的时分,我仍然会觉得我在这个世界上生活的辰光还远远不够, 因为我始终没有能力寻根到它们生长的细枝末节。总是在我刚刚对它们的生长略有心得之时看到它们的生命没落,因此,我现在在外面,就像盲目的人在找一个有水的洞窟,有很多我所握不住的光和力,在助我登陆。

我是不孤单的,因为有很多我所看不见的光和力,在破坏它。

楼前枯树巨大地覆盖了我在这里居住的四百个日子, 这使我感到欣慰无比,因为我曾经对度日如年产生错觉,但现在,我终于跨过去了。在所有的四百个日子都累计起来之后,我看到了度日如年在重重叠叠,像麻花形状的度日如年,象征了我的一生的纠结,结晶成舍利般平淡的花束。

我们站在沟谷里俯瞰高山顶,光波涌动,颠倒了你的肺腑。最后,是路畔僧人为我们作歌,因为他们语调之重力悠长,使我们埋没于无尽的牧牛的沟谷。光波涌动,既如洪钟苦,又如观者众。


**完整的居住**

我似乎第一次在这所房子扎根下来, 仔细地坐在这里做我人生的功课,体会我所能感受到的每一分钟。

我似乎从来没有在这里完整地居住过,十个月以来都是如此。

我在这里睡一觉即离开,待上几个小时即出门去,或者仅仅拿点东西就与它分别。只留下它在这儿。

我似乎第一次完整地住下来,体会到"完整的居住"的悠长意蕴。学习那应该学习的明亮和悲欢,制作由我的经验发酵、形成的药丸。完整地居住一个整日,把生命化为露珠之形。

我似乎仍在学习居住,但没有别的。学习爱但没有更多的爱。学习时间但对时间的把握仍然不足。窗外的布谷声让我想起了漫长而日常的昔年岁月,就像我的衰老仍在,而我只是不肯在它面前低头罢了。

我在这里住下来。住上完整的一天再换个地方。在这里待完一生再切换到另一生。我认识我的其他生命吗?一定是这样的,这样的邂逅的愿望带动我前行。我也觉得从我的双足开始劲力横生。

我在这里住下来,倾听每一缕声音。那悦耳的事物都与我无关,那最紧要的悦耳的事物都与我无关?不,我只要住下来就可以接近那悦耳之声。我在清澈的启明中带着我的旧藤椅,住下来。


## 烟云

我应该能彻头彻尾地打败他,但这完全没有意义。因为失败者和战胜者同样不能持久,无论多么荣耀和卑屈,也转眼成为烟云。

如今是那夸张地立在你面前的广场凝聚的百年时光倒流,它们兼顾那最瘦弱的毛驴和最强壮的熊虎。我所说的牺牲,便涵盖了它们的骨肉。

你听我口令,齐声展开你们的笑容。你看我手势,抛弃你们的包袱。你与我同行,以你们风驰电掣的本领。你我之间,横亘多年的,就是这片旷野。

你还记得吗? 那时我们徒步数千里越过了无穷山水。前途广大,但仍如荒漠行云。河风吹寒,使我们的身心都冷静了下来。你应该记得那块大石头, 因为我们在上面密密麻麻地写满了我们的名字。

我应该彻头彻尾地为自己洗礼? 不,我们应该彻头彻尾地绽开自己的夜色,无尽的白银,沙河星月,"真是些动人的句子,都被我们所不识的人攫取去了"。

真是动人! 从此地出门北上数里,你会看到那个高个子小矮人的。他以羽翅游走,以掌蹼驻足。他精神抖擞,见天地人鬼者众,却毫无恐惧之心。

我记得以前就是这样。他天庭饱满,地阁方圆,绝非凡类啊。他就是这样去见那个高个子小矮人的。


## 书写,在流寓中

书写,便是我最初的纪念物,而时间是它的外壳。我认为这样过路真不值得,但是火炬葱茏,它点点滴滴地增厚了。

火炬真是它的外壳。钢铁洪炉,西部的山水,一列自发运行的火车,占据莫须有的速度。这样道白,比你的隐秘之爱更有意思,更具有宽阔和伦理的颂赞味道。

我书写，是因为我本来就在书写。我的一切休憩被置于休憩的垄亩之上。书出来了，它增白了一个年度的透明镜面，大小故事。

无论如何，你都在写。因此，写是唯一的日常。它是归途中简单粗暴的后悔鬼，是夜里酣睡时的雷声和雨水。它是一场密雪，它太快了，因此急于消融，不复存在。

但这样写是不完整的，其最为关键处是你的视线太密了，是你的空白太密了。是那些甜味调剂全无用处？它们像一次酒后言辞相聚，真是太密了。密不可分。

你无须证实一切。因为一切太短暂，它们构不成无底洞。你无须写，因为写太短暂，它们是你造不出的日常。一切你所知晓的，都茕茕孑立，是诗的外壳。无路可循时，你何不向南，因此你便向南！

你要知晓，写是你的私德，因此，你不要这样求告于月老。写是你失去的所在，因此你不要急于定下居所。写是你的居所，因此你不要写，不要居所。你应该浪荡在大地上，那不羁的行旅，就是你的无须写，不再写。

你无法写。写是想象不及、言语不及。写是生命不及。因此，写，充满了人所共知的艰险。你抓住旧物的缰绳，因此，你的写，便大可以存其行止"在流寓中"。


## 空白之思

思考和用情的节制，也可以构成岁月的一种基础结构。因为岁月在那里，它不会变(但是会苍茫混沌)，会变的是你的各种视觉。

声音的建设,喧嚣的隐没,一枝叶、一砖瓦的反复凋枯,都会构成你的视觉;记忆的耸动,联翩的浮想,昼夜相交时分人鬼之影错杂,都会构成你的视觉;温厚的葬礼,天空的落泪,菌斑生殖,光明柱础,都在构成、制造你视觉的根本。因为你的情感荡漾、悲欣之思永不会停滞,所以岁月萌发新容,它在你这里永不停滞。凡你的思考之思,念白、唱打之思,都是岁月之思,都会物化,形成你凝眸的记录。这是你从岁月中返回的时刻,因此你的岁月堆积层累,碎金断玉,有别于其他岁月。但是你的节候并不独立,你的空白之思也头覆青草,身披浓花,具有此间一切的繁茂特征。凡你思考和用情的节制,确可以构成岁月的一种基础结构。那些岁时吉祥、水土安康,都构成了你所在岁月的基础结构。你的目光所穿透的部分,春雪、火焰,微蒙雨水,都使你深沉体味,醉心如一,所以你才有情若此。天地更新,你日日洗涤,因此变成了晨露和秋霜交替、瑞雪丰年或春和景明的岁月。

## 书的存在可以消噬书

　　书的存在可以消噬书。它书写的方式淹没了一切灵感。大部分书不会自然而然地带来启迪。有绝少的书带来最大量级的启迪,它使后续的造物变得千头万绪,因此形成了至大的钩沉的难度。书就此不见,这既是阅读的微妙的优长又是看不见的弊端。书是杯盘,它狼藉而沉重。

　　书莫名伤感? 吟诵和空洞的伤感。它不是直接地对应生活的,因此，很多人不阅读书。灵感不会受到书的冲击，它自然存在和渐渐地消散。我们在阅读中追踪的事物也自然地消散。因为线索太多，所以它往来匆匆。你念叨古今，抵达生活的一个尽头了吗？

你被淹没和窒息于书中，因此你是受束缚的。书就是秋风之辞，它苍莽深重——因此你既隐蔽而局促，又是受束缚的。必须从书中解脱出来，才可以抓住灵感的辫子。必须找到你的珍宝岛，才可以种下许多材料。你不愚钝，同芸芸众生一般，有着最体贴入微的情感。书就是让你纷扰让你解脱的情感。你亲自写下你的名姓到书的扉页上。

书不在了。它被化为纸浆。这是书的解脱和危机。你的思考的指向茫然有力，因此，你的记忆也是茫然而有力的。从前，你路过了那里，从冰与火中穿越，水流湍急，你看到了什么？书在记录，丹青的纹路历历可见（都在书中）。书的死亡也是历历可见的，它有着最为细密的光斑。你忽略了书的死亡，因此生活变得更为单调、沉闷，但有了直接闻听万物的锐利之契机。

书消噬书。从此，你可以远离书。你不再写书？因此，书慢慢绝迹了。幻象依然历历，而你不会被激励和欺骗了。你与书之间的通道不再是书。你与生活之间的通道也不再是书。书的余韵在大地上吗？不，大地透明折射，它将那最厚实的光送入人生恬畅的梦中。书惊动书了吗？不，书的言说，在万物之中是最为静默的……

## 书写不是慰藉

书写不是慰藉，它只是以空空的手臂对自我进行更深的剥离。而从生命本身来讲，它也不需要悲悯，因为在我们书写之前，生命处于荒原上，它坦荡地背对一切有思之物。它的寂静是恒定的，狂风不会吹走它的背影，暴雨不会冲刷它的行迹。它虚无地刻印在岩石上，因此你才看不到时间的屏障，岩石与空中万物已经浑然一体。书写毕竟不能造物，但是，在空荡荡的纸上城堡中，你却只身成就了无涯的大梦；你骤至今朝，顺着时光的洋流奔走，那花红柳绿虽不源于你的力量，但你无所事事时的书写却是真的。东边的山麓沉谷也有无穷的沉寂，正因为书写无以慰藉，所以那里草木凋零的时候，你才会感到孤零零的。书写是刻意而为的事业吗？不，它只是前路漫漫时一切虚妄的见证罢了。


## 故乡的日出

或许清晰的见证便是羁旅的尽头。因为一切都说完，所以你连回头的可能性也没有了。不应该刻意让自己留有遗憾而活，但至少应该认同残缺才是自然万物最大的客观。我们的思考有了这个限度，才真正当得起思考的辩证。

在很长一段时期，我觉得残缺就是错的，是最坏的隐喻。追求无瑕疵，事实上是无极限的，但话说回来，如果没有警惕残缺和不完满之心，则残缺就是全部。没有任何事物可以替代它的一吻。

想象任何一种生活都没有错。尽管想象本身可有雷霆万钧之重,但也应该无所畏惧和仔细谨慎地珍视它。就像珍视自然的泉水涌现,就像珍视季节和昼夜的变更,就像珍视对生死、病疾与垂迈的感受。我们可以通过想象回乡吗?当你真正地回味过来,那你的漂泊便告终结。因为,任何陌生的土地都风尘仆仆,它们多情地容纳的,正是"故乡的日出"。

我总以为一切都在变,但事实上,一切都未变。因此,始终如一便是好的吗?如果能借此得以安慰,那它便是好的。但如果不能,则势必回头,你会因耽于往事而成就一段故事。剧情的中央,你会反复地号啕大哭。

他们不容你大闹一场,那他们便是好的。他们占据你的心脏和领土,那他们便是好的。你没有任何反抗的意思,那他们便是好的?你径自走到目的地了,看看你的衣领,你再也不可能找到那些秘密的脏污了。你号啕大哭,感叹之声震动天地。这真是无比的好啊,胜过了默默无闻和寂寞难耐。

刊《散文》2022 年第 12 期

朱成玉

# 一闪而过

　　不管是坐在火车里,望着窗外快速后退的树木、电线杆,还是站在大地里,看着飞驰而过的火车,或者箭头一般从头顶掠过的燕子,又或者,闪电与雷声……生活中,总有很多这样一闪而过的事物,它们像一颗颗星子,璀璨着生命的夜空,又像一粒粒珍贵的米,饱满了我们的日子。

　　孤独一闪而过。我和雨中的一只猫,在各自的阴影里哭泣。但也仅此而已,我并未给予它温暖,它也没有向我乞求什么。它向左,我向右,分道扬镳。路灯裁剪着我们的影子,有那么一刻,它们重合在一起,好像我们彼此不是分开,而是重逢。

　　麻雀一闪而过。它们从不飞向云端,那细小的影子,从不孤独地投射在大地的辽阔上,总是结伴而行。或许,它们是鸟类中最喜欢热闹的吧。我们从不担心它们失联,因为没过几秒钟,它们又会从另一个方向一闪而过。而诗人张新泉却在他的一首诗中为一只鸟担忧:

一只鸟从空中

垂直扎进水里

接下来应该是

出水、抖翅，叼起一尾鱼

让我不安的是

那鸟儿不再复出

我被愣愣地定在了湖边

不知该为某条鱼庆幸

还是代替那只鸟

慢慢窒息

　　大雾一闪而过。大雾里，亲人变得模糊，而陌生人，变得亲切。

　　午后一闪而过。公园长椅上，有人在打盹儿。失眠的人格外珍惜每一次打盹儿，希望这一个个盹儿可以变成一次完整的睡眠，嵌入漫长的黑夜里。有一只狗趴在长椅底下，应该是那个打盹儿人的宠物。它与主人配合紧密，懒洋洋地张开嘴，打了一个圆滚滚的哈欠。

　　我的碗一闪而过。它摔落到地上，幸运的是并没有碎掉，只是有一个小小的缺口。我舍不得扔掉，虽然有了缺口，但并不影响它盛装米饭、月色，以及星河。

　　樱花一闪而过。在它盛放的那几天，你要及时赶到，否则只能等待一年之后再来了。这是给赴约之人的忠告。

烟花一闪而过。我燃尽一生的烟花，只为给你一个璀璨的夜晚。

火柴一闪而过。小时候，经常看到父亲在夜色里吸烟，一根火柴，嚓一声燃亮我们破旧的屋子，现在想起来，那火柴点燃的，是父亲自身。父亲这根烟，被生活大口大口地吸着，满头的白发，是尚未抖净的烟灰。

父亲的泪水一闪而过。他一生都在节省，包括眼泪。唯一不节省的就是自己的身体，透支着血汗，为儿女们遮风挡雨。弥留之际，他终于懂得了节省最后的力气，他不忍离去。人间，每一个披头散发的老父亲，都值得我们俯下身去，紧紧抱住。

悲伤一闪而过。下岗失业那会儿，我一无所长。去一家餐馆给人家端盘子都端不好，老板阴沉着脸叫我走人。我可怜兮兮地转身欲走，老板竟又抛来一句话：再给你一星期，如果还这么笨手笨脚的，就彻底滚蛋。我感激涕零，这就好比一张旧报纸，刚刚被团起来扔进垃圾桶，又被重新拾捡回来，铺开熨平，它还有另外的用途，比如，包裹大酱块子。

我的叙述一闪而过。说实话，我不擅长叙述，更确切地说，是不善于讲故事。所以，喜欢用一些诗意的句子，把很长的故事，进行一下精简的概括，这算是另一种意义上的"敷衍"。其实我是很羡慕那些动不动就滔滔不绝口若悬河的人的，他们的叙述是有趣的，并带着故事性的曲折感。

一尾鱼一闪而过。我在钓鱼的时候,思想出了神。天空、清风、芦苇……这些事物引起我的遐思。这期间,有一条鱼把我的鱼饵吃掉,又因为我的走神而侥幸脱了钩。这多好,两全其美。本来我要钓的就不是鱼啊,而是风,是云,是诗,是那一整天的闲适时光。

我的梦一闪而过。那是午后小憩,我梦见一场大水。我的城市一片汪洋,仿佛回到了人类进化之前。人在水里慢慢生出尾巴。可是也有一些人,挣扎着从水里爬了出去,总有一些高过水面的树,那里坐满了人,等待洪水退去。我陷入两难之境,是拼命游上岸,爬到树上去,还是安心在水里,长出尾巴?


## 活在一滴安静的水里

画家画了一堆干草垛,你若只看见干草垛,他会摇摇头。他是想让你看见,那里面藏着的一团火。画家画了一朵云,你若只看见一朵云,他会摇摇头。他是想让你看见,那里面藏着的一滴泪。

女人给在田里劳作的男人带饭来,顺道带了些酒。喝到兴头的男人,怪女人带的酒太少,把酒壶远远地抛向稻田地,惊得那里的蛙声,聒噪了一夜。

女人带酒来,是让男人解解乏。男人贪杯,过了那个"度",就惹祸了——女人的眼泪停不下来。

大人们叹气,这持续的干旱,让今年的收成又少了许多。孩子们却永远不会受到影响,白天去捕蜻蜓,晚上去捉萤火虫。那一点一点的萤火,仿佛星光,璀璨在那遥远的童年。当然,他们也不会放过路过脚边的毛毛虫。不是每只毛毛虫都可以变成蝴蝶，确切地说，应该是无数的毛毛虫，换来一只蝴蝶。因为在变成蝴蝶的路上，很多毛毛虫都被踩死。没有引路者，只能靠自己，一寸一寸地摸索着前行。

没有人可以阻止毛毛虫变成蝴蝶，没有人可以阻止鹰的飞翔，没有人可以阻止人们使用火苗，没有人可以阻止人们使用眼泪。

你想成为火苗，就要想到灰烬；你想成为眼泪，就要想到枯干。

女人要哭，是要通过泪水来化解世界的苦难。你亦不例外，哭着，声嘶力竭，成串的泪水从脸上滑落。那是你倾泻太平洋一般浩瀚、幽蓝、汹涌而又温柔的爱的海水。我希望拥有魔法，把你所有的忧伤，打制成一个齿轮，推着命运转动一下方位，哪怕只有一毫米也好，也能为你换取一抹明媚。然而这终究也只是梦想，现实是——让坏天气变晴是老天的事，修复好坏脾气，却是自己的事。

你要热爱生活，并非省略苦与哀愁，而是将它们发酵，酿成美酒。你看，甜蜜的事物里，往往都伴有一点苦的成分。比如思念，你若把它放在心底藏着，会历久弥香，慢慢酿成一坛芳醴。当然，如果你不懂得珍惜，思念也会过期。

不经意间抬起头，总能看到几只风筝在空中飘。它们告诉我，寻常的日子也总会出现大风。每一次失败，都是一把钥匙。无数次试错之后，我们终将打开命运赐予的那把锁。

伤口终会愈合，遗憾却如影随形。这也未尝不是好事，在顺境中修行，永远不能成佛。我套上一件外套，推开窗子，慢慢接受了秋天递过来的一滴白露。而白露，我一直看作是秋天的眼泪。

想喂清晨的小鸟一粒露珠，但苦于无法用筷子将它撷住。如果不能给鸟儿喂一粒露珠，那就喂它一颗我的泪珠，并送它一句祝福，愿它有暖窝，可以卸下飞翔的累。我的喉咙里含着鸟的啁啾，鸟的眼睛里含着我的泪水，这是我与自然相融的一刻。

我与一群吃素的人们为伍，开始与万物相爱。

人生只有两天：白天和黑天。白日赠你以黄金，夜晚赠你以白银。人，多么矛盾，一边喝着咖啡提神，一边又吃着安眠药助眠。

我不过是在等一把火，把往事的干柴点燃。我不过是在等一场雨，把燎原的回忆熄灭。别怕，风带走的，雨会还给你。别怕，再多的委屈，一场泪雨都可以冲洗掉。

一面干净的玻璃，纤尘不染，但常常会让自己不自觉地碰头。所以，我习惯在那上面留个记号，哪怕是一小点泪痕，用以提醒我，所见并非皆空。

人们为逝去的人流泪，我愿意理解为：那是在为他的灵魂擦拭尘垢，使那笨重的灵魂得以轻盈，以便飞往天堂。

暗淡的星不见得就渺小，只是因为离我们太过遥远。从浩瀚的宇宙的角度去看，地球同样渺小，就像蓝色的水滴，我们每个人，都活在这安静的水滴里，像琥珀。唯一的不同是，我们还活着。

我们不必去艳羡，无论其他星球多么先进、发达，但来自于一个拥有泪水的星球，是多么值得自豪。

活在一滴干净的水里，这滴干净的水，往大了说，叫地球，往小了说,是眼泪。


## 清澈见底


诗人朵渔写过一首诗:


村口的木匠在打磨一副犍牛的轭

柞木的硬疤,一个完美的弧度

他一整天就在做这一件事情


他的小女儿,美茜,拎着竹篮

去邻村买来一块豆腐,准备午餐

她一整天也只干了这一件事情


他们不着急,因为还有相似的

第二天、第三天……在等着

他们的生活清澈见底


我喜欢这样只做一件事情的一整天,我喜欢这样的清澈见底,而这样的生活,似乎远离我已经很久了。生活里的各种忙乱令人焦头烂额,"静下来",已然成了一种奢侈。

日子越过越少,而我们对自己所许下的承诺却越来越多——

等孩子放暑假了,我们就去补一次蜜月旅行;等孩子上大学了,我们就去西双版纳看蝴蝶,或者去西藏,走一走仓央嘉措走过的山路……

有多久没有注视过旋转木马上欢乐的孩子了？有多久没有聆听雨滴落下的声音了?有多久没有仔细地闻过一朵花的芳香了?有多久没有凝视过一朵云了,像那只窗边的猫那样?

仕途中人,有多少初心发生了改变,最初是一腔热血,努力奋斗,想让这个社会变得更美好,更加公平和正义,可是后来,慢慢就变成了——怎样巧妙地最大限度地贪一点,占一点,并且不会沦为阶下囚。

在农村的表哥和我说, 他的女儿在上海待不下去了, 非要回来。她说在老家的时候,那日子,快是快,慢是慢,心总有个落地的时候,不像在那儿,天天悬着,飘着,急匆匆像赶集一样。

这就像把乡下清澈河水里的鱼放进城市的鱼缸里,虽然也能勉强活着,但没有了精气神儿。

他拼命把孩子往外赶,可是孩子拼命往回游。孩子是有根的。她只想回来过清澈的日子。

那样清澈的日子,在很早以前,葳蕤生香。

很早以前的炊烟,没有人会认为它污染,它们直入云霄,把天空擦拭得越来越蓝。

很早以前的土地,自由生长着各种植物,不必分门别类,不必江湖一统,没有规则,就是规则。

那时,我在池塘边上,种了密麻麻绿油油的茜苣,因为这是小鹅们最挚爱的食物。可是有一天,小鹅们被偷走了,我却不舍得把那些茜苣拔掉,它们自由生长,渐渐地把池塘染绿。这就让我想到一个问题:我们到底是爱着生活赐予我们的礼物,还是爱着生活本身?

那时,清掉一座旧年的草堆时,总是很虔诚的,因为草堆底下,保不齐会出现几条蛇,那是被我们看重的神灵,是可以护佑我们的。惊动了它们,就要安抚好,护送它们平安抵达另外的栖息之所。

那时,一个女孩子为心上人织的毛围脖,可以温暖一个冬天,也可以温暖一座城市。

许亿在《旧时光的味道》中写道:

> 十岁的快乐是清蒸,吃的是新鲜;二十岁的快乐是小炒,吃的是生猛;三十岁的快乐就已经是红烧,吃的是回味;至于以后,便是五味杂陈、历久弥香的佛跳墙。

如果时光可以回溯,我希望这个世界可以把忧伤还给诗人,把希望还给春风,把纯净的雪还给冬天,把清澈的雨还给河流,把南极冰雪还给企鹅,把黑暗洞穴还给蝙蝠,把会哭泣的星星还给夜空……

午后去收发室取杂志社寄的刊物,看到《诗歌月刊》时,有一种亲切的情绪蔓延开来。很大的信封上贴着邮票,这种"从前"的传递方式令我心生感动。现在什么都"快",很多杂志都是快递而来,而《诗歌月刊》始终以这种方式邮寄着,这难免会有"寄丢"的风险,但同时也让我领略了其中的另一番妙境——诗歌,就该以这样缓慢的方式,传递到我们心上的啊!

像一种生活屈从于另一种生活,回头我看见,收发室里苍老的阿婆,正打着全人类的盹儿。而阿公配合着,打着全世界的哈欠,这真是一个慵懒的午后。它竟然,如此美好。

我索性也让自己慢下来。放一首舒缓的曲子,静静地,听得见音乐中的任何一滴水声。一片叶子从窗口飘进来,在我的书桌上,我把它当成睡着的蝴蝶,一份不请自来的恩赐。所有人都知道世间没有两片相同的叶子,可是肉眼又看不出来它们到底哪里不同,就像没有人知道,今夜的星星是否比昨天更多了。

此刻,我只想做一匹淡然的老马,一边咀嚼往事,一边慢慢衰微。或许记忆有些模糊了,但它的眼睛,依然清澈得如一潭泉水。

刊《散文》2022 年第 12 期

陈元武
# 序属霜雪

## 霜降

豹是猛兽，周朝的时候，北方已经罕有虎，虎多在南方，中原的王者是金钱豹。因此说豹祭兽，代表食肉最高层动物的行为。草木黄落，此时霜起，露化为霜，夜间天气更加寒冷，草木凋殒正属正常。蛰虫咸伏，此时的所有虫子，包括该死的和不该死的，凡是没进入泥土深处的都冻死了。蟋蟀也不例外，因此，此时，夜间寂静，除了风声。田野上近乎阒寂。动物都躲进洞穴，夜间冷露直落下来，几乎可以听到轻微的脆响，像落沙，像尘埃。在暗无可见的夜里，霜在草叶上，在树林间，悄然生出，迅速滋生蔓延，扩大成满地的霜华。夜里，水结成冰，叶子在冰的凝结下变得僵硬，一切都冻住了，包括时间。

霜降，代表着冬天的来临和秋天的结束。托马斯·哈代的《还乡》里写道：

这里的冬原显得无比寂寥，苔藓甚至厚达脚踝的深度，橡树无限地生长，几乎占去一英亩的面积，而冬天，却不能挽留住一片树叶，威塞克郡的荒原上，除了低矮和无处不在的石楠外，就是偶尔出现的橡树和它附近的城堡。那些中世纪就已经建成的城堡的灰色岩石墙上，满是岁月的尘垢，也有着干枯的苔藓痕迹，雨水和大雾侵蚀了岩石的表面，造成了千疮百孔的奇观。我期待的阳光始终如傲慢的公爵一样难得一见。它要么表情冷漠，要么苍白失色，像一个病人一样。

冬天的早晨，大雾笼罩着大地，一切都无可直视。在山区那些年，每到霜降后的冬天，清晨起来，外边空旷寂静，地上可有可无的一层白，仿佛是夜晚留下的诗句。当然，远处的烟囱吐着浓重的灰白烟气，一切热的东西，都是吐着白汽，比如我们的鼻孔里，热的气体呼出来，瞬间即变成一团白雾。地上一层白色的雾岚，像沆瀣，像纱巾，总之是不属于任何人的东西。冰霜在菜叶子上悄悄融化，阳光出来了，天空很洁净，仿佛所有的水都落在了地上。随着阳光的照耀，地上的白色渐渐升华，消失在天空里，天上于是有了灰黄色的霾。地上的霜华也转瞬不见了，直接消失在阳光里。

树枝上偶尔会看到虫子匆忙结的穴网，像只锥形的兜，虫子在里头冬眠，虫巢在风中晃来晃去。蜘蛛也钻进网穴里冬眠了，或者已经冻死在地上，蚂蚁在中午时分，会钻出来寻找食物，干的昆虫尸体也不错，蚂蚁没有冬眠的习惯。山里的雉此时很活跃，大约冬天食物匮乏,雉却到了产卵孵化的时候。这颇为难了雉,雄雉则激动地出来寻找情敌角斗,那并不动听的叫声,几乎成了霜降后山林最大的响声。雄雉直到将另一方赶得远远的,才肯罢休,失败的那一只雄雉,羽毛损折,风光不再,于是往往选择自杀。雉是有血性的野禽,可能在潜意识里就是如此骄傲,而松鸡则不然,会与别的伴侣苟且,出现两雄一雌的现象。松鸡羽毛白净,白得像仙人的坐骑。自杀的雉会将美丽的尾羽折断放弃。因此,在山上碰到折断的雄雉尾羽,内心不免一声咯噔,像悼念一位失败的英雄般怀念一只自杀的雄雉。

霜降后,水结冰,鱼藏于穴,不再到处游荡。还有说霜降后,猴子会来冰上照镜子。猴子会自赏吗?它为何会在冰上照自己?雁怀仔也是在霜降后进行的。雁窝多在水边,衔草筑一只潦草的窝,对大雁这样的大鸟,已属不易了。它还要防备别的大雁来抢巢穴,甚至对靠近的公雁心生强烈的妒意,往往撕咬不止,弄得水塘水花四溅,空气里全是不安的气息。失败的公雁会很快找到另一只合适的母雁,从此安生了。雁卵在冬至前孵化出来,大雪前,小雁就会跟着父母凫水了,到了惊蛰,就往北飞回栖息地。所以整个冬天,雁一天也不闲着。雁如此,其他的候鸟也一样。天空中出现大群的灰椋鸟,这也是一种北方来的鸟。灰椋鸟其实不适应南方多山多树的环境,叫声也不太消停,以为这是在空旷无人的漠北大地。灰椋鸟在城市里造成了空中交通堵塞和混乱。大量的灰椋鸟侵入私人的宅院,造成许多麻烦,城里人不待见它们。在乡下也一样,一大群轰的一声飞起，像蝗虫似的，农村人不喜欢它们的到来，但冬天却无法让它们离开。霜降后，诸多生态的矛盾陆续出现。人们克服着自私的想法，却无法左右自然的事物。

## 小雪

　　小雪三候：一候虹藏不见，二候天气上升地气下沉，三候闭塞而成冬。小雪天冷飕飕的，天基本上阴霾着，阳光微弱，云层厚如棉被，从铅白色到中午的曙白。那种白带着灰，让心情也灰暗着，那种日子，基本什么也不想做，就是看书或者睡觉。书需要精力旺盛时看才有效果，天气晴好，看书容易记着。天下雨，看书也温馨，因为别无他事可做，百无聊赖之中，书就是最好的慰藉。听着音乐看书，最好是古琴或者琵琶，有一种抑扬的动力。小雪天，外边的树基本上冷脱了形。没有树可以无动于衷。榕树是春天换叶的树，冬天，小雪过后，老叶子不断翻红变黄，细碎，掉落一地，憔悴，枯萎，卷成一只小虫状。扫走了，复落下。整条街都这样，怎么也扫不干净。三坊七巷里，看朋友做漆，在黄巷口有个老漆师郑崇尧，是给人民大会堂做过漆画的老艺人，朴素低调，隅于一室，默默做漆画。他的漆画是传统的工艺，而传统工艺的漆画现在不太有市场，但他执着，认为现在的新漆画不是好的漆画。他的漆来自于山上漆树的汁液，黑褐色的漆液，不停地搅拌，加入种种颜料和填料，然后在打好坯的底上画，有画布上的，有器物上的，灰泥打底，打磨，他带着两三个诚心的徒弟一起做，漆屏风、漆器、漆画板。软漆画。花卉、鸟鱼虫、松树、仙鹤,等等,用的是双钩填色的工艺。他不用颜色鲜艳的化学漆。他说,天然漆无白色,因此,凡是白色处,均须以蛋壳填之,反而产生一种岁月沧桑的脆裂感,而且与漆的本色微黄带褐相融合。现在的画家图省事,以大片的化学漆白来表达,似乎更有那种颜色的过渡感,但已经不是真的漆画了。"他们,那是油画!"老郑搓着沾满漆污的手大声地说。

　　小雪天,他的画更容易产生龟裂,因此,需要在底坯上做文章。他说,好的漆画师不急不躁,不温不火,有的是耐心。他要薄施多施,将漆一遍遍填上去,靠漆本身产生黏合剂的效果,与底坯结合得就牢固了,而有时候却须反其道而行之,产生一种剥落的松脆感,类似于中国画中的皴擦效果。表达山水最难,一不小心就画成了版面。他说,做古琴的板最难,光是底灰要打磨几十遍,那灰是以几丝的厚度一点点做上去的,漆也讲究,要完整,不能有空鼓和气泡。琴腔看的是共鸣,木材起作用,漆艺也起重大的作用。老郑是老福州漆器厂的老师傅了,退休后继续做漆画制作,他的漆画有一种传统的美学在闪光。后来,有些客人指名要新工艺的漆画,他都劝客人不要乱改工艺。但凡一种画,都有其完整的工艺过程,互相参照和模仿,只会造出不伦不类的东西,他很看不惯现在的年轻漆画师,动不动就是抽象艺术,乱涂乱画,那成什么了?颜色也乱来,看上去不是画,只是调漆的画板。

　　大概艺术这东西,凡是不认真的,都归之于现代风格,凡是乱来的,都是现代派。有的漆器,形状怪异,不知所云,标题是作者主观的设定,观众可不一定认同。老郑的漆画都静静地躺于一隅,无人问津,或者有老眼光的人才会来购买。我问他,还做不做,他回答,做,肯定做下去,还是传统的做法。老郑的固执让我感动,艺术需要有主张,而不能人云亦云,天下画师一大抄,模仿来模仿去全是一个味道、一种风格,艺术就不存在了。那种是工艺产品,不是艺术作品。朱紫坊老郑徒弟的工作室里,就是我所说的,与郑崇尧风格相反的现代艺术漆画,他说,不敢让师父来看,会让他骂得狗血淋头的。

小雪这些天下了一次小雨,牛毛细的雨飘了一整天,地上也不见得有多湿。树叶倒是青绿了不少。郑师傅也休息了几天,说,这种天漆干不了,做不成事情,休息休息吧。朱紫坊那个漆艺工坊,灯火通明,装饰风格颇现代的店内,人不少,对着漆画指指点点。郑师傅不会来这里的,他不想来,所以也不知道来了会对他有什么样的打击。我想,他徒弟也不容易,都是为了推广漆画,至少艺术主张各有不同,应该不是不可调和的事情。郑师傅的房东姓萨,是萨镇冰的后代,人不高,看上去蛮有精神的,口若悬河般介绍起古宅的故事。

萨家在福州无人不知,至于郑崇尧师傅,知道的人却不多了。老辈人喜欢他的漆画。现在的年轻人却不一样。他老夫妻俩慢慢地做坯,打磨,调漆,调色,填色。一幅画少说也得半个月时间,做完了,还要放一段时间让漆和色稳定下来。有些嵌螺钿的工艺画,做得更累更慢,没办法,没有人愿意学了,他做到做不动时,这门手艺恐怕就要断了。

工棚简陋,粉尘飞扬,老郑伏在那里,专注地打磨着,抛光着。

## 大雪

从小雪天起,这雨下起来就安静了,雷声早就不见的,至于螮
蝀为虹,那也是夏天的事情。冬天,虹无影无踪。闭塞而成冬,天地
各关上大门了,可不就闭塞的么,虹没了,雷息了,草木凋零,连昆
虫都躲进泥土里。大雪接着便来了:鹖鴠不鸣,虎始交,荔挺出。鹖
鴠就是寒号鸟,不再鸣叫了,天气太冷了,下着大雪,叫冷管什么
用。说的也是,于是就不吱声了,忍着呗。虎始交,虎是极阳之兽,是
王者兽,做事情也不按常规来。大雪天,天寒地冻的,它竟然来了这
个兴致。虎崽也是至阳之物,来年芒种生,刚好是七个月。那时候天
气晴暖,食物丰盛。荔,即马薤,一种像山葱的植物,有葱头似的茎
根,味辛辣。马薤是阳草,大雪出,与"虎始交"有相似的地方。自然
界平衡这样的阴阳事物, 使之不致一边倒出现极端的事件。大雪
天,天下皆安静了,鸟远去,雀入大水为蛤,雉也入水为蜃,田鼠化
为鴽……昆虫化为乌有,蟋蟀最后一次鸣叫在我床下,是立冬后几
天,后来,它大概在屋里也扛不住寒冷了,就悄无声息死去了。扫地
时发现了它的尸体,一只金头琵琶翅的好虫,本来是可以做将军的
材料,却不料老死在槽枥之间。呜呼,蟋蟀之生也,悲秋而鸣,负气
而生,勇而战,信而不辞,虽冬寒不易颜色,至殒命犹从容。

1991 年在永安时,大雪日值天下大雪,如鹅毛般飞散。南方的
办公室没有暖气,没有火炉。大家硬是靠跺着脚来取暖。至中午,小

饭馆全满。于是全办公室一起去吉山农家包酒。所谓"包酒",就是给钱让主家杀鸡宰鹅,肉食大锅炖上,放上各种香辛料,放上老酒、水酒、冬酒,大坛小罐的,摆一桌,吃得不亦乐乎。直吃到日头向西,满脸酒气回家。农家做这生意熟络,先一天预订好,去了马上就有吃的上桌。回到办公室,雪已停,地上也没多少积雪,大半即下即化。墙根有一些雪。下午更寒冷了,冻得脚发麻,但借着酒气,竟然不用再跺脚了。远山的尖也白了,像戴了顶白帽子,山上有松、竹,有栗榛木荷,雪压多了折了树枝,不时发出嘎嘎的脆响。竹林里倒下许多竹子,大概多年未经过这雪压了,竹子有些松垮。松树好些,折了些枝梢,总体是不塌腰的。

雪天,办不成什么事,就聚而闲聊,一杯水接一杯水地聊。工厂的烟囱升起数十米高的白色烟柱,那烟聚而不散,直冲云霄。

雪后上山,不难拾到冻坏的野鸟。山鸠、鹧鸪、雉鸡和野兔,冻得麻木了,倒在地上,在雪上乱动,见到人也起不来。苏门羚到处跑,山麂也到处跑,野猪也到处跑。那时候不禁打猎,猎户将猎物扛到集市上卖。苏门羚刚被分割完,肉还冒着热气,血淋淋的。后来,再也没见到这种动物了。

大雪,慷慨而歌,在日本,冬节至大雪节,各地厚雪盈门,人们除非必要的工作和应酬,都在家猫着,喝着清酒,唱着和歌。和歌要打节拍,吹尺八,日本的鼓很小,两头尖,鲛皮做的,声音清脆,鼓声不算沉闷。尺八是类似于箫的乐器,声音暗哑而喁唶,共鸣腔可以拖成颤音,加上演奏技艺与箫有所不同,听起来有悲怆之感。语言在酒后往往是多余的,音乐才是酒的最好伴侣。和歌像是自语,像是倾诉,多些语言和动作。川端康成的《雪国》里就描写了这样的场景。当歌伎们聚集在一起的时候,就会有人聚过来,邀请她们去唱和歌,当大家都酩酊大醉的时候,就会忽略掉彼此身份的不同,贵或者贱,又如何,都在天涯沦落着,相逢何必曾相识。胆怯的和子终于敢放开声音唱起来,舞蹈跳得极为优美。伊豆川的海面上,似乎风平浪静了,对岸的山越来越清晰。多么美的雪朝啊。

刊《散文》2022 年第 12 期

第二十届百花文学奖